JN054913
極振り拒否して手探りスタート！
特化しないヒーラー、仲間と別れて旅に出る
3
author 刻一
Illustration MIYA*KI

リゼロッテ
ルーク

それは全身白色だった。手足は四本で、長い胴体は白色の毛に覆われ、大きな耳と大きな尻尾が目立つ。観察していると、生まれたばかりなのにパッチリ開いた大きな瞳と目が合った。

「……カワウソ？」

「カワウソー？」

「キュキュ？」

僕が知っている生物の中で似ているモノを挙げるとすれば、まず初めにカワウソ。しかし僕の記憶の中のカワウソにこんな大きな耳はなかったはず。

「私はトリスン・トリスタンだ。機会があればよろしくな」
「あたしはダリタってんだ、よろしくな」
トリスン
ダリタ
部屋を出て外へと向かう。
すると廊下の反対側から
どこか見覚えのある赤髪の
女性と大きな男性が歩いてきた。
あれ？　誰だっけ。
見覚えがあるような気が
するけど思い出せない。
う～ん……と首を捻りながら
歩き続けて数メートルまで
近づいた時、その女性が口を開いた。

極振り拒否して手探りスタート！
特化しないヒーラー、仲間と別れて旅に出る
3
author 刻一
Illustration MIYA*KI

イラスト／MIYA＊KI

CONTENTS

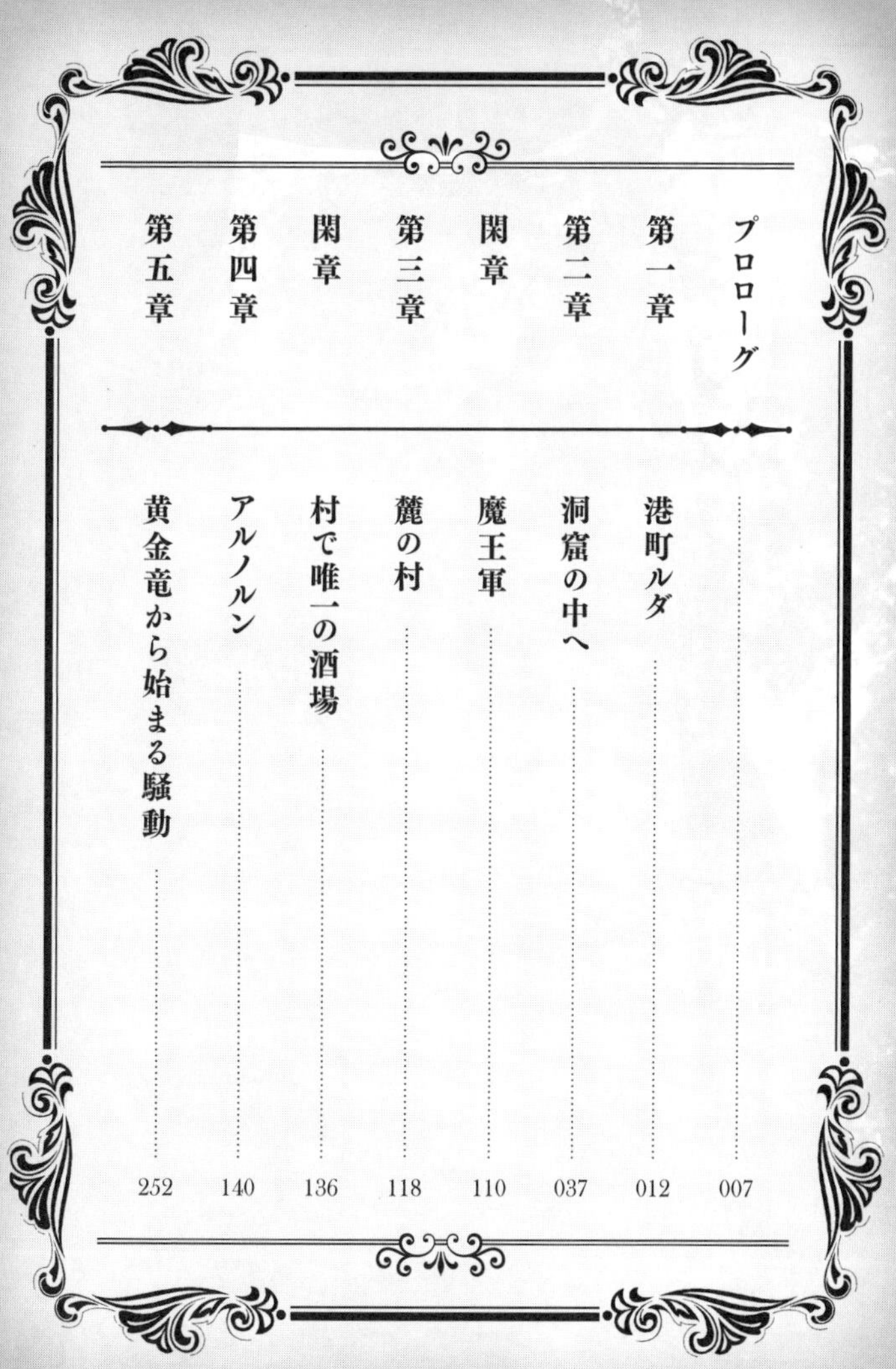

ARMUST KINGDOM

MAP

カナディーラ共和国
要塞都市ゴラントン
嘆きの山の廃坑
商業都市アルノルン
タンラ村
N
W
E

プロローグ

PROLOGUE

深い深い闇（やみ）の中。その闇とは対照的な白い光で闇を切り裂（さ）くランタンを左手に。鉄の槍（やり）は右手に。

ただ黙々（もくもく）と夜の森を進む白い人影（ひとかげ）。

その『白』に恐（おそ）れをなしたのか、闇の住人たちは姿を見せようとしない。

闇夜の森を抜（ぬ）けようとするその『白』はなにを思うのか。足元まである白いローブを全身に纏（まと）いフードを深く被（かぶ）るその者からは窺（うかが）い知ることは出来ない。

果たして、その『白』は何者なのだろうか。

「……いや、まぁ僕（ぼく）のことなんだけどね」

一人でいると、ついついどうでもいいことを考えてしまうからダメだ。

そう考えながら、ひと抱（かか）えほどある石を軽く飛び越（こ）えた。

あれから――エレムを脱出してから、暫く街道沿いに森の中を歩いていた。

森とはいっても町に近い場所はそれなりに人の手が入っているので歩きやすい。

適度に間隔を空けて木が並ぶように間引かれ、倒木なども残っていない。

エレムの町で日々使われる薪はここを含めて周囲の森で賄われているのだろう。

まぁそれでも本当は夜の森の中なんて歩きたくはないのだけど、街道を歩けばエレムからランタンの光が見えてしまう。でも光を消したら前が見えなくなる。それを補うためにマギロケーションの範囲を本来の一〇メートルほどに戻せば、ある程度は周囲も把握出来るようになるけど、遠くの索敵が出来なくなる。そして一人で外を歩くなら光源の魔法より多少でもモンスターを退ける効果のあるホーリーファイアの魔法の方がいい。

結局のところランタンを持って森の中を歩くしかなかった。

しかし――

「そろそろいいかな」

そろそろエレムからは見えなくなっているだろう。

周囲を窺いながら街道へ出た。

エレムから脱出を考えた時、候補に挙がったのは四つのルート。エレムから東西南北へと進む道だった。

まず東の道。これはランクフルトへの道で、真っ先に却下した。戻っても仕方がないし、問題を持ち込んで皆に迷惑をかけてしまう可能性もある。

次は北側。こちらへ進めば王都があるらしい。王都には興味があったけど、これも却下。とにかく今はこの国から出たい。

次は西側だけど、酒場などで聞いた噂などからして良い話を聞かなかったので、とりあえず除外しておくことに。

そして残った南側。南側には、別の国があった。

「ふぅ」

水筒から薄い葡萄酒を少し飲み、一息入れる。空を見ると薄く明るくなっているように感じた。

街道を挟み込むようにして広がる森の木々が邪魔をして地平線は見えないけど、太陽が昇ってきたのだろう。

魔法袋から薄い葡萄酒の瓶を取り出し、慎重に水筒へと移し替えていく。

やっぱり葡萄酒は無理をしてでも買っておいて正解だった。

あの日、僕が光の魔結晶を冒険者ギルドへ売ってしまったことが失敗かもしれないと気付いた日。もしかすると町から逃げないといけなくなるかもしれない、と考え。その翌日、物資を買えるだけ買った。

結果、予定していたほどは買えなかったけど、それでも今は十分だ。


それから、そのまま街道を歩き続けて昼前には村に着いたけど、そこは素通りすることにした。

今はこの村でゆっくりしている意味はない。夜中からずっと歩き続けて少し疲れていたけど、少しでも先に進むべく今は次の町を目指すべきだ。

そして乾燥肉で腹を満たしながら街道を歩き続け、日が沈む前に次の村へと到着したのだった。

その日は村にある宿に泊まり、疲れを癒やす。

流石に睡眠時間を削って夜中からずっと歩き続けたので少し疲れていて、ベッドに入るとすぐに眠ることが出来た。レベルが上がっているからこの程度で済んでいるのであって、日本にいた時にこんな無茶をやったら翌日はとんでもない状態になっていたはずだ。

翌朝、いつものように浄化をかけながら支度をして宿を出る。

朝市でもあれば物資を買い足そうかと思っていたけど村が小さいせいかなにもなく、そのまま村を出ることにした。


街道の左右、少し離れたところにある森の木々が風に揺られてサワサワと音を立て、ジョワジョワとなにかの虫っぽい音もいくつか聞こえ。そしてピーピーとなにかの鳴き声に釣られて右側に顔を向けると、鳥のような生き物が遠くの森の上を波を描くように高度を変えながら飛行していた。

あれは動物なのだろうか？　それともモンスターなのだろうか？

歩きながら考える。

そもそもこの世界ではモンスター以外の動物はどれだけ存在出来ているのだろうか？　普通の小動物ではモンスターに駆逐されて生き残れないような気がする。しかし町中ではマギロケーションで小動物を感じたはず。

「ん～まだまだ謎が多いなぁ……」

この世界は謎が多い。地球での常識なんて一発で吹き飛ばされるようなこともある。でも、だからこそ面白い。

土が剥き出しになった道を歩きながら遠くを見る。

エレムにいた頃は小さかった山がかなり大きくなっていた。あの山こそ……いや、あの山の先こそが目的地、アルムスト王国だ。

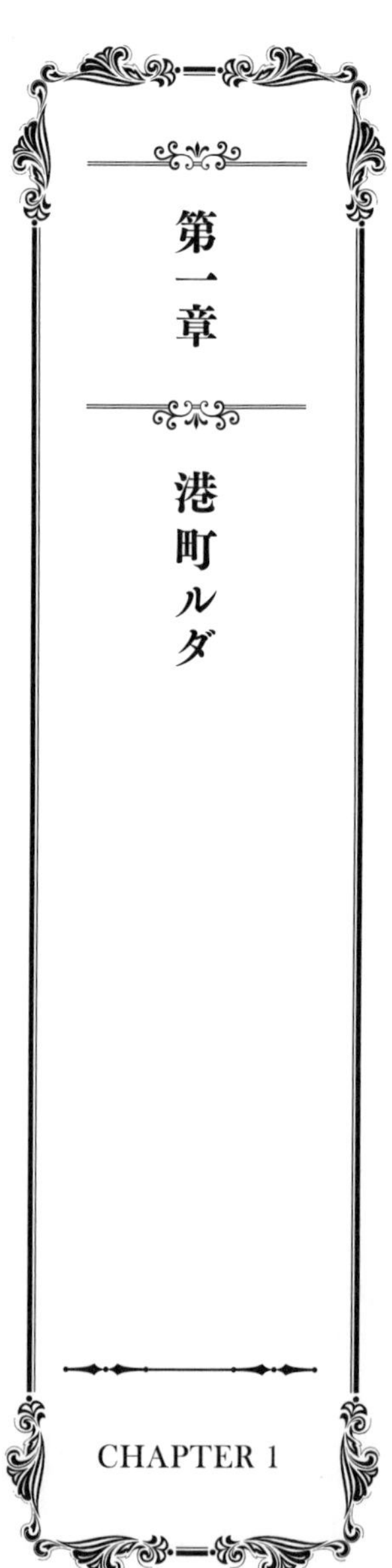

「お昼にしよう」

真上に昇った太陽を見上げながら考える。

んーどうしようか。ここまで移動を最優先にしたから食事は乾燥肉を葡萄酒で流し込むだけだったけど、念の為にダンジョンでオーク肉を確保しておいたし、食べるなら今しかないよね。早くしないと腐ってしまうし。

「まぁせっかくだし、一度は食べておこうか」

そう決めて、周囲を見渡して岩と枯れ木を探す。

幸いなことに人里離れたこの辺りはあまり人の手が入っておらず、適度に倒木などがあってすぐに必要な枯れ枝は集まったけど、かまどを作るのは止めておいた。岩を探して運んでくるのは面倒そうだったしね。

枯れ枝を適度な長さに折りながら井桁に組み、中に枯れ葉を入れてホーリーファイアで点火する。白い炎がメラメラと枯れ枝を侵食していくのを確認してから魔法袋から鉄鍋とオーク肉の塊を取り出し、そして気付く。

「あー……まな板とか持ってないや」

ちょっとそこまでは想定してなかった。

仕方がないので鉄鍋を逆さにして鍋底にオーク肉を置き、魔法袋から取り出したナイフでオーク肉の外側の脂身を削り取り、肉を厚さ三センチほどのステーキ肉に二枚カットして、そこからサイコロ状にカットした。

鍋底から肉を移動させ、表に返した鍋の中にさっき切り取った脂身を入れ、余りの脂身を全て焚き火に捨てる。火の中でバチバチと弾ける脂身を見ながら鍋を焚き火の上にかざして温度が上がるのを待っていると、鍋の中でも香ばしい匂いと共に脂身がバチバチと弾けながら油を放出し始めた。

これはラードだ。

「……いや本当にラードなんだろうか？」

ラードとは豚の脂肪のことだ。でも豚と似ているからといってオークの脂肪をラードと呼んでしまってもいいのかどうか……。

狼獣人を犬扱いしてはいけないように、オークを豚扱いしてはいけないとかあったりして。というか、そもそも豚がこの世界にいるのかとか、グレートボアとか猪の脂身はラードなのかとか、どうでもいいことを考えつつ、油を鍋全体に行き渡らせてから肉を入れた。

ジュワっと肉が焦げる音と匂いを楽しみつつ塩が入った袋に手を入れ、軽く摘んで肉に振りかける。

そして魔法袋から取り出したのは例のアレ。そう、オークから出たしゃもじだ！

やっと活躍の場が出来たしゃもじを使い、鍋の中の肉をコロコロと転がして、また塩を振りかけた。

「オークから出たしゃもじでオークを焼く……」

謎のパワーワードに少し感動しながら、鍋もオークから出てたら完璧だったのに、とか考えつつ肉を焼いていった。

「そろそろいいかな」

サイコロ状のオーク肉の表面には焼き色がつき……しっかりと焦げ色がつき……かなり焦げがつき……いや、ちょっと焼きすぎた……かな。寄生虫の存在を考えちゃって少々焼きすぎた気もするけど、まぁいいか。

ナイフを取り出しサッと浄化してから肉に刺し、気をつけながら口に入れる。失敗したらマスクをして、『ワタシキレイ？』とか言いながら人を襲わなくちゃいけなくなるからね。

「うん、旨い！」

噛むと中から溢れ出してくる肉汁が口中に広がる。

焦げ目の香ばしさと肉汁の甘味。しっかりとした塩味。

焦げすぎマイナス補正を差し引いても自分で作った補正とアウトドア補正がそれを覆す逆転満塁ホームラン状態で総合的にプラスになっている。

……が、しかし。

「もうひと味、欲しいな」

地球基準で考えて物足りないのは仕方がないとしても、いつもの宿屋基準で考えてもなにかが足りない。地球の知識で考えると足りていないのは胡椒だろう。しかし香辛料はそれなりに高価なモノ。いつもの宿屋では使えないはず。なら香辛料ではなく、ハーブなどの別の素材で風味がプラスされていたのではないだろうか。

「それを探すのも面白いかも」

新しいささやかな目標について思いを馳せつつ、次の肉を口へと放り込んだ。

◆　◆　◆

「そいつぁ無理だぜ。ここいらの漁船じゃあ外海には出られねぇよ」

白色が混じった髭をもっさりと蓄え、背が僕の胸ほどしかない初老の店主はそう言った。

ここは港町ルダ。エレムの南、カリム王国の南端にある。主な産業は漁業と製塩業。大地が海に侵食されたように出来た入り江の先にある町。

明るい内にこの町へとたどり着き、中をブラブラと探索して見付けた商店で買い物をしながら、船でアルムスト王国へ渡れるか、と聞いてみた返答がこれ。

「それは、どういう理由で出られないのですか？　——あっ、そこのロウソク二〇本ください」

「はいよ！　——どんな理由って、そりゃ外海には大きなモンスターも出るからな。漁船なんかじゃ一発で木端微塵だぞ」

店主は棚からロウソクを取り出しながらそう答える。

なるほどね……。海にもモンスターがいて当然だ。水深の浅い入り江内なら大きなモンスターは来られないけど、外海に出たらヤバいモンスターと遭遇する可能性もあるのか。

クラーケンとか一角獣とか地球では伝説の中にだけ存在していたモンスターがそこにいるかもしれないと考えるとワクワクする気もするけど、実際に海に出る漁民からしたら洒落にならない問題だろう。

「じゃあアルムスト王国へ行くにはやっぱり山越えになりますか。――それと、そこの魚の干物も三束」

「はいよ！　小魚の干物三束！　――山越えといっても深い山でもねぇしよ、道もある。それにあそこは……いや、そんな大きなモンスターもいねぇし半日で抜けられるぞ」

店主は干物を吊るしていた紐を解きながら「馬車は通れねぇがな」と続けた。

なるほど。ここからアルムスト王国へ抜けられるとは酒場で冒険者の噂話から仕入れていたけど、今までエルムから南へ行く馬車をあまり見なかったのは、ここから馬車での行き来が出来ないからか。

普通、他国との貿易ルートがあるならもっと賑わうはずだしね。

「あっ！　塩って置いてます？」

「おいおい、ここをどこだと思ってんだよ。塩の町だぜ」

カウンターの下からパンパンに膨らんだ布物をいくつか出してきた店主がニカッと笑う。

「ハハハッ、それもそうですね！　じゃあ、この小さい袋を二つで！」

僕の拳(こぶし)で二つ分ぐらいの大きさの塩袋を二つ追加注文した。

内陸部に行くと塩が貴重になるかもしれない。念の為に多めに買っておこう。

この地域——南の村やランクフルト、エレムも含(ふく)め、実は海がそこそこ近い。しかし海岸沿いは全て山と崖(がけ)になっているため、海に出るのは困難。その唯一(ゆいいつ)の例外となる場所がルダの入り江。つまりこのルダの町になる。

ここらの地域で消費される塩はほとんどこの町で造られているのかもしれないね。

店を出て、せっかくなので港へ向かって歩く。

ナタでも振るわれたかのように途切(とぎ)れた海岸沿いの山と山の間に出来た入り江。そこに町の方から川が流れ込んでいた。山に遮(さえぎ)られて外海はよく見えない。大海原(おおうなばら)を眺(なが)めることは出来なかったけど、久しぶりの海に懐(なつ)かしさを感じ、岸壁(がんぺき)からの風景を楽しむ。

大きく深呼吸をした。

なんとも言えない潮の香(かお)りが肺を満たすのを感じながら、異世界でも潮の香りは同じなんだな、と思った。

「よーし、ちゃんと持ったか!?」

「おう！」

「上げるぞ！　せーの！」

「よいさ！　ほいさ！　よいさ！　ほいさ！」

声がした方を見ると、尻尾(しっぽ)をピーンと立てた猫耳(ねこみみ)の男や、顔と腕(うで)にいくつもの傷を持つ普人族(ふじん)の男。そして背が低く髭モジャで筋骨隆々の男など、何人もの男たちが船から岸壁へ、大きな魚が入った網を引き上げていた。

　網の中の魚の大きさは二メートル程。いかにも古代魚、という感じの見た目。全身が鎧のような鱗で覆われていて、頭部もヘルメットのように分厚く、大きな牙がサーベルタイガーのように外に飛び出している。

　地球では絶対に見られない魚だろう。

　こんなモノに海中で襲われるとか、想像したくもない。これはちょっと、漁師は予想以上に命がけの仕事なのかもしれないな……。

　そう考えていると巨大魚の全身が岸壁へと引き上げられた。巨大魚は既に息絶えているようで、エラの辺りから赤い血を流していた。

「よし！　解体すんぞぉ！」

「うーっす」

「しっかり気合入れんか！　これが終わったら打ち上げじゃ！」

「よおおっしゃー！　やんぞぉぉぉ！」

　背が低く髭が生えた筋骨隆々の男の号令が飛ぶと男たちが勢いよく動き出す。

　長い包丁や、ノコギリや、バールのようなものとか、小さなナイフとか、色々な工具が取り出されて巨大魚の解体がテキパキと進められる。鱗や頭の鎧みたいな部分を引っ剥がし、頭を落として腹を割り、内臓と魔石をデロデロ～っと掻き出して、皮を剥がして身を取り出す。

　まるでマグロの解体ショーを見ているようで面白かったけど、赤くなってきた空に気付いて、宿屋へと向かうことにした。

海岸から町へと歩き、家と家の間の路地を抜け、なにか面白い店はないかと大通りを探りつつ、背が低い髭モジャの男とすれ違う。

「……」

目を付けていた宿屋に入り、カウンターにある鐘をカランカランと鳴らしながら扉を開ける。

「はいよ！　泊まりかい？　銀貨三枚だぜ！」

店の奥から出てきた白い髭で背の低い男に銀貨三枚を払い、部屋番号の書かれた木の板を受け取った。

「部屋は二階上がってすぐだ。悪いな。もう良い場所は埋まっちまってる。ちぃーっと煩せぇかもしれねぇが、我慢してくれや！」

そう言って男は筋肉質な胸を震わせながらガハハッと笑った。

部屋に入りベッドに座る。そして今日一日を色々と振り返る。

オーク肉がおいしかったこと。こちらに来て初めての海。大きな怪魚。

そして――

「いや、この町ってドワーフ多すぎじゃない⁉」

◆　◆　◆

「ん？　葡萄酒なんてねぇぞ」

「えっ？」

宿に併設されている酒場でいつものように葡萄酒を注文すると予想外の言葉が返ってきて思わず声を出してしまう。

葡萄酒がない？　今までいろいろな酒場に行ってきたけど葡萄酒がないなんて初めてだ。

「……えぇっと、じゃあなにがありますか？」

「おいおい、なにって……エールだろ、エール。男なら黙ってエールにしな！」

そう言ってガハハと笑うドワーフのマスターの言葉に周囲を見渡してみると、確かに酒場の客は全て大きな木製のジョッキをあおっていた。

……なるほど。そういうモノ……なのか？　……いや、今までそんなことを言われたことはないし、この町だけの風習？かなにかなんだろう。

「ちょっと聞き捨てならないじゃないか。男がエールなら、女はなにを飲めってんだい！」

声のした方を見ると、少し離れたところに座っている狐っぽい耳がピンッと立ったお姉さんが空になったジョッキをカウンターテーブルに叩きつけていた。

彼女は頬が赤く、酔っているのが見て取れる。

「おいおい怒るなよジョリーナ。女もエールだぜ！　ルダの女はエールを飲んで綺麗になる！　さあもう一杯！」

マスターはお姉さんの前にジョッキをドンッと置き、「それ飲みゃまた男ぐらい出来るぜ！」と親指を立てながらガハハと笑った。

「あっ、エール一つ」

「はいっ！　銅貨二枚です！」

　マスターは狐のお姉さんの拳を顔面で受け止めるお仕事で忙しそうなので、その隣にいる少年に注文を入れた。

　暫くして少年が「どうぞ！」と持ってきたエールを受け取り、中を確かめながら匂いを嗅ぐ。

　色は薄めの琥珀色。泡はほとんどなく、炭酸もほとんど抜けてそうだ。匂いは……濃厚な麦の香り。

　ジョッキを傾け一口、そして舌で転がすように軽く味わって、飲み込んだ。

「……なるほど」

　口に含むと芳醇な麦の香りが鼻に抜け、なめらかな口当たりと共に軽い苦味と香ばしさが喉に流れる。

　皆がエールを飲むわけだ。これは……旨い！

　手の中のジョッキに急かされるように、ゴクリゴクリと飲み干していく。

　今まで、他の町で何度かエールを飲んだことはあった。でも、おいしいと感じたエールはあまりなかったのだ。

　ある町のエールはアンモニア臭がしたし、雑味が強すぎるエールもあった。あぁ、ハーブなどの草っぽい風味が強いのもあったかな。それに比べるとここのエールはスッキリしていて、しっかり麦で勝負していると感じる。余計な味がほとんどない。

　あぁ、そうか。水か。

　葡萄酒は葡萄の水分で造られるから水の質はあまり関係ないけど、エールは製造段階で大量の水

が必要になる。つまり、水がまずいとエールもまずい。
この世界では——少なくとも僕が今まで見てきた町では基本的に井戸の水は飲んでいなかった。恐らく下水の管理が難しく、人家が増えると下水が水脈に染み込んだりして汚染され、飲めなくなるのだろう。
この町——ルダの町は山が近く、その山から流れ出る湧き水が川となって町中を通っている。その湧き水で造られるからエールが旨いのだと思う。
確かに、これなら『黙ってエール』だろうね。

「はい！　どうぞ！」

さっきの少年がカウンターの方から皿を二つこちらに出してきた。

一つは野菜が浮いたスープ。そしてもう一つ——カサゴに似た三〇センチほどの魚の塩焼きだ！

匂いとか、他のテーブルを見てたら魚が出てくるのは分かっていたけど、こうやって実際に目の前に出されると口の中に唾液があふれてくる。

さて、どうやって食べようか。

他の人がどうしているか気になって周囲をうかがっていく。

壁側のテーブル席に座っている人族の女性が身と骨の間にナイフを入れて身を剥がしている。その手前のカウンターテーブルでは獣人の大きな男性が鷲掴みにした魚を頭からバリッとまるかじりしているのが見えた。

少し考え、ローブの中の魔法袋からナイフを取り出し左手で魚の頭を持ちながら背骨に沿ってナイフを進めていくと、よく焼かれた身は抵抗なくナイフの刃を受け入れ、スルスルっと尻尾まで綺麗に白い身が落ちた。

それを手に持ち口の中へと放り込む。

「……これは旨い」

よく焼けてパリッとした皮の食感。舌にしっかりと感じる皮に振られた塩。口の中に広がる脂。淡白で余計なクセのない白身。ほのかに香る磯の風味。シンプルだけど全てが完璧。単純に旨い。元々、魚はそんなに好きではなかったけど、肉、パン、シチューが続いた数ヶ月の生活でなにかが変わったのかもしれない。

エールで口内を洗い流し、残った魚に目を落とす。まだ半身は魚に残されたままだ。

魚を両手で持ち、今度は豪快にかぶりつく。そしてエール。また塩焼き。そしてエール。

いつの間にかジョッキが空になっていて、それをテーブルに置きながらさっきの少年を呼んだ。

「エールもう一杯！　それと塩焼きもう一つ追加で！」

「はーい！　塩焼き追加ー！」

「おうよ！」

頬を赤く腫らしたドワーフが魚を準備するのを眺めながらスープをすする。

そして夜が更けていった。

翌朝、早い時間に起きて町を出た。

道の両脇にある畑。その緑の絨毯を眺めながら歩く。

優しい風に吹かれた細長い葉と葉がこすれてカサリカサリと音を立て、川のせせらぎと合わさっていく。

これは、麦だろうか？　大麦か小麦か、それとも別のモノだろうか。まだ成長しきっていないようで、この植物がなんなのかよく分からない。しかし、なんとなくだけど大麦な気がする。

エールの原料の大麦。そんな気がした。

「いい町だったなぁ」

小さな海。魚が旨い。エールも旨い。陽気なドワーフ。こんな状態でなければもう少し滞在してドワーフ密度が高い謎でも解明したのにね。

自分でも忘れそうになってたけど、まだ逃亡中なのだ。今は早く隣国へ向かう必要がある。

時間があれば、もう少し海とか見たかったけどさ。

町を背に、山へと向かう道を進む。

道が少しずつ細くなり、左右の畑も途切れて草原に変わった。

そして目の前の山を見上げる。

でも、こういう出会いと別れも旅の醍醐味なのかもしれないね。

◆　◆　◆

斜面に剥き出しの岩肌。大小様々な岩と岩の間を縫うようにくねくねとした山道と、その両脇にまばらに生える木々。振り返ると青い空が見え、そして港町ルダが見えた。

ルダの横には楕円形に広がる入り江。そこにいくつかの船が浮かんでいる。

日本の漁師さんは夜に海に出て、朝に大漁旗をなびかせながら帰ってくるようなイメージがあるけど、この世界では違うのだろうか。やっぱり異世界の夜の海は地球以上に危ないのかもしれない。

それにしても……。馬車が通れない、とは聞いてはいたけど、こんな岩の多い登山道だとは思わなかった。足を踏み外したら即死亡、というような危険な場所ではないし、人が余裕を持ってすれ違える程度には道幅に余裕はあるけど、傾斜が少しキツい。

「確かに、これだとモンスターも住みにくいかも」

大きなモンスターだと特にね。

モンスターはモンスターだけど正体不明の謎の敵でもＵＭＡでも馬でもない。普通にその場所に生息している生き物なのだ。モンスターはそれぞれ生きやすい環境へ自然と集まるのだろうし、わざわざ住みにくい場所で生きようとは思わないだろう。

「んん？」

そのまま山道を登っていくと、ちょっとした違和感のようなモノを覚える。普通は分からない、マギロケーションを常時発動しているからこそ感じた小さな違和感。丁度、岩で死角になっている辺りに獣道のような細い隙間があるように感じたのだ。

「……モンスターはいないかもと思ってたけど、やっぱりなにかいるのかな？」

そういや、商店の親父は、『大きなモンスターはいない』と言ってたっけ。なら小さなモンスターはいるのか。

生き物の痕跡を見付け、気を引き締め直して先へと進むことにした。

砂利道を歩き、小川を飛び越え、大きな岩を迂回し、最後の石段を登りきった先にあったのは——

——絶景。

目に飛び込んできたのは青く澄んだ空と隣の山の緑のツートンカラー。遠くの方には平原の緑。海側の山がここより高くて海は見えないけど、北と南は遠くまで見渡せた。

振り返ると、さっき見た時より小さくなっているルダの町。そしてその奥にはこれまで通ってきた村もかすかに見える。更にその奥を見ようとしたけど、エレムは見えなかった。

暫くその景色を楽しみ、大きく体を伸ばしながら深呼吸する。

「ん～……はぁ」

時間にしたら四時間もかかってないだろうけど、登山で普段使わない筋肉を使ったのか少し疲れてしまった。

軽くストレッチをしながら、改めてこの場所を確認した。

ここは迷宮都市エレムがあったカリム王国と、これから向かおうとしているアルムスト王国とを隔てている山脈の山頂。その中でも比較的低い場所なんだろう。尾根沿いに見ていくと、すぐ近くにここより高い場所が見える。

実質的にここが国境になるのかな。監視する人はいないけど。

魔法袋から水筒を取り出し、中のエールで喉を潤した。

「やっぱり旨い」

次にこれだけ旨いエールを味わえるのはいつになるのだろうか？

現代日本みたいに好きな銘柄のお酒をワンクリックでポチッと注文出来れば楽だけど、当然無理だしね。保存とかの問題があるから遠くまでは輸出してないだろうしさ。

まさにあの町だけの味。ここから去れば二度と味わうことがないかもしれない。

そう考えつつ乾燥肉を口に放り込み、早めの昼食をとりながら山頂の平らになっている部分を探索していく。

背の低い草木の間を抜け、ゴロゴロと転がっている岩を乗り越えると——


『エラルディンの扉』


「——えっ」

そこには黒い『岩』があった。


山頂に並ぶ大小様々な岩の中に埋もれるようにその岩はあった。

高さ二メートルほどの四角形。他の岩と比べると黒っぽく、まるで何者かがこの場に縛り付けようとしたかのように蔓がからみついている。

「エラルディンの扉……エラルディン……の扉？」

頭の中に浮かぶ謎の言葉を何度も繰り返しながら考えていく。

扉……？　どう見ても岩……だよね？

エラルディンとはなにか、という前に、扉とはなにか、という疑問が湧いてくる。

岩を観察しながらゆっくりと近づいていく。

恐る恐る、蔓やその葉をかき分けて岩を触ってみると、表面に苔でも生えているのか堆積物が付いているのか、グズッという感触と共に黒いなにかに指が沈み込み、それがボロボロと崩れて落ちた。

「うわっ……」

慌てて引き抜いた指先に付いた黒いなにかを払って落とす。

なんだかよく分からないけど、このエラルディンの扉とやらは物凄く汚れているみたいだ。

岩を乗り越え、草をかき分けて岩の周囲を一周しながら観察していく。

やはり全体的に黒く汚れていて、全体的になにかの植物の蔓がからみついていた。

「う〜ん……」

さて……どうするべきだろうか。

今まで、僕の頭に文字が浮かんだ場合、僕に関係するなにかがあった。恐らくこの岩にもなにかがあるんだろう。

そして、『コレ』を綺麗にするなら浄化を使えばいいはずだ。どんな頑固な汚れでも一回の洗濯……いや魔法で綺麗に出来る浄化なら、この黒い汚れも綺麗に出来るはず。でも……。

「前にも似たようなことがあったんだよなぁ……」

そう……。妖精の庭にあった妖精の門。あの時は妖精の門が汚れているように感じたので深く考えずに浄化を使ってみたら『漂白剤でも入ってんの!?』とツッコミたくなるほど綺麗に変わって冷や汗をかいた。

神聖魔法は外で軽々しく使うべきではない、とあの時は痛感したのだけど。でもあの時、妖精の門に浄化を使わなければリゼとも出会えなかったかもしれない。

それは悲しいことだと思う。

今回の『コレ』に関しても浄化で綺麗にすれば、この岩の変貌ぶりが注目を集めることになるかもしれない。でも、あの時のように――リゼの時のように、この先には新たな出会いが待っているかもしれない。そう考えると心に光がさした。

「決まりだな」

結論は出た。

まぁどうするかは最初からほぼ決まっていたのだけどね。それでも考えることは重要だ。なにも考えずに行動すると、なにかあった場合に大きな後悔が残る。でも、考えて、考えて、自分が納得してから行動したなら、その先になにが待ち受けていても納得は出来る。

右手を黒い岩に向けて呪文を詠唱した。

「不浄なるものに、魂の安寧を《浄化》」

体から駆け巡る魔力が右手に集まり、輝くオーラになって黒い岩に降り注ぎ、その周囲をグルグルと動きながら包み込む。そして輝くオーラに触れた黒い汚れのようなモノが浄化され、白い粒となってパラパラと落ちていった。

暫く魔法を発動し続け、なんとなく浄化が終わった、という手応えを感じたところで浄化を止める。

「……」

そのままその岩の周囲をぐるっと回って全体を確認していく。

周囲に散乱する白い粒。既にあの黒い汚れはどこにも見当たらない。海からの潮風が優しく周囲の木々を揺(ゆ)らす中、からみついたなにかの植物の蔓はそのままに、太陽の光を受けて白く輝く四角柱の物体。

白く輝く四角柱の物体。

大事なことなのでもう一度……いや、そんな場合じゃなくて。

「やっちまった！」

まさかこんな激変するなんて……。

納得出来たからといって後悔しないとは限らないんだよなぁ……。

と考えながら空を仰(あお)ぐ。

「う～ん……どうしよう」

真っ白になった岩。いや、今はもう岩とは呼べない白い物体を見ながらつぶやく。

葉っぱとか被(かぶ)せて蔓とかをもっと巻き付ければカモフラージュ出来るだろうか？　幸いにもこの場所はこの山を越(こ)えるコースからは外れている。人通りも少ない。僕みたいな変わり者が探検しにこない限りは見つかりにくいだろう。

「いや……」

そこまで気にする必要はないか。どうせすぐに別の場所に行くしね。

それより今はこのエラルディンの扉そのものについて考えないと。

エラルディンの扉に近づいてしっかりと観察してみる。

形は四角柱。色は白。材質は……妖精の門と同じように見える。そして蔓とその葉に覆われていてはっきりとは見えないけど、妖精の門と同じように表面になにかの模様があるようだ。

だとすると……。

恐る恐る右手を出してエラルディンの扉に触れてみる。

するとその瞬間、エラルディンの扉の表面の模様が輝きだし、ゴゴゴゴと音を立て、蔓を引き千切りながら縦に二つに割れた。

「おおおおぉぉっ!?」

なんだこれ！　ちょっと予想外なんですけど！　てっきり妖精の門の時みたいに魔法を覚えられるとかそんなのだと思ったのに！　とか考えている間にもエラルディンの扉は広がり続け、そのまま一メートルほど広がった後、やっとその動きを止めた。

「扉って……自動ドア？」

いやそんな……山頂にこんなオーパーツな自動ドアだけ設置とかシュールすぎる……。と思いながら目線を下へと落とすと、そこには真っ黒に染まった地下へと続く階段があった。

「これは……」

二つに割れた白い石碑の間。白い石碑があった場所。その地面にぽっかりと空いている穴の中の階段は陽の光の下でも真っ黒に見えた。

その場に片膝をつき、恐る恐る穴を覗き込む。

陽の光が射し込まない階段の奥がどうなっているかは見えない。

目線を手前に戻し、階段の一段目を指で触ってみる。

グズッとした触感。見た目で黒カビかと思ったけど、違う。焼け焦げた木材の表面のような、タールの塊のような、なんともいえないこの触感には覚えがある。

最初、岩のように見えていた石碑の表面を触った時と同じなのだ。

「……浄化前の石碑と同じだ」

「……」

なんとなく嫌な想像をしてしまい、白い石碑をちらりと見る。

この白い石碑が黒い汚れを生み出し、それが地下にまで到達した——という可能性は少ないと思う。人間が新陳代謝で表皮に垢を作り出すみたいな現象をこの石碑がやってたら流石にビックリする。となると考えられるのはその逆。

「階段の先にあるナニカがこの黒い汚れを発生させていて、それがここまで侵食してきている」

そう考えた方がしっくりくる。

黒い汚れがこの白い石碑——エラルディンの扉にだけ付いているなら単純に汚れとか枯葉とかの堆積物である可能性が高かったけど。地下の、その壁まで黒く覆われているとなると話は変わる。

だとすると、この階段の先には——

「出会って嬉しい『モノ』が待っているとは思えないんだよなぁ……」

それがなにかは分からないけど、良いイメージがなにも浮かばない。

「う～ん」

この先になにがあるのか確かめたい気持ちはあるけど、明らかにこの場所はヤバそうだ。しかしこの石碑を見た時、頭の中にエラルディンの扉と浮かんだ。つまり鑑定っぽい効果が発動した以上、この石碑は僕に関係するなにかがあるはずで、それは気になる。

暫く考え、『彼女』に聞いてみることにした。

彼女――リゼロッテはなんらかの特殊能力を持っている。それは流石に僕でも気がついている。それが具体的にどういう能力なのかは完全には分からないけど、今は彼女に聞けばなにかヒントが得られそうな気がした。

「わが呼び声に答え、道を示せ《サモンフェアリー》」

呪文を詠唱し、手のひらの上の聖石が崩壊していくのを見ながら、ふと思いつく。

――わが呼び声に答え、道を示せ。

最初から答えはここにあったのではないだろうか？

彼女の能力。そしてこのサモンフェアリーの魔法の意味。それは――『道を示すこと』。

そう考えるとスッと腑に落ちた。

パキッと立体魔法陣が割れて消え、リゼが現れる。

いつもとは違い、手にはガラス瓶のようなモノを持っている。

「やあ、リゼ」

「あのね！　あのね！　ここにいる子がね、助けてー助けてーって言ってるの！」

リゼは現れてすぐ、なんの迷いもなく階段の奥を指差しながら言った。

「えぇっと、ここに子供？がいるのかな？　助けてってどういう状況なのか分かる？」

そう聞くとリゼは暫くなにかを考えるように目をつむり、そして目を開ける。

「あのね！　まっ黒いので出られないの！　苦しくて寂しくて、助けてー！　って言ってるの！」

「なる、ほど……」

なんとなくだけど、状況が見えてきた。

「助けてあげて！　ルークなら出来るよ！」

……そう言われてしまうと行くしかない、かな。

リゼの困った顔を見てしまうと行くしかないような気がしてしまう。

まぁ僕も、なんだかんだ理論的に考えて迷いつつも、この先へと進む理由を探していたような気がするしね。

「うん、分かった。とにかくこの先に進めばいいんだよね？」

「ありがとー！　……あっそれと、これ！　長老が持ってけって！」

リゼはそう言いながら手に持っていた五センチ程の透明（とうめい）な瓶を僕に差し出した。

「お菓子（かし）のお礼！」

瓶をリゼから受け取って眺める。

その瓶はこちらの世界では見たことがない透明な素材で出来ていて、その中には謎の液体が入っていた。それを軽くチャプチャプと振りながら聞く。

「これ、は？」

「お薬！」

お薬？　お薬……か。薬と一口に言っても塗（ぬ）り薬から飲み薬まで、そして風邪（かぜ）薬から痔（じ）の薬まで種類は無限にあるし、間違った薬を使うと毒になってしまうこともあるはず……。

「あっ！　時間だ！　またねー！」

「あ、この薬は――」

どんな薬なのか聞く前に、リゼは光に包まれて消えていった。

「……」

まぁいいか。今すぐ薬が必要という状況ではないし、また次の機会にでも聞けばいいや。

それにしても……。

「妖精に長老っているんだ……」

「不浄なるものに、魂の安寧を《浄化》」

魔法の発動と共に右手から放たれたオーラの輝きが通路を満たし、床、壁、天井までもビッシリと覆っていた黒い汚れを浄化して白い粒に変えた。天井からパラパラと白い粒が落ちてくる。

「だめだ。キリがない」

階段から入って浄化しながら通路を進み、コの字の階段を下りてまた通路を進んできたけど目的の『ナニカ』は見えてこない。なんとなくこの黒い汚れが悪いモノだと感じたので浄化してたけど、このまま進むと魔力が尽きてしまいそうだ。浄化しながら進むのは無理っぽい。

そう考えていると通路の上の方からゴゴゴゴと重たい物を引きずるような音が聞こえてきて、その後にドンッとなにかがぶつかる音がした。

「ああっ！　……はぁ」

ここからでは見えないけど十中八九エラルディンの扉が閉まった音。

「閉じ込められた……とは思いたくないな」

恐らく大丈夫なはず。自動ドアが閉まっただけだ。触ればまた開いてくれるさ。

意を決して黒い汚れに一歩を踏み出す。新雪を踏み抜いたようなグズッとした感触。なんだか凄く嫌な気分になったけど、それを無視して靴底でグリグリしながら足下を確かめる。

「いけるかな？　歩きにくいけど」

◆◆◆

「えっ？」

ギュッともグチュとも聞こえるような音を響かせながら漆黒に染まった通路や階段を進んでいると、一〇メートルほど先、マギロケーションになにかの反応があった。槍を構え、慎重にその反応へと近づいていく。

近づくにつれ、光源の魔法の光が少しずつそれを照らし出し、その姿が見えてきた。

色は通路と同じ黒。しかし黒い軽石のような質感の通路の汚れとは違い、ツルツルとしているように見える。

そこにあったのは重油のような黒い水溜まりだった。

「スラ……イム？」

初心者ダンジョンで見たスライムと似ている気がする。しかし色が違う。単純にスライムがこの通路の色に染まっただけとも考えられるけど――

「――っつ！」

突然(とつぜん)、黒いスライムが丸くなったかと思うと、いきなりこちらへ凄い勢いで飛びかかってきた。それを咄嗟(とっさ)に槍で受け流しながら体を捻(ひね)って避(さ)ける。が、黒い汚れの層に足を取られてバランスを崩(くず)してしまう。

くそっ！　これは普通(ふつう)のスライムじゃない！

足を踏ん張りながら、ミスに気付いて舌打ちしそうになる。

先に地面だけでも浄化しておくべきだった。これじゃあ戦いにくい！

左手で地面の黒い汚れに楔(くさび)を入れるようにして体を支え、スライムの方を向く。そしてまた飛びかかってきた黒いスライムを、足を滑(すべ)らさないように最小限の動きを心がけながら迎(むか)え撃(う)った。

飛んできた黒いスライムを槍の石突(いしづき)で打ち返す。黒いスライムは壁に勢いよくぶつかり、すぐにその反動を生かして跳(は)ねるように飛ぶ。それに合わせて槍を叩(たた)きつけ、また弾(はじ)き飛ばす。そうして、時にバランスを崩して床に転がったり、全身真っ黒になりながら何度も黒いスライムとぶつかり合った。

やがて黒いスライムの動きが鈍(にぶ)くなり、吹(ふ)き飛ばした壁から地面へとポトリと落ち、床の黒い汚れに吸収されるように溶(と)けて黒い魔石が残る。

「……はぁ、終わった……ゴホッ！　ゴホッ！」

なにかが気管に入ったのかも？

咳(せき)を我慢(がまん)しながら黒い魔石を拾う。

大きさは三センチほど。Ｄランクぐらいかな？　野生のモンスターは魔石の大きさが一定ではないのではっきりとは分からない。でもこの大きさだとＥやＦランクはありえないと思う。

「そりゃ強い、か」

この黒いスライムは普通のスライムとは違う。明らかに強いし完全に別の種類。これがどういう類のモンスターなのかはよく分からないけど、この先にあるなにかが原因だろう。


「ゴホッ」

それから何匹か黒いスライムを倒しながら二時間ほど歩き続けた。正確には分からないけど、既に山の中腹ぐらいには到達している気がする。

「今日中に山を越えるのは無理かも」

仮に今から戻ったとしても、頂上に戻るために二時間必要として、そこから下山に数時間。山の反対側の近くにも村があるという話だけど、日がある内に村に到着出来るかは微妙なところ。安全を考えて通路内のどこかで野営することも考えないといけなくなってきた。

それにしても、この通路はなんのために存在しているのだろうか。わざわざ山頂に入り口を作り、下へ下へとただ向かうだけの道にどんな意味があるのかよく分からない。利便性を考えるなら山の麓から横穴を掘るはずだしね。

「むしろこちらの道は非常口なのかも」

そう考えた方が納得出来た。となると僕が気付かなかっただけで麓のどこかにも入り口があったのかもしれない。

「ん？」

階段を下りて通路を進んでいると、目の前に壁が現れた。行き止まりだ。

しかしマギロケーションには壁の先に空間の反応がある。

「《浄化》」

とりあえず行き止まりの壁付近を浄化して本来の壁が見えるようにする。

輝くオーラに浄化されて白い粒がバサバサと降ってくる中で壁を見ると、壁の中央部分が長方形
――扉形に凹んでいて、奥にコの字形の取っ手があった。

この取っ手を動かせばいいのだろうか？

取っ手を握って力を入れようとしてマギロケーションのことを思い出し、最大範囲で敵がいないことを確認してから取っ手を押してみる。が、びくともしない。今度は左側へとスライドさせようとしてみる。これも動かない。そして右側へとスライドさせようと全体重を乗せて引っ張ると、ゴゴ、ゴゴと石が擦れるような音と共に少しずつ扉が動き始めた。

「おっ」

扉をくぐると、天井まで三メートル程、奥行きは二〇メートル程の広い部屋になっていた。

そして黒く汚れた壁や地面から隆起するように存在している『モノ』。僕の頭上で光る光源の魔法に照らされて輝く闇色の結晶。

「……なんだろう」

近くの壁際に生えている結晶に近づいて観察する。

色は黒で半透明。大きさは粒のようなものから三〇センチ程度のものまで様々で。形は長細く、

水晶のように見えた。

黒いスライムが残した黒い魔石——闇の魔結晶を取り出してそれと見比べてみる。

「似てるけど違うかな」

闇の魔結晶ではない気がする。黒い水晶の方は中に筋が入ってたりするし、色も濃淡があって安定していない。それに闇の魔結晶の方が色が濃い気がする。

う～ん……よく分からないけど、少し採取しておこう。

ナイフを取り出し、柄の部分で叩き折って魔法袋に入れる。いつか使えるかもしれない。

次に、この部屋と通路を遮っていたモノを確かめる。

黒い汚れで形は分からないけど、そこには縦二メートル程の物体があった。

「《浄化》」

浄化のオーラの中でパラパラと白い粒が落ち、出てきたのはローブを着た女性の石像。ゆったりとしたローブをまとって、細かい装飾の付いた杖を持ち、柔らかく微笑む長髪の女性。

「あー……どこかで見たかも」

どこで見たっけ？　う～ん……あぁ教会かな？　教会の最奥、一番目立つところで似たような石像を見たような気がする。えぇっと……名前は確か——

「あぁ……最高神テスレイティア、だ」

◆　◆　◆

「ゴホッゴホッ……風邪でも貰ったかな？」

黒いスライムを倒しつつ、壁から突き出ている黒い水晶の内、大きい物や綺麗な物を選んで採取し、謎の汚れが積もって黒く染まった廊下を進む。

テスレイティア――それはこの世界、テスラの最高神である女神の名。女神の祝福の『女神』とは、このテスレイティアを指しているのだろうし、この世界の名、『テスラ』もこの女神由来なのだろう。

最高神、と聞いた時、最初に思い出したのは例の白い空間で出会ったあの男だったけど、どうやらあの男は最高神ではないらしい。だとすればあの男は何者なのだろうか。気になるところだ。

「あー……もしかして、転生担当大臣ならぬ転生担当神とかだったりして」

そう考えると、あの無愛想で怖そうだった男が急にリアルな存在に思えてきてちょっと面白い。

暫く歩くと十字路が見えてきた。どの道が正解かを探るためにマギロケーションの範囲を広げたけど、よく分からない。

「ここが神殿的なモノだとするなら、真っ直ぐに進むのが正解な気がするけど……」

ゲームじゃないんだし、ここが実用的な教会とか神殿として造られたなら迷路みたいな構造にはしないはず。まぁでも、最高神テスレイティアの像があった部屋が神殿の最奥だと仮定した場合の話になるのか。

「なんにしろ右の道から確かめるんだけどね」

ＲＰＧではマップの隅々まで調べて宝箱は全て取らないと気が済まない派だったんだよね。正解のルートが中央なら左右から確かめたい。

右に曲がって進むと通路の左右に規則的に並ぶ空間の反応があった。

黒い汚れにドアが埋もれているのか目視は出来ないけど、恐らく小部屋が並んでいるのだと思う。

「不浄なるものに、魂の安寧を《浄化》」

ドアがありそうな場所に近づいて範囲を絞った浄化を使うと黒い汚れが白い粒に変わって地面にパラパラと落ち、壁から木製のドアが現れた。出てきたドアノブを握り、古くなってギシギシと音を立てるドアを無理やり開くと、現れたのは黒く染まった小部屋。全体が黒い汚れの層で覆われているけどシルエットから机、イス、棚、ベッドだとなんとなく分かった。

どうやらここに住んでいた人が寝泊まりしてた部屋らしい。

棚の中になにもなさそうなことを確認してから机の引き出しを手探りで開け、中に浄化をかけてなにかないか調べていく。しかし特になにも見つからなかった。

「う〜ん……」

全ての部屋を調べて宝探しをするのはいいとしても、こんなやり方をしていたら日が暮れてしまうし、それ以前に浄化の使いすぎで魔力が切れてしまう。

「もうちょっと、こう、なにか――」

――って、マギロケーションを上手く使えばなんとかなるんじゃないだろうか？　範囲を広げると魔法？が分散されるような感じで情報が薄れて曖昧になっていたし、逆に範囲を狭めて魔法を濃縮すればもっと詳しい情報が読み取れるようになる気がするんだよね。

「やってみる価値はあるかもしれない」

机の横にあるイスを浄化で綺麗にしてから腰掛け、目を瞑って集中していく。

◆　◆　◆

「う～ん……どうしますか」

外套を敷いた木枠だけのベッドの上に寝転がり、乾燥肉を口に咥えながら考える。

試行錯誤の末、マギロケーションの範囲を一メートル程度にまで短縮可能になり、その範囲内限定でより詳細な情報が得られるようになった。今までの一〇メートル範囲では表面的な情報しか得られなかったけど、一メートル範囲では目視以上の詳細情報が得られている。これによって浄化で綺麗にしなくても引き出しの中まで調べられるようになった。これはまさに透視能力！

「……」

なんとなくアレな考えがちらりと頭に浮かぶ。

まぁ、男の子だしね！　仕方ないよね！

……さて、マギロケーションを範囲縮小することが出来た後は小部屋を順番に回って使えそうなアイテムを回収。右の通路の小部屋を調べ終わった後は左側の通路の方も全て調べた。それは良かったのだけど……。

「熱中しすぎて時間を使いすぎた！」

時計がないから正確な時間は分からないけどマギロケーションの練習に数時間は使っていた気がする。そこから小部屋の探索に一時間程。山の頂上から地下に入ったのは昼前で、そこから女神像まで二時間程度だと考えると――

「既に日が沈んでいてもおかしくない……」

そしてこの小部屋で一泊することが確定したのだった。

そして大きな大きな大問題が一つ。

「なんだろ、アレは……」

中央の通路を進んだ先。マギロケーションの最大範囲の端に引っかかった大きな反応。

巨大モンスター。

大きすぎてこちらの通路には入ってこられないのか、その場に留まっているようだけど……。


「さて……と」

気を取り直してベッドから起き上がり、机の上に積み上げられた今日の戦利品を一つ一つ確かめていく。

まずは部屋の中に落ちていた銀貨と銅貨。変色はしていたけど意外と普通で、古代の硬貨とかではなく、普段使っている物と同じだった。この場所がこうなったのが比較的最近なのか、それとも硬貨が昔から変わっていないのか、それは分からない。

そして魔法書。これは通路の一番奥の倉庫に保管されていた。まず生活魔法の魔法書が六種類、二セット。そしてラージヒールの魔法書、ディスポイズンの魔法書、ストレンジスの魔法書、アーススキンの魔法書。ここが神殿だからだろうか、回復補助系の魔法書がいくつも保管されていた。

「まぁ、僕はまだ覚えられないみたいだけどね……」

今まで読んだ本や例の白い空間で得た情報などから考えると、魔法――六属性魔法は適性があれば習得条件が緩和されるだけで基本的にレベルさえ上げれば誰でも習得可能なはず。南の村にいた頃は仕方がないにしても、一四レベル程に上がっている現時点でも生活魔法すら覚えられないのは驚いた。

「それにラージヒールも覚えられないんだもんなぁ」

ラージヒールはヒールの次の光属性の回復魔法のはず。僕は光属性の適性を持っているはずだから覚えてもいいはずなんだけど、覚えられなかった。つまり、まだレベルが足りないのだろう。

「そう考えると、回復魔法って難易度高すぎなんじゃないかな？」

光属性持ちの僕がＤランクになれるまでレベルを上げても覚えられないのだからね。まぁ僕のアビリティは光属性Ⅱだったはずだし、ⅢとかⅣの適性がある人ならもっと早い段階で覚えられるのだろう。

数々の戦利品を魔法袋に詰め込んでイスから立ち上がり、ベッドに座って壁に背を預ける。

他にも生活用品やナイフや服などを見付けたけど、全てボロボロになっていたり錆びていたりしたので放置してきた。そんな中でも魔法書だけが普通に残っていたのは驚きだけど、そういうモノなんだろうと納得しておくことにして、ゆっくりと瞼を閉じた。

◆　◆　◆

「っ！　光よ、我が道を照らせ《光源》」

意識が覚醒してすぐに光源の魔法で灯りを確保。

そして寝た時と変わらない室内と自分の体を見てホッと胸を撫で下ろした。

この部屋で一泊すると決めたものの、得体の知れない黒いスライムが徘徊していたエリアで眠るのは勇気が必要だった。周囲の黒いスライムは全て排除したし、ドアはちゃんと閉め切っているものの、あのスライムがどうやって発生してるのかが分からないし、スライムならドアの隙間から侵入出来る可能性もあるし、怖くて座ったまま眠ることにしたのだ。そして熟睡しないまま何度か覚醒と睡眠を繰り返して今に至る。

洞窟の中の閉め切られた部屋の中だとホーリーファイアのランタンも使いにくいし、このまま旅を続けるならもう少し安心して外で夜を越せるようになにか考えないとダメだ。

「というか、秘境とか前人未踏の地を巡るならそういうのって必須だよね」

もしかするとモンスターが物凄く多い場所に秘境があるかもしれない。そういう場所でも安心して眠るための手段は必要だろう。もしくは、どこかの街のエロいスイーパーみたいに殺気を感じたらすぐに目が覚める特殊能力を身につけるか……。

「まぁ、それは無理かな……」

少し考えたけど、そういう能力を得られるような気がしなかった。

でもなんとなくだけど、いつかなんとかなりそうかな、という根拠のない自信のようなモノが頭の中に浮かんだ。

◆　◆　◆

黒と闇に染まった神殿の外の世界。神殿の通路の壁に背を貼り付けるように隠れながら外を見た。『見た』といっても光源の魔法は消してあるので目には見えてない。マギロケーションを通して『見て』いるだけだ。

神殿の外は広い洞窟。天井は三〇メートル以上あり、奥行きはマギロケーションでは見えないほど広い。地面や壁には黒い水晶がいくつか飛び出しているのが分かる。

そして神殿の前にいる黒くて巨大な塊。塊といっても形は不定形。うねうね動いたり、プルプル体を震わせたり……そして今は地面に広がりながら体を波打たせている。

「スライム、か……」

大きさはグレートボアぐらいありそうだけどね……。

今まで戦ってきた小さな黒いスライムでもＤランクかＣランクぐらいあった。つまりこの大きな黒いスライムは最低でもＢランク……。

「……いや、これ、勝てる……のか？」

Ｂランクのモンスター……僕が連想するのはグレートボアしかないけど、あれと同じぐらい強いモンスターと考えると勝てるイメージがまったく浮かばない。

「けど……」

ここまでの通路は実質一本道。他に進むべき道はなかった。そして目的のなにかはまだ発見していない。つまり、アレを倒すかどうかは別としても、この場所を抜けて先に進むしかない。もしくは——

「諦めて地上に戻る、か」

そう言葉にして出し、そして考えた。最初に頭に浮かんだのはリゼの顔だった。

強そうなモンスターがいたから、助けを待っている子を見捨てて戻ってきた。そう報告したら、リゼは悲しむだろうか？

「……あまり想像したくないな」

そう言いながら、無意識に首を振っていた。

強そうなモンスターがいたから仕方がない。仕方がないけど、そういう話ではないのだ。あんな顔はもう見たくはない。

それに、リゼは『僕なら出来る』と言った。

「なら、やれるだけやってみよう」

マギロケーションの範囲を何度も変化させ、真っ暗闇の中、周囲の障害物を把握しつつ巨大スライムから出来るだけ離れたルートを探っていく。神殿は古代ギリシャの建物のように石造りで細かい模様があるみたいだけど、マギロケーションだけでは把握しきれない。洞窟内は神殿から真っ直ぐに続く大通りがあり、その左右に廃墟がいくつも残っていた。その廃墟の裏なら上手く抜けられそうだ。

とりあえず、巨大スライムに見つからないようにこの空間を抜けよう。倒せなくてもそれならなんとか奥には進めるかもしれない。

そう考えながら、音を立てないように慎重に神殿を出て、神殿の柱の裏に隠れて廃墟の裏手を目指そうとした時。

「えっ？」

巨大な黒いスライムが、プルプルしていた動きを止める。そして次の瞬間、巨大スライムの体は空中にあった。

「なっ！」

咄嗟に柱の裏から飛び出し、廃墟の裏側へと体を投げ出す。それと同時に響き渡る轟音。

「はっ⁉　ちょっ！」

受け身を取りながらマギロケーションで読み取ると、神殿の入り口に巨大なスライムが突き刺さり入り口部分が完全に崩れていた。

「くそっ！　光よ、我が道を照らせ《光源》」

こうなってしまえば光を消している意味がない。

光源の光に照らされ、巨大な黒いスライムが舞い散る粉塵の中に現れた。

……そもそも某ゲームと違って目など存在しないこのスライムに光の有無なんて関係あったのだろうか？　実際、暗闇の中で音も出していない僕をピンポイントで見付けて攻撃してきている。

「光よ、我が敵を撃て！《ライトボール》」

とりあえず全力でライトボールを放ち、すぐに背中を向けて神殿の反対側に走った。ここに道があるならこっちに出口があるはずだ。

「……っ！」

二〇メートルも走らない内に、こちらに飛びかかってくる巨大スライムを感じ取り、進行方向を変えながら地面に転がった。

次の瞬間、大きな破壊音が洞窟内に響き渡り、飛び散った瓦礫の破片がバチバチと降ってくる。

「ぐっ！　逃げられない！」

やるしかない！　でも、どうやるんだ？　いくら打撃が多少効くといっても、あんな巨大スライムを槍でどうこう出来るとは思えない。

すぐに立ち上がって巨大スライムの方を向く。

マギロケーションで感じる巨大スライムの中央付近が陥没し始め、作り上げられるすり鉢状の凹み。そしてその中央部分に集まっていくなにか。

「うっ⁉」

なにかする気だ！　なにか分からないけどそれだけは分かる！

咄嗟に道の反対側へ走って瓦礫の裏へ体を投げ出した。その瞬間、ドパッという音と共に黒い塊が巨大スライムから吐き出され、いくつかの廃墟を吹き飛ばす。そして辺り一面に黒い物質が飛び散った。

「そうか……」

そこらじゅうを覆っている黒い汚れはこの巨大スライムが撒き散らしたのか。てっきりこの黒い汚れによってスライムが変質したのだと思っていたけど、これは逆なんだろう。だとすれば――

「――あぁ！　もう、そんな無茶な賭けはしたくないんだけどっ！　さ！」

瓦礫の陰から転がり出ると同時にその瓦礫が爆散する。

瓦礫の破片を体に受けながら瞬時に立ち上がり、巨大スライムの方へとジグザグに走る。吐き出された黒い塊を一つ二つと避け、体の一部を触手のように伸ばして叩きつける一撃を横に転がってかわし、体ごと巨大スライムに体当たりするように槍をぶっ刺して大声で叫んだ。

「不浄なるものに、魂の安寧を《浄化》！」

後先を考えない手加減ナシの本気の浄化。それを槍を通して巨大スライムの体内へと全力で流す。

巨大スライムが槍ごと僕を体内に引きずり込もうと細く伸ばした体を巻き付けてくるが、全て無視して浄化に全力を注ぐ。むしろ自ら前に進んで槍を奥に押し込んでやる。

奥へ奥へ。少しでも奥から浄化を浸透させる。巨大スライムに取り込まれた鉄の槍がギシギシと悲鳴を上げ、一緒に取り込まれた両手から煙が上がって焼けるように痛む。

「ぐっ！」

まだ足りない！　もっと！　もっと強い浄化を！　ありったけの魔力を燃やし尽くせ！

そう願うと体の奥から魔力が流れ出して波のように体中を駆け巡った。そしてその魔力が右手に集まって鉄の槍へと流れ込み、流れきらなかった魔力が全身から溢れ出して輝き始める。

「いっけぇぇぇぇっ‼」

全身から溢れ出た輝きがオーラとなって巨大スライムを包む。そして全てを浄化しながら槍先から巨大スライムを消滅させていく。

やがて巨大スライムの全てを浄化した輝くオーラはパシンと弾けるように広がって洞窟内の全てを浄化していった。

パラパラと舞い落ちる白い粒。輝く白い世界。静寂が辺りに訪れる。

魔力切れの虚脱感。腕の痛み。そして女神の祝福。不思議な達成感が僕を包み込む。

白い粒が降り積もった地面にペタンと座り込み、息を吐いた。

『ルークなら出来るよ！』

そんなリゼの声が聞こえたような気がした。

◆　◆　◆

「神聖なる光よ、彼の者を癒やせ《ホーリーライト》」

多少回復した魔力で巨大スライムに焼かれた傷を癒やし、腰を上げる。

「はぁ」

大きく息を吐き周囲を見渡してみると、真っ黒に染まっていた洞窟内の全てが浄化されて本来の色を取り戻し、汚れが変化した白い粒が地面に降り積もってまるで南国のビーチのようになっていた。

目の前――巨大スライムがさっきまでいた場所に出来た小さな砂丘をかき分けるように上り、頂上に落ちていた白い魔石――光の魔結晶を拾い上げる。

「この大きさは、やっぱりBぐらいかな？　しかし、これも変質したのか」

黒い巨大スライムが落とした魔石は光の魔結晶。しかしあの巨大スライムが光属性とは考えにくい。小さな黒いスライムからは闇の魔結晶が取れたし、巨大スライムの方も本来は闇の魔結晶だったはずだ。

そしてエレムのダンジョンでアンデッドを浄化で倒したらドロップアイテムが変化した。しかしそれはダンジョンという特殊な環境（かんきょう）の中だけの話という可能性があったし、アンデッドだけがそうなる可能性もあった。

「でも、それが否定された」

つまりダンジョン以外でも、アンデッド以外でも、浄化で倒せるモンスターなら魔石は変質する可能性があるということ。

この事実は後々なにかに使えるかもしれない。今はまだなにも思いつかないけど。

光の魔結晶を魔法袋に入れ、白い粒の山をかき分けていく。マギロケーションがこの下になにかの反応を捉（とら）えていた。

「って……」


『リオファネルの卵』

『聖獣（せいじゅう）リオファネルの卵』

頭の中に浮かぶ言葉。

そこにあったのは真っ白い卵。

横幅（よこはば）一〇センチ、縦幅二〇センチ程だろうか。見たことはないけどダチョウの卵と同じぐらい？

かもしれない。

　卵を手に持ち、目の前まで持ち上げてみる。

「これって……生きて、る？」

　ここにあるということは、あの黒い巨大スライムの中にあったのだろう。あの中に手を突っ込んで溶かされかけた僕としては卵が消化されず形を保っていられたことがまず信じられないのだけど。

　すると、僕の言葉に答えるかのように、卵がトクンとなにかの波動のようなモノを弱々しく発した。

「……これは、生きてるってこと？　でいいのかな？」

　思わず卵に聞いてみるけど今度はなんの反応もない。

「う～ん……神聖なる光よ、彼の者を癒やせ《ホーリーライト》」

　聖なる光が卵に降り注いで卵の中に吸収された。

　その弱々しさが気になって卵に回復魔法を使ってみたけど、これでよかったのだろうか？　いや、それ以前に、リゼが言っていた『助けを求めている子』ってのはこの卵のことでいいのだろうか？

　リゼを呼び出して聞いてみたいけど、場所が場所だし今はそれだけの魔力が残っていない。

「しかしこの卵、どうしよう……」

　巨大スライムから解放したし、このままでいいのだろうか？　親を探し出して卵を返してあげないといけないのだろうか？　卵を孵化させる必要があるのだろうか？　孵化させるなら温める必要があるのだろうか？　この卵をどう扱えばいいのか分からない。

「う～ん……まぁとりあえず放置は出来ないかな」

なんてったって聖獣らしいしね。放置して、はいさようなら、は流石にマズい気がする。

魔法袋から外套を出して地面に敷き、中央に卵を置いて飴玉を包むようにクルクルと巻いて、それを輪っかのように結んで首から掛けておいた。とりあえずの応急処置だ。町に着いても孵化しなかったら専用の鞄でも買おうかな。


卵の今後について考えながら白い道を歩き、神殿の入り口へと向かう。

柱に刻まれた模様。外壁に描かれた人や動物の彫刻。浄化によって表に現れたそれらを眺めながら神殿の前まで進むと出入り口が完全に崩れているのがはっきりと確認出来た。

「これは、ダメだな……」

完全に塞がれていて奥には戻れそうにない。時間をかければ瓦礫の撤去は可能かもしれないけど、下手にいじると余計に崩れて巻き込まれそうで怖い。それに――

「その時間がない、か」

食べ物はそこそこ余裕があるけど、水分がどうにもならない。葡萄酒の残りはあと数日分ぐらいだろうか。

「結局、先に進むしかないよね」

後ろを振り返り、洞窟の奥へと続く道の先を眺めた。

白い粒が敷き詰められた幅四メートル程の洞窟。壁や天井は整えられているものの、岩盤剥き出しで――でも、苔や昆虫など動植物の姿は一切見えない。よく考えると、この洞窟に入ってから生物は見ていない。……いや、黒いスライムはいたか。まぁとにかく、あの黒い汚れに覆われて生きられなくなったのかもしれない。

◆　◆　◆

「あっ」

展開していたマギロケーションの反応に違和感を覚えて小走りで先を急ぐ。

「嘘だろ……」

あの神殿から真っ直ぐに続く洞窟の突き当たり――いや、今は突き当たりになってしまっている外への道があるはずの場所。そこに外から土砂や岩が流れ込んで完全に塞がれてしまっていた。マギロケーションで探ろうとしても土砂の先まで届かない。ここを掘り返すのも無理そうだ。

方角的に、こちら側にはルダの町があったはず。この道を進めれば洞窟を抜けられたはずなんだけど……。

「仕方がない、か……」

そう口に出しながら左手側を見ると、そこには細い横穴が西へ続いていた。

その横穴は幅が二メートル、高さは三メートル程。岩盤剥き出しの壁はゴツゴツしたままで、それまで歩いてきた道とは明らかに違って見える。この道はなんのための道なのだろうか？

そんな疑問を抱(いだ)きつつ進んでいると白い粒で覆われた地面が途切(とぎ)れ、黒く汚れた地面が光源の光の下に現れた。どうやら巨大スライムを倒した時の余波で浄化されたのはここまでで、この先はまた汚れた黒い世界に逆戻りらしい。なんとなく気分が暗くなり軽くため息を吐(つ)き、黒く汚れた地面を靴底でジャリジャリと鳴らしながら歩みを続ける。

曲がりくねった道を抜け、小部屋のようにくり貫(ぬ)かれた場所を一つ一つ確認し、突き出た岩を上り、坂道を下り、黒い水晶を採取しつつ何時間も歩いた。

歩いても歩いても出口どころか出口のヒントすらない。ただただ暗くて黒い洞窟を歩くだけ。

退路を断(た)たれた以上、前に進むしかないのだけど、どんどん気分が沈んでいくのが分かる。

歩いて歩いて、でもその先に出口なんてなくて、ただ洞窟の最深部に到達したらどうしよう？

仮にこの先に出口があったとしても、この一本道のどこかがさっきみたいに崩れていたら？

次々と悪い想像が頭に浮かぶ。

やっぱりリスクがあっても瓦礫を除去した方がよかったのではないか、と思い始めたその時。

「……？」

なにか音がしたような気がして足を止めた。耳を澄(す)ますと、やはり遠くの方でかすかに音が聞こえた。

カチャカチャというなにかが擦れる音。ザッザッという地面を踏みしめる音。慌(あわ)ててマギロケーションを最大範囲にすると遠くに気配を感じた。が、目ではなにも確認出来ない。

自然と槍を持つ手に力が入る。暫くその場でじっとしていると、どんどん音が大きくなってきて、前方の曲がり角の先がぼんやりと明るくなってきた。そして暫くしてその曲がり角の先からヌッと現れる影。

身長は僕の胸ぐらい。しかしその胴体は樽のようで、手足も丸太のように太い。その強靭そうなずんぐりむっくりな体を手の先までピッチリと服や手袋で覆い、目にはシュノーケリングで使いそうな大きなゴーグル。口と鼻をカラスマスクのような大きな布地で覆いつつも、ワサワサした髭がわさっとはみ出ていた。そして背中の大きな鉄槌。

……ってドワーフ？

彼はこちらをちらりと確認すると、歩調を変えずこちらに近づいてきた。

革のブーツがザッザッと黒い汚れを踏みしめ、腰のランタンが金具と擦れてカチャカチャと音を立てる。

そして――

「ヨーホイ」

数メートル先で立ち止まった彼はこちらを向き、軽く右手を上げながらそう言った。

「よ、よーほい……？」

なんとなく挨拶のような気がして、咄嗟にそれを真似て返してしまう。郷に入れば郷に従え、ではないけど、日本人らしく無難に相手に合わせとけ！　なところが出てしまったかも。

「……ふむ」

するとドワーフ？らしき男は上げていた右手をそのまま顎にやって髭を撫で、数秒考えた後、口を開いた。

「人ならざるモノ……ではないようじゃの」

そう言いながら彼は僕の全身をつま先から頭の天辺まで確認するように目と頭を動かした。

人ならざるモノ、とは？　モンスター……だろうか？　それとも幽霊とかそういう存在のことを言っているのだろうか？　そう考えていると、彼は言葉を続けた。

「しかしお前さん。死にたいのかの？」

「えっ？」

そのいきなりな言葉に動揺してしまう。さっきは黒い巨大スライム相手に無茶な戦いを挑んでしまったけど、それをこのドワーフは知らないだろうし……。

困惑していると、その様子を見たドワーフが口を開いた。

「ふむ……その様子じゃと、ここがどんな場所なのか知らぬようじゃの」

彼はそこで一旦、言葉を切り、ゆっくりと顎髭を撫でながら話を続ける。

「ここはの、死の洞窟と呼ばれとる場所じゃよ」

「……死の、洞窟ですか」

「そうじゃ。ここではどんな生き物も生きては行けん。勿論、人間もじゃ」

そう言って彼は洞窟の壁に寄り、グローブをした手で壁をガリッと引っ掻いて黒い汚れをすくい取る。そしてそれをこちらに見えるように掲げる。

「この黒いモノをの、ワシらは死の粉とか闇の粉などと呼んでおる。これは生き物にとっては毒なのじゃよ。触れれば体を蝕み、やがては死に至らしめる」

彼は手の上の黒いモノを地面に落とし、パンッと手を叩く。

「じゃからの、この洞窟に入るなら最低でもマスクとゴーグルは必須じゃ。素肌でも触れぬ方がええからの、全身覆える服もあった方がええじゃろうな。……ところで——」

そこで彼は一旦、間を空け、そして言葉を続けた。

「——お前さん、死にたいのかの？」

「っ！」

その言葉の意味をようやく理解し、体中に付いた黒い汚れ——死の粉をバサバサと落としていく。

そして魔法袋から綺麗な布を取り出して鼻と口を覆うように巻いて頭の後ろで留めた。ゴーグルも欲しいけど、生憎とそんなモノは持ち合わせていない。

「ふむ。今はそれでええじゃろ。……さて、お前さん、出口は分かっとるんかいの？」

◆　◆　◆

ジャリジャリと洞窟の中に二人分の足音が響く。ランタンの灯りと光源の光に照らされ、複数の影が壁で揺れる。

あれから暫く洞窟を歩くと、洞窟内の黒い汚れ——死の粉が少しずつ薄くなっていき、やがて黒い汚れは見られなくなった。死の洞窟とやらを抜けたのだろうか？

前を歩くドワーフを見る。

彼はボロックと名乗った。その彼が出口まで案内してくれると言うのでここまで付いてきたけど、良かったのだろうか？　彼は洞窟の奥へと進もうとしていたのだし、なにか洞窟の奥に用事があったはずだけど。

そう考えていると彼は立ち止まり、こちらを振り向いた。

「そろそろええじゃろ。さて、お前さんは微風が使えるかいの？」

微風とは風属性の生活魔法。その名の通り風を生み出す魔法だ。

「いえ、覚えていないです」

「ふむ、じゃあわしがやってやろう。死の粉を外に持ち出すのはちとマズいからの」

そう言って彼は微風の魔法を発動し、右手から出る風を僕に向ける。業務用のドライヤーのような強さの風が白いローブをパタパタと揺らし、死の粉を吹き飛ばしていく。その後、彼は自分にも微風を使い、「さて、出口はもうすぐじゃからの」と言ってまた歩き始めた。

それに追いつきながら話しかける。

「あの、ボロックさん。良かったんですか？　洞窟の奥に用事があったのでは？」

僕がそう聞くと彼は肩越しにちらりとこちらを見て答えた。

「別にかまわんよ。急ぐ用事でもないしの。それにの、わしはお前さんに興味が湧いた。今はそちらの方が面白そうじゃしの」

「興味、ですか……」

「そう、興味じゃよ」

それから更に歩くと洞窟に交差するようにいくつもの横穴が現れるようになり、上や下へと続く穴なども現れて、まるで迷路のようになってきた。そんな道をボロックさんは地図を確認することもなくスイスイと進む。彼に続いて横穴に入り、階段を上り、十字路を左に曲がって縄梯子を下りる。もう既に僕一人ではあの巨大スライムがいた空間には戻れないと思う。

「ボロックさん、ここは……なんなのですか？」

縦横無尽に張り巡らされた人工的な洞窟に疑問を感じたのだ。

「ここはのう、古い坑道じゃよ。今は既に掘り尽くされて廃坑になっておるがな」

なるほど、鉱山だったのか。それならこの無駄に入り組んだ迷路のような構造にも納得出来る。

……でも、だとすれば、彼は何故そんな場所に居たのだろうか？　疑問は残るけど、それを言ってしまうと僕だって人のことは言えない。なので続く疑問は飲み込んだ。

「よし、着いたぞ」

ボロックさんは前方を軽く指さす。

その指の先にあったのは大きな扉。高さ二メートル程の両開きで、真っ黒い金属製に見える。見るからに頑丈そうだけど、あんな黒いスライムがいるなら当然かもしれない。

ボロックさんが扉に付けられた輪っかのような金属を手前に引っ張るとギチギチと音を立てて扉が開いていく。これでようやく外に出られるのか、なんて考えながらその光景を眺めていると——

「ようこそ、ドワーフの里へ——という感じかの」

ボロックさんが少しおどけるように言った。

黒い扉から続く幅三メートル程の大通り。その両脇に建ち並ぶ石造りの家々。

なるほど、ここが……ドワーフの里、か……。そう思いながらボロックさんに続いて扉をくぐり、里の中へと入っていく。暫く歩くと神殿のようなものが見えてきた。なんとなくだけど見たことがあるような気がして少し考え、納得する。似ているのだ、巨大スライムがいた場所の神殿に。

「……」

さて……大きな問題が二つある。まず初めに、ここがまだ洞窟内ということだ。ここは巨大スライムがいた場所と同じ、大きな空洞内に作られた里。てっきり扉の先は外だと思っていたのにまだ洞窟内で落胆している自分がいた。

そしてもう一つ……。

「あの……ボロックさん。……なんだか人が誰もいないように感じるのですけど」

僕がそう聞くとボロックさんは歩きながら肩越しにこちらを振り向いた。

「さっき言ったじゃろ、ここは既に廃坑になっとるとな。ここに住んどるのはわしだけじゃよ」

それだけ言うとボロックさんはまた前を向く。

この里には最初から人影が一つも見当たらなかった。というか、扉を開けた時、灯りがどこからも漏れていない真っ暗な空間だったので驚いたのだけど。まぁ確かに、鉱山を掘り尽くしたならこんな場所に里を作っておく必要はないかもしれないね。

……というか、一人しか住んでいないのに里と呼んでもいいのだろうか？

「ふむ……少し淀んでおるの」

そう言いながらボロックさんが立ち止まった。そしてすぐに呪文を詠唱し始める。

「風よ、この手の中へ《微風》」

彼は右手を上げ、なにかを吹き散らすようになにもない空間に魔法の風を送り、「こんなもんかの」と言ってまた歩き始めた。

「今のはなんですか？」

「ん？　知らんのかの。洞窟で淀みが溜まれば人は生きられんようになるからの。適度に微風で散らしてやらねばならんのじゃ。地下に潜るドワーフなら誰でも知っとる常識じゃよ」

なるほど。う〜ん……空気の淀み、か。確かに洞窟の中だと空気は淀みやすいだろうけど……微風程度の弱い風で散らしてどうにかなるようなモノなのだろうか？

なんとなく引っかかるものがあるけど、それがなにか見えてこない。

ズンズンと里の中を進んでいく背中を追いかけていると、その背中が一軒の家の扉を開け、中へと入っていった。

「あの……ここは？」

「ん？　わしの家じゃよ」

遠慮なく中へと入ってるし、確かに自分の家なんだろう。……いやそうじゃなくて。

「えっと、出口に向かいたいのですが……」

「あぁ、そのことも話すからの。とりあえずそこに座って待っといてくれ」

彼はそう言いながら部屋の中央にあるテーブルを親指でクイッと指し、家の奥へと消えていった。

う〜ん、なんだか思わぬ方へ向かっている気がするぞ。早く洞窟から出たいだけなんだけどなぁ……。と思いつつも大人しくテーブルへと向かい、イスに座って光源の玉を天井近くへと上げた。

光源の光が蛍光灯の電球のように室内を照らす。まるで現代日本のようだ。

しかし、よく考えると最近ずっと地下に潜ってる気がする。エレムでもほぼ毎日ダンジョンで地下生活だったし今もそうだ。そろそろ地上で生活したい……。

「葡萄酒でええかの？」

「えぇっと……はい」

奥から現れたボロックさんはマスクや全身の重装備を全て取り払い、長ズボンに半袖シャツというラフな格好で現れた。その手には陶器のボトルと木製のカップを二つ持っている。彼は僕の対面に座ってカップをテーブルに置き、ボトルのコルク栓をキュポンと抜いて中の赤い液体をトクトクと注ぎ入れ、その一つをこちらにすすっと滑らせた。

「すみません。いただきます」

「うむ。それでは、我らの新たなる出会いに、乾杯」

「乾杯」

ボロックさんの音頭に合わせてカップをぶつけ、中の葡萄酒を口に含む。

ん～……渋いな。舌先に触れた瞬間、渋みが広がり、飲み込んだ後も口内に残るような感じがする。ちょっと苦手かもしれない。

「さて、この場所の話じゃがの」

ボロックさんはそう話し始めながら自分のカップに葡萄酒を注ぐ。……ってこれをもう飲みきったのか。流石ドワーフ、酒に強い。

「実は山岳地帯のど真ん中にある場所でな、洞窟を抜けるまでまだ少し歩かねばならんのじゃ。それにの、途中に難所があっての」

そう言いながらまたカップに葡萄酒を注いだ。

いや、ペース速くない？　僕にはちょっと渋すぎてこの葡萄酒単体では飲み続けられそうにないや……。なので腰の魔法袋に手を入れて小魚の干物を何枚か抜き出し、テーブルの上に置いた。

「これ、食べますか？」

「お？　おおぉ！　これは魚かの？　しかし見たことがない魚じゃの。お前さんは一体どこから……いや、それは後じゃ！」

そう言うと彼はガタッと勢いよく立ち上がると部屋の奥へと消えていった。

「……」

うん、話が進まない！　これはやってしまったか……。

暫くしてボロックさんは四角い箱と金属製の網を持って戻ってきた。そしてそれをテーブルの上に置き、呪文を詠唱する。

「火よ、この手の中へ《火種》」

四角い箱は火鉢のようなものだろうか？　底には灰が敷き詰められていて、中には炭がいくつかと五徳のようなものが入っていた。そこに火の玉が降ってきて、炭に火を入れていく。

「準備出来たぞ。普段は使わんが今日は特別じゃ！　さぁそれをここに載せてくれ」

ボロックさんが五徳に網を載せたので、網の上に小魚の干物を何枚か載せる。ついでに魔法袋から小魚の干物をいくつか追加でテーブルの上に置いた。

「で、ボロックさん。出口ですけど」

「ん？　あぁそうじゃった」

この人、絶対忘れてたよ！　余計なモノを出すんじゃなかったか……。

「どこまで話したかの？　……あぁ難所の話じゃったか。説明が難しいのじゃがの、あの場所は特定の日にしか通れんのじゃ」

そう言いながら彼は手で小魚の干物をひっくり返した。干物からたれた脂が炭に落ち、パチパチと弾ける。

「通れない……ですか」

「そうじゃ。じゃから当面は洞窟から出られん。これは口で言うてもよく分からんじゃろうからの。明日、自分の目で確認するんじゃの」

二〇センチほどの小魚の干物が網の上でジュウジュウと音を立て、焦げた魚の脂の匂いが部屋中に充満する。

「もうそろそろかの」

その匂いにやられたのか、ボロックさんは干物の尻尾をつまんで持ち上げ、頭からガブリとかじりついた。

「うむうむ、旨いのぅ。塩がよう効いとる」

そして葡萄酒をグイッと飲み干す。

その姿を見ていると口の中に唾液が溢れ、急激にお腹が空いてきたので僕も網の上に手を伸ばした。

「話は変わるがの……お前さん、どこから来たのかの？」

ボロックさんは小魚の干物を網の上に載せていく。僕はそれを目で追いつつ香ばしく焼けた干物を手で裂きながら答えた。

「あー……港町ルダからです」

「ふむ。聞いたことがないのう……この国ではなさそうじゃの」

この国ではない、か。まぁそれは予想していたし、僕としてはそちらの方が嬉しい。しかし、聞いたことがないと言われるとは思わなかった。

そう考えながら裂いた干物の骨から身を剥がすようにしゃぶりつく。

新鮮な魚のホクホク感はないけど、ギュッと身が締まって濃厚な旨味と塩味が効いている。魚の独特な臭みはあるけど旨い。

「国はカリム王国ですね。あの、ここはアルムスト王国ですよね？」

「ここはカナディーラ共和国じゃよ。正確には、カナディーラ共和国に洞窟の出入り口があるだけで、この一帯の山脈はどこにも属しとらんはずじゃ。しかし、なるほどの……死の洞窟はカリム王国に続いておったのか」

カナディーラ共和国か……聞いたことあっただろうか？　う～ん、ちょっと記憶にないな。まぁ恐らく、カリム王国とアルムスト王国の国境線にある山の中を西に進んで、そのまま第三国に出てしまったのだろう。

「ところで、死の洞窟ってなんですか？」

「ふむ……死の洞窟がなんなのか……の。それはお前さんの方がよく知っておるのではないかの？」

そう言ってボロックさんは葡萄酒をぐいっと煽った。

「僕の方が知っている……ですか」

「そうじゃよ。お前さん、死の洞窟を抜けてきたのじゃろ？　ならばあの奥になにがあったのか見てきたはずじゃしの」

ボロックさんは葡萄酒を注ぎながら言葉を続ける。

「普通はの、進めんのじゃよ。死の粉が濃すぎて胸の中がやられてしまう。だからわしらが出会ったあの辺りが限界なんじゃ。それをお前さんは平気な顔をして奥から歩いてきおった。しかもその格好での。じゃからお前さんの方が詳しいはずなんじゃよ。……で、奥にはなにがあったのかの？」

　そう言いながらボロックさんは僕を見た。

　う〜ん、言ってしまって大丈夫なのだろうか？　浄化で白い砂浜みたいになってしまっている奥の空間はあまり知られたくないのだけど……。まぁ、あそこまでは進めないと言ってるし、大丈夫かな。

　しかし、死の粉が濃すぎて胸の中がやられる、か……。それは、肺のことなのだろうか。そういえば洞窟に入ってから咳が出るようになった気がするけど、まさかそれが？　でも……逆にそれだけともいえる。進めないと感じる程ではなかった。僕は他の人にはない耐性でも持っているのだろうか？

「奥にはこの里と似た感じの村？があって、そこには巨大な黒いスライムがいました。あとは黒い水晶も沢山ありましたね」

「そうか……なるほどのう。爺さまのおとぎ話は本当だったのかの……」

　そう言ったボロックさんは腕を組み、顎髭を撫でた。

「その昔、死の洞窟が死の洞窟でない時のことじゃ。あの奥にもドワーフの里があってこの里とも交流があった。じゃが、人ならざるモノが現れ、里は壊滅して死の洞窟へと変わった。爺さまはそう話しておったのじゃ」

「なる、ほど……」

　髭の生えたドワーフの年齢は分かりにくいけど、五〇歳以上には見えるボロックさんが爺さまと呼ぶ人の話なら一〇〇年は昔の話……いや、おとぎ話ならもっと昔の話かもしれない。

ああ、もしかするとルダの町にドワーフが多かったのは壊滅した里から逃げ出したドワーフが移住したか、もしくは彼らが作った町だからなのかもしれないな。あちらの里の出入り口部分が崩落してたのも、人ならざるモノ――恐らくあの巨大スライムが出てこられないように自ら埋めたのかもしれない。しかし、そうなると……。

首に掛けている外套に包まれた卵を撫でる。

この卵――聖獣リオファネルの卵は、一体いつからあの場所にあったのだろうか。

「さっきから気になっとったんじゃがの、その首から下げとるモノはなんなのかの？」

僕が首から下げているモノを撫でているのを見て気になったようで、ボロックさんがそう聞いてきた。

「あ～……これですか」

少し考えたけど拒否する理由も思いつかなかったので外套を開いて卵を見せる。するとボロックさんが「触ってもええかの？」と聞いてきたので頷くと、彼は卵を手に持って色々な角度から観察し始めた。

「モンスターの卵かのう……。これは、どこかで拾ったのかの？」

「いや、モンスターの卵ではないぃ……ような気がしますけど。少し前に拾いました」

ああ、そりゃそうか。モンスターの卵だと思われても仕方がないよね……どうしよう、これは失敗したかもしれない。危ないから潰すように、とか言われたら困るぞ。

「ふむ……食えるかの？」

ボロックさんが卵に向かって怖いことを言った瞬間、卵から焦りのような波動が伝わってきたので慌てて卵を奪い返した。

「冗談じゃよ、冗談。ほっほっほっ」

本当かよ！　僕が食べられると言ったら即、炭の中にぶちこみそうな空気出してたじゃない……。

「流石に人の卵を取って食いやせんよ。孵化させて従魔にでもするんじゃろ？　……卵は、旨いらしいがの」

ちょっと本音が漏れてるよ！　……いや、それよりも気になる単語があったぞ。

「あの、従魔ってどんなモノなのですか？」

「ん？　なんじゃ、従魔を知らんのかの？　ではやはりこの卵は食べるつもり――」

「はないですから」

「……そうかいの。まぁ簡単に言うならば、モンスターの使役じゃの」

「使役、ですか」

ボロックさんは卵をチラッと見て干物を頭からかじり、葡萄酒で流し込んでから言葉を続けた。

「うむ。モンスターを捕まえてきて使うんじゃよ。成体じゃと魔法で縛るにしても抵抗されるからの、幼体や卵から育てて馴れさせるのが理想なんじゃよ。まぁ育成や世話の手間もかかるからの、普通の冒険者が扱うにはちと大変じゃの」

そう言って彼はまた卵を見た。

いや、食べないからね！

でも確かに、強いからとグレートボアを従魔にしても町の中に連れて入るのは不可能だろうし、そのエサ代だけでもどれぐらいかかるのか想像出来ない。逆にゴブリンやフォレストウルフを従魔にしてもあまり戦力にはなりそうにない。騎乗出来るモンスターとかだと違うかもしれないけどさ。

◆　◆　◆

部屋のドアをパタンと閉め、机の上に卵を置いてイスに座る。

あれからボロックさんが「旨い魚でちと飲みすぎたかの」と言い、そこでお開きとなった。その後、二階の部屋を貸してもらったのだけど……その時の「息子が使っとった部屋じゃよ……」というボロックさんの言葉と寂しそうな顔を見て——僕はなにも言えなかった。

「さて、と……」

気持ちを切り替え、今やるべきことをしよう。

魔法袋の中から聖石を出し、呪文を詠唱する。

「わが呼び声に答え、道を示せ《サモンフェアリー》」

魔法を発動するといつもの派手なエフェクトの後、いつものようにリゼが現れた。幸いなことにこの家は全面石造りで光も音も漏れにくいはずだし、少しぐらい彼女を呼んでも大丈夫なはずだ。

「あっ！　この子！　助けてくれたんだね！」

リゼは現れてすぐ、卵に飛びついてそう言った。

うん。どうやらこの卵でよかったみたいだね。まぁまず間違いないとは思ってたけど、万が一の可能性があるしさ。

「それでこの卵なんだけどさ、どうすればいいのかな？」

　この卵をしかるべき場所に持っていってあげるべきなのか、親を探してあげるべきなのか、それとも他になにかしてあげるべきなのか、よく分からなかったのだ。

「うんうん、あのね！　あのね！　ギューっと、ぶわっーっとしてほしいの！」

「ぎ、ぎゅーっと……ぶわー？」

　いやいやいや……どういうことなの！

「えぇっと……もう少し詳しく教えてくれないかな？」

　するとリゼが両手を広げて机の上から飛び上がり、僕の周囲を飛びながら「え～い！」と叫ぶ。するとその両手からキラキラしたなにかが優（やさ）しく流れ出し僕に降り注いだ。

「こんなかんじ～」

「お、おう……」

　う～ん……分かったような分からないような……。

「魔法……でいいのかな？」

　なんとなく、リゼの出したキラキラなエフェクトからそう考え、以前この卵に使ったホーリーライトを使ってみることにする。

「神聖なる光よ、彼の者を癒やせ《ホーリーライト》」

　僕の右手から出た輝く光が卵を包み込み、中へと吸収された。

「ちがーう！」

「えぇ～違うのか……」

じゃあなんだろう？　別の魔法？　それともまったく別のモノ？　……まさかギューっと握りつぶ――いや、ないか。……ないよね？

「もっとギューっとね！　ぶわぶわーっと！」

「ギューっと、ぶわぶわーっと……」

腕を組み顎に手を当てて考える。

う～ん……なんだろう。そういえば、魔法を使う時はギューっと絞り出してぶわっーっと出しているような気もするけど……もしかして――

「――魔力、かな？」

「？」

リゼを見ながら聞いてみたけど、彼女もよく分かっていないような感じだ。

「まぁ仕方がないか」

こうなれば試行錯誤あるのみ。

卵を机の上に置いたまま両手で包み込むように持ち、魔法を使う時のように魔力をお腹の奥から引っ張り出して両手から卵へと送っていく。優しく、そして丁寧に。

「ギュー！　ぶわっー！」

リゼがキラキラしたなにかを放出しながら卵の上をくるくると飛んでいた。どうやらこれで合っているっぽい。なんとなくそう感じ、安心して魔力を送り続けた。

「お？」

数分後、僕の魔力がなくなりかけてきた頃、なんだか魔力の通りが悪くなってきたと思ったら急に卵がブルブルと震え始め、テーブルでカタカタと音を立てた。そして卵の表面にピシリとヒビが入り、これから中の子が自力で出てくるのだろうなぁ、とか考えている間に、まるで陶器を地面に落とした時みたいに卵が砕け散った。

「おおぉ！」

「おおー！」

「キュ？」

それは全身白色だった。手足は四本で、長い胴体は白色の毛に覆われ、大きな耳と大きな尻尾が目立つ。観察していると、生まれたばかりなのにパッチリ開いた大きな瞳と目が合った。

「……カワウソ？」

「カワウソー？」

「キュキュ？」

僕が知っている生物の中で似ているモノを挙げるとすれば、まず初めにカワウソ。しかし僕の記憶の中のカワウソにこんな大きな耳はなかったはず。

恐る恐るその白い生き物に手を伸ばす。ゆっくりと指先で触れてみるけど暴れたり噛み付いたりはしてこない。されるがままだ。それを見て、両手で持ち上げて仰向けにしてテーブルに寝かせ、この子の両手両足の指と指の間を確認していく。

……そして何故かリゼもこの子をモフモフしている。

「水かきはない、か。それじゃあ……イタチ？」

「イタチー？」

「キュイ？」

いやいや、イタチもこんな大きな耳はないよね？　……まぁあんまり深く考えても仕方がないか。

この子は聖獣リオファネル。それだけでいいよね。

「まぁなんだ……うん。とにかく、よろしくね！」

「よろしくー！」

「キュー！」

これからいつまで一緒にいられるのかは分からない。この子のお母さんを見付けるまでかもしれないし、いつかこの子が僕とは違う道を見付けるかもしれない。でも、なんとなくこの子とはずっと一緒にいる気がする。そう思いながらテーブルの上でじゃれ合う一匹と妖精を眺めた。


「……そういえば、哺乳類って卵生だったっけ？」

◆　◆　◆

「はて、その肩に乗っとるのは、なんかの？」

朝、眠い目をこすりながら一階に下りたところで会ったボロックさんが僕の方を見てそう言った。

「ふぁ……昨日の卵、ですよ。孵化したんです」

「ほう、それはよかったのぅ……しかし、ここいらでは見たことがないモンスターじゃの」

ボロックさんはそう言いながらなにかを思い出すように顎髭を撫でる。

まぁモンスターではないからね。見たことなくて当然なんだけどさ……。この子が聖獣であることは秘密にしておいた方が無難だろうし、なにか言い訳は考えておかないといけないか。

「え〜っと、どこか遠いところのモンスターなのかもしれないですね」

「ふむ、そうなんじゃろうな。……それで、名前は決まったのかの？」

ボロックさんにそう聞かれ、昨日のことを思い出した。

昨日、あれからこの子の名前を考えようとしたのだけど——実はこの子の性別を断定出来なくて悩むことになったのだ。

まず、この子をひっくり返して色々と調べてみたのだけど、それっぽいモノがなにも見当たらなかった。オスっぽいモノもメスっぽいモノもだ。でもまぁなにもないんだしメスでいいか、と結論付けようとしたところで地球の動物の情報が頭をよぎってしまった。例えばアレを常時体内に収納している動物とか、幼少期はオスメスの判別がしにくい動物とかね。なのでこの子が男の子なのか女の子なのか判断するのは棚上げにして、とりあえずどちらでも通用しそうな名前を付けることにした、のだけど……洋風の——こちらのユニセックスな名前なんて僕はまったく知らなかった。和風な名前ならいくつか分かるけど、和風の名前だとこの世界では浮きそうだし——とか考えている内にリゼが帰ってしまい、この子も飽きて眠ってしまい、一人でウンウンと唸りながら名前を考え、そして今に至る。

「シオン、にしようと思います。な、シオン」

「キュ」

「シオン、の。不思議な響きの名じゃの。しかしええ名じゃ。良かったの、シオン」

そう言いながらボロックさんはシオンに手を伸ばそうとしたけど、それを察知したシオンが僕の首の後ろにサッと隠れた。

「これは……昨日のアレを覚えてるんじゃないですかねぇ」

「アレとは、アレかの？　アレはじじいのおちゃめな冗談じゃからの、本当に食ったりはせんが……」

ボロックさんは少し残念そうに手を引っ込めたのだった。

結局、僕には洋風で男でも女でも使えるユニセックスな名前は思いつかなかった。なので日本人っぽいユニセックスな名前の中から洋風っぽくも聞こえるような名前をチョイスしてみた。それがシオン。この子も嫌がってはなさそうだし、大丈夫だよね？


二人と一匹でボロックさんの家を出て、死の洞窟側とは逆側へと町の中を進み、そして突き当たりにあった金属の扉を抜けてまた洞窟の中を進んだ。

こちら側の洞窟も死の洞窟側と同じく廃坑になっていて、上下左右にいくつも道が続いていた。ここでボロックさんからはぐれたら迷子になるのは確定だ。ゾンビになるまでこの洞窟を彷徨い続けるだろう。

などと考えていると、マギロケーションになにかの反応があった。通路の奥、曲がり角の先だ。

「ボロックさん、この先になにかがいそうです」

「お前さん、分かるのかの？　中々ええ腕をしとるの」

ボロックさんは、「まぁこの先におるのは決まっとるでの」と言葉を続けながら慎重さの欠片もない足取りでズンズンと進んでいく。

曲がり角を曲がった先にいたのは——大きなキノコだった。

「ファンガスじゃよ」

「ファンガス、ですか」

どこかのゲームでそんな名前のモンスターを見たような気がする。

そのキノコ——ファンガスは、高さ一メートルもないぐらい。太く白い胴体に小さめの茶色いカサ。地面に接している部分が微妙に裂けていて、その部分をウネウネと動かして歩いていた。

はっきり言うけど、ちょっと気持ち悪い……。

そう考えて僕の足が止まっている間にもボロックさんはスタスタと進みながら背負っていたハンマーを背中から引き抜き、肩にのせた。

それを感知したのか、ファンガスがピタリと動きを止め、ぐぐぐと力を溜めるように縮こまり、そして次の瞬間、キノコとは思えないスピード？でボロックさんの方へと飛んだ。

「ほっ！」

ボロックさんはその動きに合わせるように、かけ声を発しながら一歩踏み込み、肩にのせていたハンマーを上段からファンガスへと叩きつけた。グシャ、という音を立てながら地面とハンマーに挟まれ、胴体が弾けて裂けてしまったファンガスはその一撃で絶命したのか、動きを止めた。

「とまぁ、そこまで強くないモンスターなんじゃがの。どこからともなく湧いて出るで、たまに間引いてやらんとえらいことになるんじゃよ」

そう言いながら彼はファンガスの足？の付け根をナイフでほじくって魔石を取り出した。

「今夜は焼きファンガスじゃの」

「焼きファンガス、ですか……」

食べるのか……。食べるのか……。う～ん……。

ファンガスをそのまま放置して道を進む。ファンガスの回収は後だ。今、回収しても重たいだけだからね。

暫く進むとまたマギロケーションに反応があった。

「ボロックさん、またなにかいるみたいです」

「ふむ、ファンガスじゃろう。このあたりはまずファンガスしかおらんからの」

なるほど、キノコ系モンスターしかいない洞窟、か……。どこかにファンガスの菌床でもあるのだろうか？　それともファンガスが交配して増えてるのだろうか？　謎は深まるばかりだ。

……一瞬、ファンガスの交配について考えそうになったけど、止める。謎は謎のままの方が良いこともあるのだ。

少し進んで角を曲がると、ファンガスがいた。

「やはりファンガスじゃの。ふむ、今度はお前さんがやってみてくれんかの？」

「あ、そうですね」

ボロックさんにばかり戦闘を任せているわけにもいかない。槍先のカバーを外し、槍を構える。

数メートル先のファンガスにジリジリと近づきながら槍を見た。はっきりいって今の槍の状態は最悪だ。前に巨大スライムと戦った時、奴の体内におもいっきり突き入れて放置したせいで腐食したのかボロボロになっていた。もう流石にこの槍はダメだろう。調整でどうにかなるとは思えない。残念だけど、次の町に着いたら買い換えないとね。

ファンガスまでの距離が五メートル程になった時、フラフラ動いていたファンガスがピタリと動きを止め、力を溜めるようにぐぐと縮こまった。そして次の瞬間、こちらへ飛びかかってきた。

それを左にかわしながら槍を一突き。刃がボロボロなせいか、引っかかりのある不快な感触が手に返ってくる。その感覚に眉をひそめつつ、また飛びかかってきたファンガスをかわしながら今度は槍を振り回して叩きつけた。布団でも叩いたかのようなバスッという音と、槍のミシミシという嫌な感触を手で感じ取りながら、吹き飛ばされて転がったファンガスに走り寄り、おもいっきり踏みつけた。

体が裂けて動かなくなったファンガスを見て「ふぅ」と息を吐き、そして槍を見た。柄の部分も腐食して脆くなっていたのだろうか、ファンガスを殴った衝撃で刃の部分だけでなく柄も曲がってしまっている。

「……まぁ仕方がないか」

ボロックさんがやっていたようにナイフの刃先をファンガスの足の付根に入れて魔石をほじくり出す。立ち上がるとボロックさんが顎髭を撫でながらこちらを興味深そうに見ていた。

「お前さん、なかなか歪じゃの。面白いわい」

「歪……ですか」

「そうじゃ。お前さんのその技は歪なんじゃよ」

そう言ってボロックさんは顎髭を撫でた。

「キュキュ？」

「あぁっ！　ごめん、忘れてた！」

ローブのフードの中で寝ていたシオンが起きて僕の肩の上に乗ってきた。慌てて抱きかかえてその体を調べたけど、怪我はしてないようだった。

「良かった……。あ、それでさっきの話は……」

「……まぁええわい。歩きながら話すかの」

シオンを肩に乗せ、歩き始めたボロックさんの後を追って、その話に耳を傾ける。

「お前さんの槍さばきと身のこなし。流れるようなその動きには体系的に組み上げられた技が見えたのじゃよ」

まぁ確かに、実家の道場は侍の時代から続く古武術の流れをくむ流派だし、その動きは長い実践の中で試行錯誤して磨き上げられたモノなはず。しかし、それがさっきの話とどう繋がるのだろうか？

「わしはこの歳まで様々な冒険者や騎士を見てきたがの、お前さんのような武術を使う者を初めて見たのじゃ。お前さんのそれは、特定の相手に特化した技じゃろ。……そうじゃの……人かの？　対人を前提とした技。じゃから歪なのじゃよ」

「……」

ボロックさんのその言葉を聞いて、なんとなく察してしまった。

地球に存在している武術、そのほぼ全てが対人戦を前提として作られている。熊やライオンと戦うための武術を考える奴なんていない。野生の肉食獣と武術で戦うなんて無謀だし無駄だからだ。

しかしこの世界では、人がモンスターと対等に戦えるだけの能力を得る。そして人はモンスターと戦わなければならない。つまり、この世界の武術が想定する相手は様々なモンスター、その全て。根本的に地球とこの世界では武術が発展する過程に違いがあるのだ。当然、行き着く先もまったく違うはず。

「お前さんがどうやってそういう歪な武術を習得したのかは聞かんがの。そのままでは危うdel{}いのではないかの」

ボロックさんと話をしながら進んでいくと奥からなにかの音が聞こえ始めた。その音がどんどん大きくなって水飛沫の音だと理解出来るようになってから更に数十分歩き続けると、水飛沫の音が轟音へと変わる。そしてボロックさんの声がまったく聞こえなくなった頃、目の前に水の壁が現れた。

その水の壁は天空から落ちてくる水の飛沫。滝だ。それが洞窟の出口を完全に塞いでいた。水の壁の奥にはかろうじて光が見えるので、これを抜ければ外だと思う。

ボロックさんの方を見ると、彼は親指を水の壁の方に向ける。ここが出口、ということなんだろうか。しかし、今は絶対に通れそうにない。

するとボロックさんが今度は来た道を指さしながら顎をしゃくり、歩き出した。僕もそれに続いて滝を後にする。

「分かったかの、当面は出られん理由が」

「分かりましたけど、ここって本当に通れるようになるのですか？」

あの場所が通れるようになるとはちょっと考えられない。

「通れるわい。通れんのじゃったらわしはどこから来たんじゃ？　という話じゃからの」

「まぁそうですけど……」

「そうじゃの……二〇日後、じゃろうかの、次に通れるのは」

ボロックさんはポケットから懐中時計（かいちゅうどけい）のようなモノを取り出し、その文字盤を見ながら答えた。

「二〇日後……ところでそれはなんなのですか？」

「ん？　これかいの。これは……まぁ時間とかが分かる魔道具じゃよ」

そう言いながらボロックさんは魔道具をポケットに入れた。

時計かな？　その内、僕も一つ買っておきたいところだ。

「まぁ急いでもどうにもならんからの。暫くは里でゆっくりするんじゃの」

◆　◆　◆

「……大切なことを忘れてた」

ボロックさんの家の一階でイスに座り、ボロックさんがファンガスを調理している音を聞きながらまったりとしていると、急にパッと頭の中に一つの疑問が浮かんだ。

「シオンって、なにを食べるのかな……」

そう言葉に出すと急に焦りが心の奥から湧いてくる。

動物の子供ってなにを食べるんだ？　母乳？　昆虫？　草？　あれ、これもしかして詰んでないか？　この洞窟には乳を出す動物もいないし、草もないし、虫も見ていない。そして洞窟からはあと二〇日は出られない。

　ローブのフードの中に手を突っ込み、シオンを掴んで目の前に出した。

「キュ？」

　寝ていたのを起こされて少し不機嫌そうなシオンに構わず、その口を開いて中を確認する。

「歯……は生えてるのか……じゃあ固形物を食べられる可能せ——いたっ！　いたた！　ごめんって！　ごめん！」

「キュー！」

「なにをやっとるんじゃ」

　僕の手をガジガジと噛んでくるシオンをテーブルの上に置くとボロックさんが鍋を持って奥から出てきた。

「いや、あの、シオンはなにを食べるのかなぁ……って」

「お前さん、考えとらんかったのかの？」

「えぇっと……はい」

「ふむ、そうじゃの……とりあえず色々と与えてみてはどうかの」

　そう言ってボロックさんは奥の部屋から皿に盛られたファンガスのステーキ？を持ってきた。真っ白で長方形なそれはパッと見た感じだと豆腐ステーキっぽい。

「まずはファンガスからじゃの」

　目の前に置かれたそれを自前のナイフで小さく切って、少し冷ましてからシオンの口元に差し出してみた。

「キュ？」

シオンはそれをカプッと口に咥え、小さな手で押さえながらガジガジと食べていく。

「よかったの、いけるようじゃな」

「みたいですね」

シオンの姿を見てほっと胸を撫で下ろす。

よかった……食べられる物があって。なにもなかったらどうしようかと思ったよ……。今後も色々な物を少しずつ与えてみて、なにが食べられるのか見ていかないとなぁ。僕の食べ物だけじゃなくて、この子の食べ物のこともちゃんと考えないと。

もしかすると、地域によってはシオンが食べられる物がなにもない場所もあるかもしれないし、これからはしっかり計画的に食料品をストックしとかないとダメなのかも。

そう考えつつ一口サイズに切ったファンガスを口に運ぶ。

適度な歯ごたえ。口の中に広がるクセのないキノコの風味と薄めにつけられた塩味。これはエリンギに近いかもしれない。

「……んー、淡白（たんぱく）な味ですね」

「そうじゃろ。この里の主食じゃよ」

旨いんだけど、『旨い！』という感じではなくて、クセがないから沢山食べられる感じ。……よく考えるとさっきまでファンガスを食べることに若干（じゃっかん）の抵抗があったはずなのに、安心した勢いでそのままファンガス食べちゃってたよ……。まぁいいか。

焼きファンガスにファンガススープまで完食し、テーブルの上で丸まって寝ているシオンを撫でながらボロックさんに気になっていたことを聞いてみた。

「あの、ここまで色々とお世話になってしまって……なにか出来ることがあればやりたいのですが、なにかありませんか？」

色々とお世話になって、更にこれから二〇日もお世話になるのだ。なにか僕に出来ることをやりたいと思う。

「ふむふむ、そうじゃのう……」

そう言いながらボロックさんは立ち上がると、棚の中にあった袋の中から見覚えのある黒い水晶を取り出し、「お前さん、コレは持っとらんかの？」と言った。

それは僕が死の洞窟の奥で採取してきたようなモノとは少し違い、大きさは五センチ程と小さく、結晶の中にも筋があったりして色も安定していなかった。

「はい、ありますよ」

そう言って後ろに手を回して魔法袋から大きな黒い水晶を引き抜きかけたところで、ふと気付いてそれを魔法袋に戻す。

危ない危ない、大きな水晶だと魔法袋の存在を晒すようなモノだ。無難に小さめの水晶にしとこう。そう考えて二〇センチ程の水晶をテーブルの上に置く。

「おぉ！　これじゃよこれ！　やはり思うとった通りじゃの」

ボロックさんは僕が出した黒い水晶を手に取り、色々な角度から確認し始めた。

「うむ！　色も大きさも質も申し分ない闇水晶じゃの」

「闇水晶？」

「うむ。本来は透明な水晶が闇色に染まった物、それが闇水晶なのじゃよ」

「なるほど。それで、これはなにかに使えるのですか？」

ボロックさんは僕の質問に対して指を一本立て、「水晶はの、魔力を通しやすいのじゃ」と答えた。

う〜ん、なんだか微妙に答えになっていない気がするけど……。

「えぇっと……魔力を通しやすい、と？」

「そうじゃ」

「……他には？」

「それだけじゃの」

「はい？」

う〜ん……どうなんだ、それ。

「水晶は鉄なんかより硬いがの、脆い。それに加工もしにくい。じゃからあまり使い道がないのじゃ。じゃがの、わしはこの闇水晶にはまだまだ可能性があると思うとる」

ボロックさんは力のこもった目で袋の中から三〇センチ程のナイフを取り出し、鞘から抜いた。

それは黒い半透明の刀身を持つ片刃のナイフで、光源の光に照らされて神秘的に輝いていた。

「これはわしが闇水晶で作ったナイフの中で一番の物じゃ。これはこれで切れ味は抜群なんじゃがの、硬い物にぶつけるとすぐに壊れてしまうからの、使い物にならん。じゃがの――」

ボロックさんがナイフを持つ手にギュッと力を込めるとナイフの刀身が薄く輝いたような気がした。

「ほっ！」

そしてかけ声と共に黒いナイフをテーブルに置いてある小さな闇水晶に振り下ろす。ガツンという音が部屋に響き、闇水晶は両断され、黒いナイフが半分程テーブルに突き刺さる。

「……ちと、力加減を間違えたかの……。まぁとにかく魔力を流すと水晶は強くなるのじゃ！」

ボロックさんはテーブルから黒いナイフを慎重に引き抜いた。

「闇水晶は何故か死の粉の中にしか生えてこんのじゃ。じゃがわしが行ける範囲の闇水晶は全て採り尽くしてもうないのじゃ。闇水晶があるなら譲（ゆず）ってくれんかの？」

◆　◆　◆

借りている部屋に戻り、抱いていたシオンを机の上に下ろしてからイスに座る。

「さて、と」

背もたれに体を預け、天井を見上げながらボロックさんから聞いた話をまとめていく。

まず、闇水晶は死の砂の中に生えてくるらしいこと。これには少し驚いた。僕が知る限り、水晶って地面から筍（たけのこ）みたいにニョキニョキと生えてくるようなモノではなかったはずだ。つまりこの闇水晶は水晶という名前にはなっているものの、僕が考えている水晶とは別物な可能性がある。

そして水晶について。水晶は硬いけど脆く、衝撃に弱い。でも魔力を通しやすく、魔力を通すと強くなる。つまり魔力を通せば武具として使える可能性はある……。

「う〜ん、どうだろう」

ボロックさんに黒いナイフを借りて少し試(ため)してみたけど、魔力を流しても物凄い切れ味にはならなかった。本当に単純に強くなるだけなんだろうと思う。つまり、デメリットに釣(つ)り合う程のメリットがない。値段的なことを別にすればミスリルとかの方が優(ゆう)秀(しゅう)な素材だろう。

「あーでも、魔力を流したらゴーストとかに効いたりしないかな？」

以前エレムのダンジョンで戦ったゴーストとか、実体のないアンデッド系のモンスターは魔法か魔法の力が宿った武器じゃないと攻撃出来なかったことを思い出した。

「いや、どうだろうか……」

あれは魔法の力が宿った武器であって、これは単純に魔力を通しただけだし。武器に魔力を通すだけでゴーストに効果があるならやってる人はもっといたはず。いや、でも闇水晶なら闇と付いてるぐらいだし属性があるかもしれないけど、ボロックさんも水晶と闇水晶の細かい違いは研究中だと言ってたし……。

「あー！　どんどん頭の中がこんがらがってきたぞ！」

もうよく分からないや。そもそも情報が少なすぎる。

この世界には辛(かろ)うじて本が一般(いっぱん)にも流通しているけど、数も種類も少ない。なにか特定のことについて調べようにも調べる方法が少なすぎる。もしかしたら闇水晶について、この世界の誰かが既に研究し終わっているのかもしれないけど、一般人がそれを知る方法がない。だからボロックさんのように自分で調べるしかないのだ。

「はぁ……ゴホッゴホッ！　うっ？　ゴホッ！」

急に喉(のど)の奥からこみ上げてきたなにかに咳(せ)き込み、手で口を押さえる。

口から手を離した時、その手にべったりとついていたのは血の塊だった。

「うっ！　ぁぁ……」

これは、なんだ？　どうして手に血がついている？　いったいなにが起こっているんだ？

唐突な吐血に動揺して頭が回らず、様々な言葉が頭の中を支配していく。

「ダメだ、冷静に……冷静に」

気持ちを落ち着けながら自分の体を確かめると、胸の奥に違和感を見付けた。痛みはないけど妙な重たさがあった。

「胸の奥……」

――普通はの、進めんのじゃよ。死の粉が濃すぎて胸の中がやられてしまう。

ボロックさんの言葉を思い出した。

その言葉をゆっくりと頭の中で反芻する。そして他の可能性も含めて自分の考えをまとめていく。

やはり――

「死の粉の悪影響……である可能性が高い、か……」

しかし何故、今？　……いや、それはいい。今はそれより、これからどうするか、だ。

やれることは色々とある。まずはホーリーライト。回復魔法だけど今はこれじゃないような気がする。次は浄化。死の粉は浄化で無効化出来たけど、体内？の死の粉まで浄化出来るのだろうか？　いや、それ以前に浄化で発生する例の白い粒が体内に生まれるはずだし、それが体にどう影響するのかが分からないし現時点では保留だ。そしてリゼから貰った薬。これはなんの薬か分からないので、とりあえず保留。となると……。

「ホーリーウインド、かな……」

ホーリーウインドは状態異常を回復する魔法。効果としては今の状態に相応しくはある。それに使ってもデメリットはないはず。とりあえず試してみて損はない。

結論は出た。お腹の奥から魔力を取り出して体内を循環させ、そして呪文を詠唱する。

「神聖なる風よ、彼の者を包め《ホーリーウインド》」

右手を胸に当てながらホーリーウインドを発動した。右手に集まった魔力が流れ出し、僕の右手から生まれた風が優しく全身を包み込み、僕の服を髪をパタパタと揺らす。体内を癒やすようにと意識しながらゆっくりと時間をかけて魔法を使った。

数十秒後、胸の奥の重たさが消えているような気がした。

「……治った、のか？」

そもそも吐血するまではっきりとした症状もなかったし、今の状態で治っているのかどうか判断しにくい。胸はさっきよりスッとした気がするけど……。とりあえず、暫く様子を見る、か。

そう考えながらベッドに倒れ込むように転がり、目を閉じた。

◆　◆　◆

「それでは始めるとするかの」

ボロックさんはそう言いながら右手に握った木剣を構えた。それを見て僕も二メートル程の木の棒を構える。

朝、起きてストレッチをしながら体を確かめてみたけど、体に違和感はなかった。ちゃんと治っているると思いたいけど、今はまだなんとも言えない。

そんな多少の不安を抱(かか)えながらボロックさんと朝の食事をしていると、こう言われたのだ。

——少し手合わせでもしてみんか？

そうして今に至る。

「よいかの。わしのことは、お前さんより格下のモンスター……そうじゃの、ゴブリンだとでも思ってやってみることじゃ」

「ゴブリン、ですか」

「そうじゃ。理由は後での」

そう言ってボロックさんはゆらゆらと剣先を揺らしてみせた。

う～ん、ゴブリンと思えと言われても困ってしまう……。似ているのは身長ぐらいだろうか？それ以外に似ているものがない。手足なんかはゴブリンの腰ぐらいあって完全に別物だし。

「ほれ、はようかかってくるのじゃ」

「分かりましたよ」

まず様子見程度に一歩踏み込んで突きを入れてみた。するとボロックさんはそれを木剣で軽く弾いた。

やっぱり、この人は強い。髪や髭には白いものが混じり始めている歳。既に一線は退いているのだろうけど、それでもその動きの一つ一つに力強さを感じる。

「ほれ、どうした。かかってこんか」

「ゴブリンが相手なら、今の一撃で終わってるはずなんですけどね」

「……ふむ、まぁ細かいことは置いといて——手が止まっておるぞ！」

そう言いつつ放たれた薙ぎ払いをバックステップで回避した。

突きを入れ、弾かれ、振り下ろしを避け、突きを入れて弾かれ。何度か打ち合った後、二人の距離が開く。

「ほっ！」

次の瞬間、ボロックさんがこちらに飛び込みながら大上段から木剣を振り下ろしてくる。それをサイドステップで回避しながら突きを放つ。その一撃が、がら空きの脇腹へと吸い込まれ、鎧に弾かれてカツンという軽い音を立てた。

「ふむ、やはり予想通りじゃの。お前さんの技、その問題点がよく分かったわい」

そう言いながらボロックさんは構えを解く。

「この、最後の一撃。お前さん、何故避けたんじゃ？」

そう言ってボロックさんは木剣を大上段に構えた。

「えっ？　何故……何故って、攻撃が来た……から？」

そうとしか言いようがない、と思う。攻撃が来て、回避出来そうだから回避した。……としか言えない。普通、攻撃は受けるか避けないと当たるよね？

「お前さんの技は攻守一体……見事じゃよ。相手の動きをしっかりと観察してから動く冷静さもの。その技が活きる日もいつか来るじゃろう。じゃがの——」

ボロックさんはさっきと同じように大上段から木剣を振り下ろした。木剣はブンッと空を切り、ピタリと止まる。その動きはゴブリンとは思えない程には鋭いけどオーク程ではない。ボロックさんが手加減していると、僕にでもよく分かった。

「この一撃、避ける必要があるかの？　仮にこれが真剣であったとしても相手はゴブリンなんじゃよ。当たったとしてもお前さんを傷つける可能性は低いじゃろ。それにお前さんの得物は槍で、わしは剣じゃよ。正面からぶつかってもお前さんに分がある」

「えっと……」

あれ？　攻撃を避ける必要がない？　そんなことが……ある、のか？　これはなんだか根本的な認識のズレがあるような気がするぞ。

「わしにはお前さんの技がどんな流れで生まれたのかよく分からんのじゃ。対人の、それも同格以上の相手だけを想定しておるかのような動き……。まるで一撃でも受ければ死ぬかのような動きに見えるの」

いや、そりゃ体に一撃貰うと死ぬ可能性もあるでしょ？

……って、あれっ？　もしかして、この認識が間違っているのか？

「えっと……僕がゴブリンに真剣で切りつけられても大丈夫……ということですか？」

多少不審に思われてでも聞いておくべきだと思った。この話は物凄く重要な気がする。

「お前さん、女神の祝福はどれだけ得たかの？」

「えーっと……一四回、ぐらいでしょうか」

数日前に黒い巨大スライムを倒して一四回目の女神の祝福――レベルアップがあった。つまりレベルでいうなら一五なはず。覚えている限りではそれだけだ。

「ふむ……予想よりも少ないの……まぁ才能があるんじゃろうな。それだけ女神の祝福を得て、それだけ戦えるのなら、ゴブリンに斬られてもかすり傷もないかもしれんのぅ」

「……そうなのですか」

僕は根本的に勘違いしていたのかもしれない。

この世界にはＳＴＲやＤＥＸとか、ゲームのようなステータスが存在している。残念ながら僕はそれを見ることは出来ないし、見ることが出来る人にも会ったことはないけど、あの例の白い世界で見た以上、確実に存在しているはずなのだ。

そして女神の祝福を得ると身体能力が上がる。恐らくステータスの数値が上がっているのだろうけど——とにかく、今の僕は既に地球の人間より遥かに高い身体能力を持っている。本気でジャンプすれば数メートル飛び上がれる程に。

体付きはほとんど変わっていないのに謎のパワーによって身体能力が向上している。つまり筋肉とかそういう物理的な常識を無視したパワーによって僕は強化されているのだけど——

要するに女神の祝福で強化されているのは単純な身体能力とか魔法能力だけではなくて、『守備力的ななにか』も強化されていたということなのだろうか。

「ふむ……本来なら誰もがその身で知ることなんじゃがの……。お前さん、今までほとんど攻撃を受けてこんかったじゃろ？」

「あぁ……えぇ、そうですね」

確かに、今までは鎧がなかったこともあって敵の攻撃は絶対に受けないようにしていた。刃物や牙の攻撃を受ければ致命傷になる可能性が高いと思っていたしね。敵の攻撃を受けないことが第一で、攻撃はその次。僕が習った剣術や槍術ではそれが当然だったんだ。……いや、地球の武術ではそれは普通だろう。

「全ての攻撃に真面目に対処する必要はないんじゃよ。お前さんの攻守一体となった武術は武器にもなるが、必要以上の守備意識は無駄な隙を作ることにもなるのぅ」

ボロックさんは木剣を肩に担ぎ、「暫く考えてみるんじゃの」と言い残して広場を去っていった。

「いや……う～ん、そうかぁ……」

その背中を見ながら顎に手を当て、考え込んでしまう。

「キュキュ？」

広場の端からシオンが走ってきて僕の体をよじ登って肩の上に立った。なんだか心配してくれているような気がする。

「大丈夫、なんでもないよ。ちょっと考えないといけないけどね」

シオンは「そっか」という感じに「キュ」っとひと鳴きしてフードの中に入っていった。

それにしても、守備はそこまで考えなくてもいい、か。

そういえばゲームの中でも格下相手だとなにも考えずにボタン連打で敵を殴るだけでよかった。ステータスに差があると攻撃を受けてもほとんどダメージはなかったし。結局、そういうことなんだろう。

「皆は元気にやってるかな……」

ゲームのことを思い出し、一緒にリスタージュを遊び、一緒にこの世界に来たはずの皆を思い出す。

まぁ彼らなら、なんだかんだ上手くやってるさ。

◆　◆　◆

カツンカツンとハンマーの音が工房に響き渡る。

光源の魔法の光に照らされた闇水晶が怪しく光り、それを載せている金床を闇色に染め上げている。

ボロックさんが闇水晶にノミを当ててハンマーで叩く。カツンという音と共にパキリと闇水晶が剥がれ落ちた。そしてまた角度を変えてノミを当て、ハンマーで叩く。

闇水晶が動かないように大きなペンチで挟んでいる僕の目の前で、少しずつ闇水晶はその形を変えていった。

あれから――ボロックさんと手合わせしたあの日から幾日かの時が過ぎた。

やらないといけない仕事もないのでボロックさんを手伝ったり、ゆっくりとシオンやリゼと遊んだりして過ごした。これだけ長期間ゆっくりとした時間を過ごしたのはこの世界に来てから初めてかもしれない。思えばこの世界に来てからはなにかに追われるように生きていた気がする。

ちなみにボロックさんのライフワークともいえる作業は二つあり、その一つは干しファンガス作りだ。

ファンガスはそのまま焼いても旨いけど、干すと旨味が凝縮されてもっと旨くなった。僕もボロックさんに作り方を学んでから個人的にも作っていたりする。切って廃材の板の上に載せて陰干しするのだけど、洞窟の中だからどこでも一日中陰干し出来るので調子に乗ってどんどん作ってしまっている。

そして二つ目がこれ。

目の前で削られている闇水晶に意識を戻す。

この水晶をどう加工するか、どう使うか。それを見付けることがボロックさんの目標らしい。

現状、水晶にはあまり使い道がない。魔力を通しやすく、魔力を通すと硬化する性質はあるものの、それを活かせるような使い道があまりない。魔力を通しやすい素材は魔法と相性が良いので杖などに加工されたりはするらしいけど。まず大きくてムラのない水晶が少ないし、加工も難しいし、衝撃にも弱いから扱いが難しいのだ。

「今日はこれぐらいにしておくかの」

そう言ってボロックさんはノミとハンマーを地面に置く。金床の上の闇水晶は割られ削られ、刃物っぽい形に整えられつつあった。

反りのある片刃のナイフ？かな。少し小太刀のようにも見える。動物の皮を剥いだりするのに良さそうかも。

……金属製だったらね！

これは常に魔力を流してないと骨に当たって欠けてしまいそうだ。

「ご苦労じゃったの。やはり補助がおるとやりやすいわい。どうじゃ、わしの弟子にでもならんか？」

首に掛けた布で額の汗を拭うボロックさんを見ながら、それもいいかな、と一瞬思ってしまった。

それだけここでの数日がゆったりとしていたのだけど……やっぱり僕にはまだやることがある。この世界で安定を手に入れるのはまだ早い。

「僕にはやりたいことがあるので……」

「そうかの、それは残念じゃ……うっ⁉」

工房から出ようと歩き始めた次の瞬間、ボロックさんが足を踏み外すように崩れ、地面にうずくまった。

「ゴボッゴフッ」

「ボ、ボロック、さん？」

慌てて駆け寄ってボロックさんを抱き起こす。

その体はカタカタと震え、あの筋骨隆々な姿が嘘のように小さく見えた。そして――

口を押さえていたボロックさんの手は血色に染まっていた。

「ボロック、さん……それは」

「大丈夫、じゃよ。暫くすれば良うなるから、の……」

そう言われてもまったく大丈夫には見えない。それにこの症状は……。

「でも――」

「どうしようもないんじゃよ」

僕の言葉を遮るようにボロックさんが言う。そして僕の目をしっかりと見た。

「これは死の粉の毒……治療法は――ない」

ボロックさんの言葉に衝撃を受け、言葉に詰まる。

死の粉による症状には治療法がない。なら僕が治ったように感じたのは気のせいなのだろうか？

それとも、ホーリーウインドには既存の魔法や薬にはない高い治療効果があるのだろうか。

「本当に……本当に、治療法は、ない？」

「わしが知る限り……ではの」

ボロックさんは大きく息を吐いた。

「でも、マスクもして、グローブもしてたじゃないですか。どうして……」

「完全、には……防ぎきれんのじゃよ。いくら気をつけようとも、あそこに入れば少しずつ蝕まれるからの」

ボロックさんはそこまで知っていて死の洞窟に入り続けていたのか。

苦しそうにしているボロックさんを見ながら考える。

ボロックさんは治療法はないと言った。でも恐らくホーリーウインドで治せる。まだ確証はないけど……。最低でも症状の緩和は出来てると思う。

「……」

ゆっくりと目を閉じた。

さて、どうするべきか。

……まぁ、もう自分の中で答えは出ているのだけど、改めて自分に問いかけてみる。

ホーリーウインドをボロックさんに使わない。使わずになにもなかったかのように見過ごす。……いや、無理だ。そんなことをすれば一生それが心の中に残る。そしてそれがいつか後悔に変わる。

「……ボロックさん」

心を決めて無詠唱でホーリーウインドを発動させた。

――神聖なる風よ、彼の者を包め《ホーリーウインド》
その瞬間、お腹の奥底にある魔力が体の中を循環し、右手から解き放たれる。そしてその魔力は優しい風となってボロックさんを包み込むようにはためき、その髭をゆるやかに撫でた。

「わしはもう長くはないんじゃよ。じゃからもしも……ん？　はて？」

ボロックさんが地面からムクリと起き上がって、ペタペタと自分の体を触っている。その顔にはさっきまでの苦しみは見られない。成功かな。

「ボロックさん、胸の具合はどうですか？」

「どう……ふむ、えらくスッキリとしとるの……。こんな風の抜ける洞窟のような気分は何十年ぶりか……。うぅむ、いや、しかしお前さん、この魔法は――」

「……まぁ、そういう魔法もあったりなかったりするのですよね」

「あるのかないのか、どっちなんかの……まぁええわい。どうやらお前さんに助けられたのは間違いなさそうじゃしの」

ボロックさんは地面から立ち上がると服についたホコリを払い、言葉を続けた。

「ありがとう」

フードの中から顔を出したシオンが僕の代わりに返事するように「キュ」と鳴いた。

◆　◆　◆

それから一〇日と少し経ち、ついに洞窟から出る日がやってきた。

その日もいつもと同じようにボロックさんの手伝いをして、そろそろ飽きてきたファンガスのフルコースを食べ、日が暮れる時間になってから里を出た。よく考えると南の村よりこちらでの生活の方が長かったかもしれない。そう考えるとなんだか名残惜しいような気持ちになってきたけど、それを振り切ってドワーフの里を後にした。

以前、道を塞いでいた滝を二人で目指しながらボロックさんと最後の確認をする。

「よいかの。ドワーフの坑道には本道に必ず目印がある。本道を辿っていけば必ず外に出られるからの」

ボロックさんは洞窟の壁に描かれているハンマーのマークを指さした。

それは白いなにかで描かれたTの字を横にしたようなマーク。よくよく思い出してみると、この洞窟内で今までにも見たような記憶がある。

「基本的にはハンマーの頭の部分の方角が洞窟の奥。柄の部分の方角が入り口じゃからの。これを間違えて覚えると……言うまでもないの？」

「確かに……」

慌てて紙と鉛筆を取り出した。

そんな話をしながら滝の近くまで来たのだけど、以前は遠くからでも聞こえていた水飛沫の音が聞こえない。

「？」

少し不思議に感じながら、以前は流れ落ちる滝で出口が塞がれていた場所まで来ると――

――そこには月明かりに支配された外の世界があった。

以前そこにあったはずの滝が消え失せ、そこから青白い月明かりの世界が始まっていたのだ。

ゆっくりと洞窟の出口へと近づき、そこから外を見渡す。

それは絶景。

天まで届くような崖に三方を囲まれた場所。いや、普段は滝があるのだから、三方を滝で囲まれた滝壺だろうか。とにかく、そんな場所にこの洞窟の出口はあった。

「どうじゃ、ええ眺めじゃろ」

暫くその景色を眺めていると、ボロックさんがそう言った。

僕はこの景色に目を奪われながら、辛うじて「そう、ですね」と返す。

「何故か満月の夜は滝の水が止まるからの。その間だけは通れるようになるんじゃよ」

そう言ってボロックさんは向かい側の崖を指差した。その場所には月明かりに照らされてぼんやりと見える洞窟があった。

「あの洞窟を抜ければ村、その先には町があるからの。そこを目指せばええ」

ボロックさんは背負袋から細長い包みと手紙を取り出す。

「これは？」

「餞別じゃよ。それと、この手紙を町にいるケヴィンに渡してくれんかの」

ケヴィン？　聞いたことのない名だけど。

「ケヴィン……さん？　誰ですか？」

「ん？　息子じゃよ」

「え？　息子？　いや、てっきり――」

亡くなっているのかと思ってたのだけど。部屋を借りた時に聞いちゃいけないような空気を出すからさ、触れないように気を使ってたのに！

「てっきり、なにかの？」

「……いや、なんでもないですけど」

「そうかの？　道中、気を付けるんじゃぞルーク。シオンも、達者でな」

「お世話になりました。手紙、必ず届けます」

「キュ！」

ボロックさんとガッチリと握手を交わす。

本来なら滝壺から続く川があるはずの場所。そこを横断するように続く石の橋のような場所を歩き、反対側の崖にある洞窟を目指す。

暫く歩き、崖と崖の中央ぐらいで立ち止まって周囲を見渡した。

三方を切り立った崖に囲まれた場所。普段はその三方から滝の水が流れ込んでいて、とても人間が入れる場所ではないはずだ。そのことを少し奇妙に感じながら、この絶景を頭に焼き付けた。

地球でならカメラなどで切り取ればいいけど、この世界にはそんなアイテムはない。自分の頭の中に記憶するしかないのだ。

「……本当にないのかな？」

「キュ？」

もしかしたらなにかあるのかも。魔道具とか、アーティファクトとかさ。もしあるなら、手に入れたいかもしれない。余裕があればだけど。


ふと、空を見上げた。

そこには二つの月が並んでいた。

二つの月は青白く輝きながら、まるで見守るように僕たちを照らしていた。

振り返り、ドワーフの里の方を見た。

月明かりに照らされた洞窟の出口にはボロックさんがいて、まだ僕たちを見送っていた。

ボロックさんはゆっくりと右手を上げ、口を開いた。

「ヨーホイ」

僕はボロックさんの方へと体を向け、出会った時のように右手を上げ、出会った時とは違う意味を込め、その言葉を返した。

「ヨーホイ」

閑章　魔王軍

INTERMISSION

背の高い木々が生い茂る森。光が遮られ薄暗いその中を進む一団がいた。

「しっかし本当にこんな場所に魔王軍とやらがいるのかよ」

たぬポンは歩きながらチラリと肩越しに振り返り、そう言った。

アッザール帝国、首都トランキスタから遠く離れた場所にあるこの森は道らしき道もなく、普段は人があまり入ってこない場所だと分かる。魔王軍が何故こんな辺鄙な場所にいるのかが分からない。

「諜報部の情報によれば間違いないですぞ」

ロベルトは相変わらず軽薄そうにヘラっと笑った。

それを聞いて、カノンは「諜報部……」と小さくつぶやく。

あまり穏やかそうな名前ではない。でも、大国ならそういう組織の一つや二つはあって当然なのかもしれない。

「見付けましたぞ！」

ロベルトの声に全員がそちらの方を見た。

木と木の間。草と草の間から見えるソレ。

そこにいたのは、黒い獣。

体長は三メートルぐらいの四足歩行の生物。全身の全てが真っ黒に染まっていて、その黒が陽炎のようにユラリと、別の生物であるかのようにグニャリとうごめき、その形を歪ませている。大まかな形からして犬や狼のように見えるが、はっきりとしない。しかし唯一はっきりと真っ赤に輝く目だけが異様に際立っていて――それを目にした瞬間、カノンはビクリと体を震わせた。

「……おいおい、アレが『魔王軍』？　なんか、想像とは違ってんだけど」

たぬポンが想像していたのは強力なモンスターとかモンスターの群れ。しかし目の前のそれは、ただ体毛が黒いモンスターではなく、獣の全身に『黒』が纏わりついたような、明らかにこれまで見てきたモンスターとはなにかが違っていた。

「あれは魔王が各地に送り込んだ尖兵ですよ……情報通り、まだ瘴気は出してませんな。これなら聖剣があれば対処出来るはず」

「勇者様！　今こそ聖剣の力、お見せください！」

マサは聖女ルシアーナの言葉に無言で頷き、腰から剣を引き抜いた。

その瞬間、鞘から開放された剣身が虹色に輝き。それまでこちらを無視するように見向きもしなかった黒い獣が血のような目を見開き雄叫びを上げる。

「キシャッー！」

「ひっ！」

大きく開いたその口の中。牙も舌も喉も、その全てが真っ黒で、カノンは小さく叫び声を上げた。

「来るぞ！」

「整列！　壁を作れ！」

「おうっ！」

それと同時にマサとロベルトと兵士たちが前に進み出て壁になり、それぞれ大きな盾を構える。

「うわぁぁぁぇぇっと、バフ！　バフ入れないと！　つっ土ぃよ我――」

「バフ入れるよ！　火よ、我に力を与えよ《ストレンジス》」

鈴木が焦って詠唱をミスしている間にカノンが攻撃力強化魔法をエルフマンに発動。エルフマンの全身が赤いオーラに覆われた瞬間、エルフマンが弓につがえていた矢を放つ。

「シッ！」

放たれた矢は兵士と兵士の間を通り抜け、黒い獣に突き立った。しかしそれも一瞬で、すぐにポロリと地面に落ちた。

「っ！　もう一つ！　火よ、我に力を与えよ《ストレンジス》」

「待ってました！」

たぬポンがそう叫びながら飛び出し、赤いオーラを纏いながら黒い獣に槍を突き入れる、が――

「ぐっ」

「たぬポン！」

「うぁぁぁぁ！」

振り払われた黒い獣の前足に吹き飛ばされる。

「たぬポン殿！　奴らには普通の武器での攻撃はほとんど効きませんぞ！」

「だ、から……そ、れは先に、言え、って……」

「せ、聖女様！　回復魔法を！」

カノンはたぬポンに駆け寄り傷を確認すると、ルシアーナに向かって叫んだ。

「も、申し訳ありません。ここで私が回復魔法を使うわけにはいかないのです……」

「そんな！　どうして⁉」

「ここは私が引き受けましょう」

そう言って前に出てきたのはルシアーナにいつも付き従っている司祭服を着た若い男。

男はたぬポンの側に両膝をつき、ドクドクと血が流れ出しているたぬポンの脇腹に両手をかざし魔法を発動させた。

「大いなる光よ、癒やせ《グレーターヒール》」

男の両手から放たれた光が傷口に降り注ぎ、ゆっくりと傷を塞いでいく。

その光景を見て、カノンはホッと胸を撫で下ろした。と同時に別の危機感を覚えた。

「こんなの、無理だよ……」

カノンは、無意識にそうつぶやいていた。

その目の前では前衛の面々が黒い獣の攻撃を受け止め、押し返している。

この世界、テスラに来て、騎士団と訓練したりダンジョンで特訓してこの世界の『ルール』はなんとなく理解してきていた。

この世界では女神の祝福——所謂レベルシステムがあり、レベルが上がると能力値が跳ね上がることで地球での常識を超えた力を得られるが、それにより不思議なことが起こってしまう。

それは実質的な『攻撃の無効化』。

能力値が上がり、守備力が上がることで格下からの攻撃でダメージを受けなくなっていくのだ。

ダンジョンでも適正レベルを守って格下と戦っていれば攻撃を食らってもほとんど傷など出来なかった。ＳＴＲに極振りしたたぬポンですら大きな怪我はしていない。

つまりＳＴＲ極振りのたぬポンの攻撃が通じず、逆に一撃で大怪我をさせられた以上、目の前の黒い獣は格上の存在。カノンにはこれに勝つ方法が思いつかなかった。

「いいえ、勝てます！」

突然その言葉が降ってきて、驚いてカノンは後ろを振り返ると、杖を両手で構えたルシアーナがそこにいた。

「勇者様と聖剣と、そして私がいれば！　勝てます！　勇者様！」

ルシアーナはそう言って強い眼差しでマサを見る。

マサは盾を構えながら肩越しにルシアーナを振り返り、そして大きくうなずいた。

「マサ殿！　援護いたしますぞ！　どうか聖剣で奴に一撃を！」

ロベルトはそう叫びながら黒い獣の攻撃を盾で撥ね上げ、上体が浮き上がった黒い獣を蹴り上げてその勢いのまま回転しながら剣で薙ぎ払う。

　黒い獣は黒い血の粒を撒きながら吹き飛ばされた。

　ロベルトは黒い獣に走り寄り他の兵士たちと連携して囲い込んでいく。

　その包囲網が少しずつ狭まっていき、不意をついた兵士の槍の一撃が黒い獣の脇腹に突き刺さってバランスを崩したその瞬間――

「マサ殿！　今ですぞ！」

「……私なら、出来る。私なら！　はぁぁぁ！」

　黒い獣に突進したマサは大上段に振り上げた聖剣をその肩口に叩きつけた。

「ギュルゥオォォオ！」

　聖剣は、今まで誰の攻撃も通らなかったのが嘘かと思うぐらいあっさりと黒い獣の体を切り裂く。

　黒い獣は森中に響くような叫び声を上げ、ドス黒い墨のような血を噴き上げる。

「とどめを刺します！　不浄なるものに、魂の安寧を《浄化》！」

　マサの隣まで走り寄ってきたルシアーナが浄化を発動させる。その瞬間、ルシアーナの手から輝くオーラが溢れ出して黒い獣を包み込んだ。

「グォォオ！」

　黒い獣は叫び声を上げながらそのオーラの中でのたうち回り、分解されていき、やがて光の中へ消えていったのだった。

　その場にいた全員が、言葉もなくその光景に飲み込まれる。

「綺麗……」

　それは神々しくて、神秘的で、カノンは思わずそう口にしていた。

「聖女様！」

神官服を着た若い男がルシアーナに駆け寄り、倒れ込みそうになっていた彼女を抱きとめると、その異変に気付いた皆が集まってきた。

「せ、聖女様は大丈夫なのですか？」

マサが聖女の前に膝をつきながらそう聞くと、男はルシアーナの額に手を当てた後、手首を掴んで脈を測り、そして大きく息を吐く。

「……ええ、問題ありません。このま――浄化は魔力の消費が激しいのです。暫く休憩すれば良くなりますよ」

男のその言葉にその場の全員が胸を撫で下ろす。

黒い獣を滅した《浄化》は魔力の消費が激しく、これを使う場合は他の魔法が使えなくなる。という説明を男から聞き、カノンはルシアーナが回復魔法を使わなかった理由を理解した。

「……」

ふと、さっきまで黒い獣がいた場所に目を向けると、そこには白い砂山があった。

マサとルシアーナの力によって倒された黒い獣の成れの果て。

なにがどうなればあのモンスターが白い砂山に変わるのか、カノンにはさっぱり理解出来なかったが、一つ分かったこともあった。

「私が……」

無意識に言葉が漏れかけ、そこで飲み込む。

──私がここにいる意味はあるの？

発せられなかったその言葉は誰にも届くことはなく、深い森の中へと消えていった。

第三章　麓の村

CHAPTER 3

「太陽……何日ぶりだろう？」

苔むした洞窟の入り口から射し込む太陽の光に謎の感動を覚えて思わず見上げ、そして眩しさに目をやられて下を向く。

なにをやってるんだ……。太陽が久しぶりすぎて太陽がどんなモノなのか忘れていた。

改めて周囲を見渡すと、入り口の周囲は木々に囲まれた小さな広場みたいになっていた。振り返ると洞窟。その遥か上に見える山の頂。ここはまだ山の奥なのだろうか。

周囲を観察しているとフードがモゾモゾと動いて中からシオンが飛び出し、「キュ！　キュ！」と鳴きながら広場の中を駆け回りだした。

「あっ！　遠くに行っちゃダメだから！　……って」

考えてみたらシオンが太陽を見るのは生まれて初めてなのか。こんな木々が生い茂った風景も初めてだよね。洞窟の中は植物もあんまりなかったしさ。

マギロケーションの有効範囲を最大まで広げて危険がないか探る。

うん、周囲にモンスターはいないようだ。暫く自由に遊ばせてあげようかな。

ボロックさんと別れ、暗い洞窟を歩き続けて数時間。ようやく洞窟から抜け、太陽の下に出られたけど、村はまだ遠そうだ。

なにかの花に顔を近づけてスンスンと鼻を鳴らすシオンをチラッと確認して、広場の外周を歩く。

膝のあたりまで伸びてきている下草が地面を隠していた。それを杖でかき分け、道を探る。

ここはボロックさんもたまに通ってるはずだし、道はどこかにあるはずなんだけど……。

と、洞窟の入り口の正面ぐらいの位置を杖でかき分けると地面が踏み固められて微妙に草が生えていない場所を見つけた。そのまま奥へ奥へと探っていくと、踏み固められた地面が一本の細い道のようになっていた。

「これかな？」

どうなんだろう？　ボロックさんは洞窟を抜けた後のことは言ってなかったし、すぐに人里が見つかると思ってたんだけどなぁ……。下手に間違った方角へ進んで山の奥に入っちゃったら目も当てられない。

念の為に他の場所も調べたけど、道のようなものは見付からなかった。

「シオン、行くよ」

「……キュ」

「いや、そんなに名残惜しそうにしなくても……。また遊べるからさ」

シオンの首根っこをつまんで抱き上げてフードの中に入れる。

「キュ」っとひと鳴きしてフードの中から顔を出し、僕の肩に乗っかって、ぐでっとしているシオンを横目で確認してから例の道の方へと一歩踏み出した。

それにしても……。動物を飼うのって、もっと色々と大変だったよね？

特に動物の子供の世話は大変だったはずだ。主に躾とかね。でもシオンは一度教えたら大体理解している気がする。さっきみたいな時でも聞き分けがいいし……。って、聞き分けがいいって時点でなんとなく僕の言葉を理解してるはずなんだよね。

聖獣、凄すぎ！

などと考えながら歩き、地面に杖をコツリとついた。

槍はボロックさんの家に置いてきている。壊れてしまって使い道がなかったしね。

槍以外の武器が杖しかなかったし、なにもないよりマシだからとりあえずこの杖を持っているけど、とにかく早急に武器を入手しなくては。

最初の頃はこの杖をメイン武器にしていたのだけど、槍を一度持ってしまった後では杖という武器の頼りなさを感じてしまう。やはり刃が付いている武器は、それだけで安心感が違うのかもしれない。

早い内に次の武器は手に入れたいけど、せっかくだから良い武器にしたいし。良い武器を探すには色々と時間をかけて選定しなきゃいけないし。そう考えると小さな村とかじゃ良い武器は置いていないだろうし。

……なんて考えている時点で、次の武器は遠いのかもしれない。

「……うへぇ」

茂みから微妙に顔を出し、そこにいるモノを見て思わず小さな声を出してしまう。

それは緑色の体をウネウネと動かしながら丸っぽい葉っぱをモシャモシャと食べる――

「――芋虫……」

◆　◆　◆

マギロケーションの反応を一応確認してみたらこれだよ……。

あれはどう見てもモンスター……だよね？　倒しておくべき、だよね？

暫くその場で考えてみることにした。……現実逃避ともいう。

そもそもの話だ、『生き物を見付けた＝モンスターだ＝ヒャッハー！　デストロイ！』ってのは流石にどうかと思うのですよ。モンスターは倒すべき存在だとしても、生き物を見付けて即モンスター扱いして襲いかかるとかバーサーカーじゃないんだからさ……。

流石にあの芋虫と意思の疎通を図るのは無理だろうけど……いや、無理であってほしいけども。

もしかするとあの芋虫はなんの害もないただの芋虫で、ただ静かにお食事を楽しんでいる芋虫なだけなのかもしれない。

たとえ、その芋虫が全長五〇センチ程の大きさがあっても、だ。

見た目や大きさで決め付けるのは良くない。それは差別というものだ。

そもそも僕は、モンスターではない生き物がこの世界にいることを知っているじゃないか。

そう考えながら、僕の肩の上で芋虫を眺めているシオンを見た。

「キュ？」

「……おぉよしよし」

少し不思議そうな顔でこちらを向いたシオンがちょっと可愛くて、ついついワシャワシャと撫でながら芋虫に視線を戻すと——目が合った。

「シュルルルルル！」

「おぉ……って、バレてるぅ！　しかもやる気満々！」

やっぱりアレはどう見てもモンスターだよ！　サーチアンドデストロイあるのみ！

「光よ、我が敵を撃て！《ライトボール》」

口元をカシャカシャ動かしてなにかを行おうとしている芋虫を無視しながら杖の先を向け、一気に魔法を発動させる。

一瞬で杖の前に構築された光の玉が弾けるように飛び出し、ムクリと起き上がっていた芋虫の腹部にぶち当たる。そしてそのまま勢いを落とさず芋虫ごとぶっ飛び、後ろの木にぶち当たってボンッと軽く弾けた。

「うへぇ……」

ビチャ、とか、ブチュチュ、とか、そんな感じの音を出しながら木に貼り付き、緑色のなにかを放出している物体を見ながら思わず声が漏れてしまう。

やった！　いや、殺った。しかしこれ……。

「解体しなきゃダメ……なの、か？」

結論を言おう。イヤだ！

汚れても浄化で綺麗になる？　いや、そんな問題じゃない。

動物の解体は多少慣れたけど、これはダメだ。芋虫はダメだ。巨大芋虫はダメだ。

コレにナイフを突っ込んでグチャグチャグチャグチュグチュとやって魔石を探してブチュッと引き抜くなんて僕には出来ない。

「キュキュ？」

色々と考え込んでいると、シオンが肩から飛び降りて、トットッと前方のアレに向かって走り始めた。

それを瞬時に察知した僕は電光石火の踏み込みで雷光のごとく走り寄ってムギュっと掴む。そして不思議そうにこちらを振り向いたシオンに真顔で告げた。

「いや、無理だから」


そんなこんながありつつ、道を暫く歩くと前方の木々が薄くなってきた。更に進んでいくと幅が二メートル程の道に出た。草をかき分け、道に出て周囲を確認すると、道の左手、その先に村が見え、その入り口も確認出来た。

「あれがボロックさんの言ってた村かな？」

たしかボロックさんは『あの洞窟を抜ければ村、その先には町があるからの』と言っていたはず。

とりあえずあの村に向かうのが正解かな。

と、歩きかけて立ち止まる。

振り返り、木々が生い茂る森——僕が出てきた場所——を見た。

そこは、辛うじて『道だと主張されたら道だといえないこともない』程度に地面が踏み固められた道らしきモノがあった。

もし、次に来た時にこの道を見付けられるだろうか。あのボロックさんがいた洞窟に戻れるだろうか、と考えたけど、『無理かも』という答えしか出てこなかった。

「……」

またあの洞窟に戻ることがあるのだろうか？

さて、どうだろう。今の所、決まっているのはボロックさんから託された手紙を次の町で渡すことのみ。その後の予定はなにもない。本来ならエレムの町でレベル上げをしながら情報を収集して次の行き先を決める予定だったけど、それが出来なかった。

「暫く次の町で情報収集かなぁ……」

その情報次第で別の地域に行くかどうかも決める。それ次第では、もう二度とここに戻ってこられないかもしれない。

それでも——

腰からナイフを引き抜き目の前の木に二撃。×印の切れ込みを入れた。

◆　◆　◆

その村は普通の村に見えた。

広さはカリム王国の南の村と同じぐらい。山が近いせいか、石造りの家が多い。すれ違うドワーフが他より多いのは港町ルダと一緒(いっしょ)で、それは普通ではなく少々変わっているポイントかもしれない。

そんなことを考えつつ、村を横断する道を歩きながら空を見上げた。

輝(かがや)く太陽はまだ低い位置にあった。洞窟の中を歩いた時間を考えると昼前だと思う。

「どうしようか」

このまま村を抜け、ボロックさんの息子(むすこ)がいるはずの次の町まで行ってしまうか。それともこの村で一泊(ぱく)するか。

まぁ急ぐ必要もないし、今から出発しても明るい間に着かないかもしれない。無難に村で一泊することに決め、村の中を散策することにした。

民家と畑の間を通り過ぎ、あてもなく、わだちが残る道を歩いていると前方に手すりのない小さな石橋が見えてきた。

ザバザバと聞こえる水飛沫(みずしぶき)の音と、ガタゴトとなにかがぶつかる音。

川でもあるのだろうか、と思って石橋へと歩きながら音のする方を見ると、細い川の上で木製の車輪がクルクルと回転しながら水をかき上げていた。

水車だ。小麦粉でも作っているのだろうか。

石橋の上まで進み、縁(へり)にかがんで川の中を覗(のぞ)きこむ。

その川は幅が一メートル程で、底は石が敷(し)き詰(つ)められ、側面には苔に覆(おお)われた石が積み上げられていて、人工的に造られた水路のように見えた。

「ん？」
澄みきった水の中でなにかが動いた気がしてよく見てみると小さな魚の影が見えた。釣りセットでもあれば釣れるかもしれない。機会があれば釣り竿を探してみようかな。

家と家の間の細い路地を走り回る子供たちを避けながら抜けて広場に出ると、鼻腔をくすぐる香ばしい匂いにやられて思わずお腹がグゥと鳴ってしまう。

「……そろそろお昼にしよう」

よく考えると最近はずっとキノコキノコ&キノコで、とにかくキノコばかりだった気がする……。そろそろオーバーオールを着た配管工にジョブチェンジ出来るぐらいにはキノコは食べた。もう暫くはキノコは見たくない……久しぶりに肉々しいモノが食べたい！

撒き餌でおびき寄せられて釣り上げられる魚のように、まんまと匂いの釣り針に引っ掛けられてフラフラと広場を進んでいくと、一軒の店の前へと辿り着いた。

「ここか」

苔むした石造りの建物は頑丈そうで、長い年月を感じさせる。大きく開け放たれた扉と木窓からは香ばしい匂いがフワリと吹き出していて、胃袋で胃液をジャバジャバと踊らせた。

ゴクリ、と無意識に喉が鳴る。

はやる気持ちを抑えながら店の中へ入った。

建物の中、右側には丸いテーブルがいくつか並んでいて、農夫っぽい男性が談笑している。そして左側の奥にはカウンターがあり、その中で普人族に見える中年男性がなにかの作業をしていた。

その男の手元から聞こえてくる、ジュウジュウとなにかが焼ける音。そして煙。

それを楽しみながらカウンター席に座った。

「この子もいいですか？」

「テーブルに上げなきゃな」

フードの中から僕の肩の上に出てきていたシオンを膝の上に移動させる。

「ここのオススメは？」

「そりゃあ勿論こいつだぜ」

そう言いながら男は顎をしゃくって手元に視線を落とす。

その手には黒く光るフライパンがあり、その中にはカットパインのような台形で五センチ程の白い塊が四枚のっていて、ジュウジュウと煙を上げていた。

……なんだこれ。肉……？　とも少し違う感じがする。初めて見る食材だと思う。

そうこうしている間に完成した謎のステーキが木の皿に盛られ、カウンターに座るドワーフに差し出された。そのドワーフは、「おう」と言いながら受け取り、腰から引き抜いたナイフを使い美味しそうに食べ始める。

見ている感じだと凄く柔らかそうに見える。肉、というより、少し火を入れたチーズに近いような……。

「……で、あれはどういうステーキなのですか？」

「ん？　遠くから来たのか？　エルキャタピラーだよ。この村の名物なんだぜ」

エルキャタピラー？　……なんだか凄く嫌な予感がするぞ。

「……その、具体的にエルキャタピラーってどんなモノなんですか？」

「おいおい、エルキャタピラーも知らないのか？　そこの森にいる緑色の――」

「あ、もういいです。分かりました」

最悪だ……。さっき倒したアレか……。食べられるのか……。

カウンター席で例のアレを食べているドワーフをちらりと見る。

彼は美味しそうに例の白いステーキを茶色いパンに乗せて口に運んでいた。

いやぁ無理だ、流石に無理。これは食べられない。美味しそうな匂いがしてたけど無理だ。理屈じゃないのだ。心の中のリトルルークがダメだと叫んでいる。

「……他に、他になにかありません？」

「そうだな……。少々値は張るがファンガスステー――」

「あ、それもいいです」

なんだろう？　この村には普通の食べ物はないのだろうか？

……いや、ファンガスステーキは美味しいよ？　うん、美味しい。でもそうじゃない。そうじゃないよね？

「……もっと、他になにかありませんかね？」

「おいおい。あんた、好き嫌いが多すぎるぞ。……そうなると、乾燥肉のスープとパンぐらいしかないが……」

「じゃあそれで！」

あるじゃないか、普通の食事が！　それでいいんだよ、それで。

そうしてシオンと分け合ってお腹を満たしたのだった。

食事の後、酒場を出て村の散策を続けることにした。

酒場もあるこの広場が村の中心なのか、周囲には何軒かの店が建ち並んでいる。

ぶらぶらと歩きながら物色し、その中の一つ、開け放たれた扉から様々な種類の物が覗く店へと入った。

店内は一〇畳程の広さで、その狭い店内を窓と天窓からの光が優しく照らしている。棚にはロープとかコップ、皿、ロウソクなど様々なアイテムが並び、壁際にはいくつか剣や槍などが立てかけられていた。雑貨屋だろうか。

店の奥に座っていた厳しい顔のドワーフに軽く挨拶して店内を物色する。

逃亡生活と洞窟生活が長かったせいでストックしていた食料はほとんどなくなっている。一応、洞窟で暇潰しに大量生産した干しファンガスはあるけど、長く続いたキノコ生活のおかげで今はアレを食料としてカウントしたくないのが本音だ。

「干し肉ってありますか?」

「ある……っちゃあるが、ちと高いぞ。このあたりじゃ干し肉に出来るモンスターはあまり出ないからな。こっちの干しエルキャタピラーが――」

「あ、いいです。それはいらないです」

「お、おう。そうか」

こちらの勢いにちょっと引き気味のドワーフが干し肉を準備している間に壁際の武器を見ること

にした。まず壁に立てかけてある剣を鞘(さや)から引き抜き、天窓からの光に当てた。

刃渡り五〇センチ程の両刃の直刀。材質は普通に鉄だろうか。刀身は綺麗に整備されていて、おかしな不純物も見当たらない。刃こぼれも刀身の歪(ゆが)みも確認出来ない。武具の目利(めき)きはこちらに来てから少しずつ覚えていった程度。自信はあまりないけど、悪くはないと思う。やはりドワーフが多い村だから質が良いのかもしれない。

剣を元の場所へと戻し、次は槍を手に取る。

その槍も材質は鉄で、歪みも刃こぼれもなく、質は悪くなさそうに見える。しかし形が三叉(さんさ)――つまりトライデントのような形で微妙にコレジャナイと思ってしまい、元の場所へ戻した。やはり武器はもう少し大きな町に行ってから探そう。

「干し肉は用意したぞ。他にあるか？」

「……あ、魔法書ってあります？」

「少しならな。生活魔法とボール系がいくつかだ」

「そうですか……」

やはり小さな村では扱われている魔法書の数が少ない。これも次の町で探すことにするかな。


それからのんびりと日が傾(かたむ)くまで村の中を見学して過ごした。久しぶりの日光浴で天日干しされたような気分だ。ギラギラと輝く太陽に焼かれたけど、それも心地(ここち)よかった。やはり人間には太陽が必要なんだと思う。地下でも問題なく過ごせるらしいドワーフは根本的に普人族とはなにかが違っているのかもしれない。

ちなみに、この村には冒険者（ぼうけんしゃ）ギルドはなかった。

理由はよく分からないけど、周辺のモンスターが弱いとか、そういう理由だろうか。よく思い返してみると、この村に来てから冒険者っぽい人は一人も見ていない。そういうこともあるのだろう。

次にギルドを見付けたらやっておきたいことがあったのだけど、まぁ仕方がない。次の町で考えよう。

日が沈（しず）む前に宿屋で部屋を取り、その隣（となり）の酒場で夕食を注文する。といっても昼にも来た場所だけど……。この狭い村には酒場が一つしかないので仕方がない。

「シチューとパン二つ……エルキャタピラーステーキはナシで」

「はいよ……旨（うま）いんだけどなぁ……」

聞こえないフリをしながらシオンを膝に乗せる。

「飲み物のおすすめは？」

「エール。あとはドワーフ用の火酒もあるが、いらねぇだろ？」

酒場のマスターは僕の顔を確かめるように見てからそう言った。

ドワーフ用の火酒、か。火酒といえば蒸留酒――つまりアルコール度数の高い酒だとは思うけど、どんなモノなのだろう。というか既（すで）に蒸留技術が存在してたんだね。

この世界で初めて聞く火酒に興味が湧（わ）いた。

「その、ドワーフ用の火酒ってどんなモノなんですか？」

「どんな、って……俺（おれ）も確認のために飲むぐらいだしな……」

そう言いながら酒場のマスターは後ろの棚から大きな陶器の瓶を取り出した。

「これはベルゲンの火酒と呼ばれてる。口の中に入れると……なんというか、全身がグワッと熱くなるような味だな、うん」

そう言いながら彼はなんともいえない顔をした。

どうやら普人族のマスターはあまりドワーフ用の火酒が好きではないらしい。

「……じゃあそれを一杯ください」

「おいおい、普人族でもこれが好きな奇特な奴はいるがよ、若いので好きな奴はいねぇぞ。……まあ、それでも飲むってんなら止めねぇがよ」

マスターは瓶のコルクをキュポンと抜き、木製のカップにベルゲンの火酒をトクトクと注いで僕の前に置いた。

「ほらよ、銀貨二枚だ」

意外とお高くてビックリしたけど、今更引けないのでおとなしく支払ってカップを受け取った。

ゴロゴロと喉を鳴らすシオンを左手で撫でつつカップを手に取り匂いを確かめる。

「……うっ」

「キュキュ？」

鼻を突くアルコールのムッとする匂い。そしてなにかの草――ハーブらしき匂い。それに独特な甘い匂いもある。これは、なんだろう？　この時点で既にジンやウォッカのような比較的シンプルな蒸留酒ではないことが確定した。

覚悟を決めて少しだけ口に含んでみる。

「……ぐっ」

「……キュ？」

舌に感じる痺れ。鼻に抜けるアルコールの風味。ハーブの苦味。かすかな甘味。そしてワンテンポ遅れてやってくる痛み……これは、辛味？

うん、これって毒だよね？　毒だよね？

……これは経験したことがない。焼酎とかウイスキーとか、地球にある有名どころの蒸留酒の味ではない。根本的になにかが違うナニカだ。

また少し口に含む。

「……」

口の中に広がる苦味、そして辛味。

……うん？　これ、苦味とか辛味で刺激は多いけど、もしかすると思ったよりアルコール度数は高くないかもしれない。焼酎とかよりアルコールっぽさが少ない気がする。

しかしそのままちびりちびりと舐めるように飲んでいると、次第に口の中と喉奥が焼けるように熱くなってきた。まるでウォッカを飲んだ後のようだ。

「普人族にそいつはキツいだろ？　おとなしくエールにしておけ」

声の方を見ると、三つ隣の席に座っていた中年のドワーフがこちらを向いていた。僕が顔をしかめながら火酒を飲んでいるのを見かねたらしい。

「……ええ、もう火酒は止めておきます」

「それがいい。まぁ、そいつは火酒とは呼ばれちゃいるが、ただの火酒もどきだ。味は二流も二流……。もし本物の火酒が手に入ったなら、その時は飲んでみたらいい」

「火酒、もどき……？」

ってなんだろう？　この火酒は偽物なのだろうか。

「あぁそれはな、本物の火酒を再現しようとして造られた物なんだぜ。本物の火酒はどこかにあるドワーフの国でしか造れないらしい。このあたりじゃ中々お目にかかれない酒だぜ」

そう言ってドワーフは手に持つカップをグッと飲み干し言葉を続けた。

「本物の火酒は……別物だ。滑らかな舌触り。雑味のない味。カッと熱くなる喉。……こんな火酒もどきとは別物だ」

まるで愛しい恋人を見つめるように、ドワーフはどこか遠くを見ていた。

「おいカッツォ、それ以上は営業妨害だぞ」

「うるせぇ、事実だろうが」

「事実でも言う必要ねぇだろ」

ドワーフと酒場のマスターの口喧嘩を聞きながら考えをまとめた。

火酒と呼ばれる酒がこの世界に存在している。しかしそれはドワーフの国？でしか造られないのだという。

この『ベルゲンの火酒』は『本物の火酒』を再現しようとして造られた酒らしい。しかしアルコール度数がそこまで高くないように感じた。そしてそれを補うようにハーブやらスパイスとかで刺激をプラスしているように感じる。

もしかすると蒸留技術がドワーフの国にしかなく秘匿とされている、とかなのだろうか？

なんにせよ、いつかその『本物の火酒』とやらを味わってみたい。そしてドワーフの国にも行ってみたいものだ。

そう思いながら、いつまでも出てこない夕食と、それを作るはずのマスターの口喧嘩を眺めつつ、シオンの喉を撫でた。

閑章　村で唯一の酒場

INTERMISSION

トントントントン、と酒場の中に軽快な音が響く。

少し傾いた太陽の光が窓から伸び、カウンターの中で包丁を振るう男を照らした。

昼の客が仕事へと戻り、太陽が沈みかけるまでのこの時間は男にとって夜の仕込みの時間だった。

「ふう」と一息吐いて、男は細かく叩いた材料を大鍋に入れた。そして奥の倉庫へ向かい、野菜と山菜を取り出して台に並べた。

この野菜は村で今朝採れた新鮮なもの。山菜も村の周囲の森で猟師が採ってきたところだ。なにもない村ではあるが、山の幸が豊富で食べ物に困らないことが男の、そして村の誇りであり、自慢でもあった。

丸い野菜の皮を剥き、トントントンと細かく刻む。

男が親から受け継ぎ、そしてその親もまた親から受け継いだ秘伝のシチューは、いくつかの材料をドロドロに煮溶かすことが味の決め手。細かく刻んだ方が煮溶かしやすいのでそうするのだが、はっきり言って手間がかかる。

しかし、それでも男は思う。『秘伝の味を守りたい』と。

父、そして祖父が守った伝統を守りたいと。

手を抜けば楽かもしれない。しかしそれでは伝統の味が出ないのだ。

細かく刻んだ野菜を大鍋に流し込み、井戸から汲んでおいた水を桶から注ぐ。そして細い薪を大鍋の下の窯へ突っ込み、かすかに火が残る炭を灰の中から掘り起こして薪に点火する。これでシチューの下準備は完了。あとは煮込むだけだ。

「ふう……」

大きく息を吐き、額の汗を拭う。

季節は既に夏。熱源の多いキッチンでの作業は体力を奪っていく。

しかし男の仕事はまだ終わらない。まだメインディッシュの準備が残っているのだ。

男は店の裏手へと向かい、軒下に吊るして体液抜きをしていたソレを掴んで店に戻り、まな板の上にドンッと置いた。

エルキャタピラー。それは村の住人が愛してやまない食材。その味はクリーミーで濃厚。一口食べれば止まらなくなる、後を引く味が特徴だ。

村に来た商人が『北の方のチーズに似ている』などと言ったが、これと似た味の食材が他にもあるなんて男には信じられないことだった。男にとってエルキャタピラーは唯一無二。他に代わるものなどない食材なのだ。

男はエルキャタピラーに包丁を入れ、緑の皮を剥いでいく。

やはりモンスターだからなのだろうか、表面の皮は少し硬く食用には向かない。

皮を剥き終わると、今度は慎重に輪切りにしていく。

エルキャタピラーの身は柔らかく、慣れていないと綺麗に切るのは難しい。『村の女はエルキャタピラーを潰さずに捌けて一人前』と言われる程だ。熟練の技が必要とされる。

輪切りにしたものを十字に切り、まな板に敷き詰めるように並べる。そして後ろの棚から塩が入った壺を取り出し、塩を一掴み。そして手首をクイッと曲げて天空からパラパラとかけていく。

塩をまんべんなく振りかけるにはこれが一番なのだ。

まさに熟練の技。

これでエルキャタピラーステーキの下準備も完了した。


そうこうしている内に大鍋の蓋がカタカタと音を立て始めた。

男は「……そろそろか」とつぶやき、大鍋の蓋を取っておたまで鍋の中をクルクルとかき混ぜ、味見をしてから塩を足す。勿論、手首クイッからの天空落としはしない。今回は熟練の技は必要ないからだ。

そして隠し味の刻みハーブを大鍋に投入。

最後に大鍋の中を軽くかき混ぜ、そして味見をした。

溶け込んだ野菜の味。素材から流れ出した旨味。クリーミーで濃厚で……最後にハーブの風味が鼻から抜ける。

男は小さく頷き、小さく微笑んだ。

「旨い」

無意識につぶやいていた。

こうしてエルキャタピラー料理を極めたと噂される一族の店は夜の営業を始めたのであった。

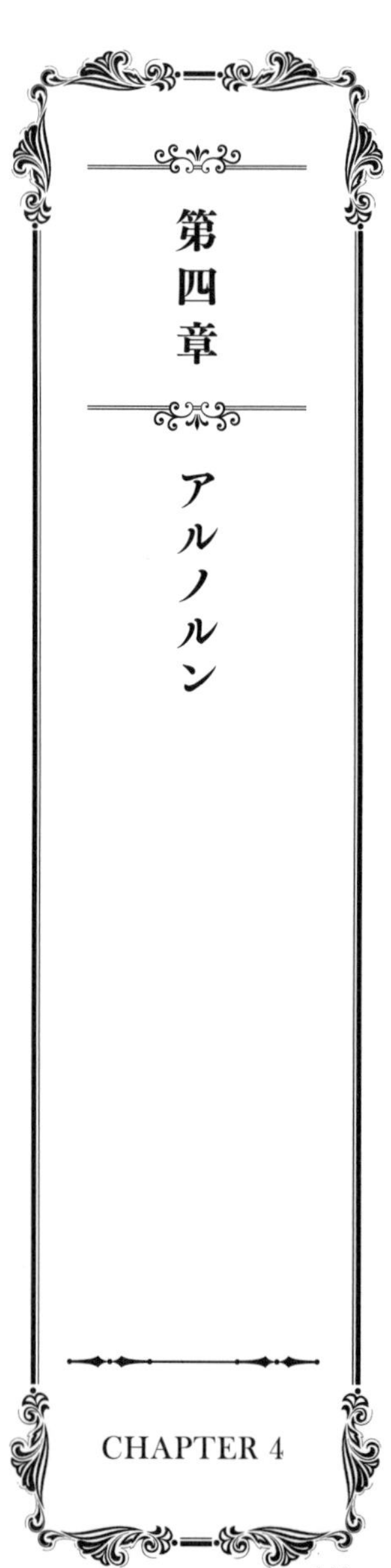

第四章 アルノルン

CHAPTER 4

翌朝、早い時間に村を出た。

一刻も早くこの村から立ち去りたいから……ではなく、次の町まで出来るだけ余裕を持ちたかったからだ。一応、酒場で聞いた感じでは、歩きでも日が沈むまでには町に着く距離らしいけど、念の為にね。

それで思い出したけど、あの酒場のシチュー、今までの町では食べたことがない独特な味で美味しかったなぁ……。色は薄めのブラウンなのにクリーミーで濃厚で……なにかのハーブの香りもした。隠し味でもあるのだろうか。

などと考えつつ森を抜けると大きめの岩と低めの木が点在する場所に出た。そしてその岩や木を縫うように緩やかな下り道が続いていた。

道端に咲く背の低い花。それをシャラシャラと鳴らす優しい風。澄んだ空気。透き通った青い空。

そしてギラリと輝く初夏の太陽。

無意識にローブのフードをかぶろうと右手を伸ばしかけ、その中の重みを思い出し、手を止める。

「……」

行き場のない手をワサワサと動かして、静かに下ろす。

やっぱりシオンを入れる鞄などが必要だろうか。村には良さそうなモノがなかったけど、町ならなにかあるはずだ。

……いや、そもそもこの子は僕のフードの中で眠りすぎではないだろうか。寝る子は育つというけど、ずっとこれではダメな気がする。

「シオン、少し歩こうか」

「キュ……」

少し眠そうにフードから這い出てきたシオンを地面に下ろし、歩きながらフードをかぶる。

大きな岩を迂回し、枯れて途中で折れている大木の脇を抜けて進む。

ピョンピョンと跳ね、あちらこちらに寄り道しながら進んでいるシオンを視界の端にとらえながら昨日のことを思い出した。

昨日、宿屋の部屋でボロックさんから貰った餞別の包みを開けてみたのだ。

結ばれていた紐を解き、布と油紙のような紙の中にあったのは、真っ黒な刀身。形は両刃の直刀で、長さは三〇センチあるかないかぐらい。材質は間違いなく闇水晶だった。柄の部分は作られていなかったので、このまま使うことは難しいけど、恐らく職人に仕上げてもらえればナイフか槍になるはず。

これは僕がボロックさんに渡した闇水晶の中で一番大きいものだろう。それを加工してくれたのだ。

「しかし……」

魔力を流せば強いけど、魔力を流さないと硬くて脆い素材。武器にするにしても扱いが難しい。

これをメイン武器として使うのは大変そうだ。

「まぁ、とりあえず保留かな」

そう考えながら歩いていると急に前方が開けた。

目の前には青い空と遠くの山脈。そして眼下に広がる巨大な町だった。

◆　◆　◆

「シオン、おいで」

町へと続く大きな街道に出たところでシオンを抱き上げてフードの中に入れた。

フラフラとしていて馬車にでも轢かれたらマズい。

町に近づいていくと、その町の凄さがよく分かった。

町を囲う壁の高さは六メートル程で、全て石造り。ここまで頑丈そうな壁は初めて見た。上からみた感じ、町の形は少し歪な円形で、大きさは今まで見たどの町よりも大きいと思う。この町は重要な拠点なのだろう。

門は大きな馬車が二台すれ違っても余裕があるぐらい大きくて、その門を多くの冒険者風の男たちや馬車などが通り抜けていた。

なんとなく冒険者風の一団に紛れて町の中に入る。

「安いよ安いよ！　見てってくれ！」

「もう店閉めるぞ！　売り尽くしだ！」

「お客さん、男前だね！　安くしとくよ」

門の近くで店を開いている露天商が声を張り上げ、行き交う人々を呼び止めようとしている。どうやら活気もあるようだ。しかし——

「っ！　おう！　嬢ちゃんよぅ！　人にぶつかっといて詫びの一つもねぇのかぁ？　おおぉ？」

少し先を歩いていた男性がいきなり声を張り上げた。

その男は身長一九〇センチ程。顔は髭で覆われていて、革鎧を身に着け腰には剣を挿している、所謂、冒険者風の格好。しかし人相が悪くてゴロツキにしか見えない。

対して、その男に因縁をつけられている相手は、身長一七〇センチ程。ラフなパンツルックに赤髪のポニーテールが特徴の、目がキリッとした女性。

これは、マズいのではないだろうか？

この状況。これから起こることは誰でも想像出来るだろう。誰かが止めないと……と思いながら周囲を見回すが、誰もここに割って入ろうとしない。

仕方がない、ここは僕の出番……などと考えている間に彼女は男の方へとくるりと振り返り——

「あぁ？　ぶつかって来たのはどっちだ？　やんのか、こら！　かかってこいや！　オラッ‼」

と、『かかってこいや！』の段階で男が宙を舞った。

なにを言っているのか分からないと思うが……宙を舞っていたのだ。

「ブゲェ……」とか漏らしながら地面に叩きつけられ、ゴロゴロと転がった男に近づき、胸ぐらを掴み上げて揺さぶっている彼女を眺めつつ。『かかってこいや！』と言うならせめて攻撃のターンぐらいあげようぜ！　とか考えていると。周囲の野次馬が「ダリタに喧嘩売るたぁ馬鹿な奴だぜ」とか「オイオイ、死ぬわあいつ」と言っているのが聞こえ、彼女がこの町では有名なのだと理解した。

しかし、ゲームかなにかの主人公なら、この場面でサッと飛び出して彼女を救い、彼女とのフラグでも立てるかハーレムメンバーにでも加えたのだろうか？

僕にはちょっと難しそうだ……。


それから露店を冷やかしながら宿を探して歩き回り、大通りで外観が綺麗で人の出入りが多い宿を見付けて部屋をとった。

裏通りの宿は安いけど安心出来ない。なので最初は大通りの高い宿にして、そこから情報を集めて良い宿を探していくのがベストなのだ。特にこの町は人も多くて活気があるけど、さっき見たように冒険者っぽい人が多くて揉め事も多いように感じる。もしかすると治安が良くないのかもしれない。なので今回は特に良さそうな場所を選んでおいたのだけど——

「なにかご注文はございますでしょうか」

顔を上げるとメイドさんがそこにいた。

夕食を食べるために宿の一階の酒場に向かうと、そこはいつも使っているような酒場の倍ぐらいの広さがあって、なのに何故かカウンターテーブルがなく……仕方なく二人用のテーブル席に座ると——メイドさんが来た。

　メイドさんが来たのだ。

　薄々気がついていた——いや、本当は宿の入り口の扉を開け、扉のその先に飾られていた絵画や壺、その中の花とかを見て『ヤバい！』と感じたし。その芸術品を照らすために天井から揺らぎのない無数の魔力の光が降り注いでいて見惚れたし。その間にいつの間にか側にいた上等そうな黒いジャケットを着た老紳士に『いらっしゃいませ』と頭を下げられて『失敗した！』と悟ったし。老紳士に連れられるまま石の床をコツコツと歩き、奥のカウンターテーブルで一泊が金貨一枚からだと聞いた時に『やってしまった……』と理解していた。

　そう、ここはとんでもなく高級宿だ。

　最低でも僕が普段泊まっている宿屋の数倍はする。

　最初にヤバみを感じた時に扉を閉めて回れ右していればよかったけど、老紳士と目が合ってタイミングを逃してしまった。

　そういうことってよくあるよね。美味しそうなラーメン屋を見付けたと思って入ってみたら中がガラガラで、ヤバい！　と思って回れ右する前に店主に声をかけられて逃げるタイミングを失うみたいな。誰でも一度は経験あるはずだ。

　そんなこんながあって、借りてきた猫のようになっている一人と一匹がいる。……いや、一匹は気ままに僕の膝で仰向けになってゴロゴロしてるか。

「……おすすめはどれですか？」

「本日はレッサードラゴンの肉が入荷しております。その肉を使ったステーキをメインにしたコースが当店シェフの一押しにございます」

「お値段は？」

「はい、金貨三枚となっております」

金貨？　……金貨三枚？　高すぎ！　いやいやいや、流石にちょっと無理だよ。でも初めてのドラゴン族の肉か……食べてみたいけど……。

「……えぇっと、他にはなにがありますか？」

「それ以外でございますと、この季節は常時ご用意させていただいております、リバークラブのレモソース掛けをメインとしたコース料理がございます。こちらは銀貨八枚。そしてノックディアーのコース料理が金貨一枚となっております」

　そう言い終えたメイドさんはこちらを見た。

……ダメだ。どの料理も僕が知っている料理とは桁違いに高いよ！　これだとなにを頼んでも結局お財布には大打撃間違いなしだ。まぁ……いいか、当面こんな高級宿に泊まることなんてないだろうし、値段を気にせず一番食べたいものを頼もう。

「じゃあ、レッサードラゴンのコース料理で……」

「かしこまりました。それではお飲み物はいかが致しましょうか」

「あ～……じゃあエールで」

　もうこれ以上の無駄な出費は避けようと一番安そうな飲み物を注文した。

　今まで大体どんな店でもエールが一番安かったのだ。

「申し訳ございません。エールはご用意しておりません」

「えっ……」

メイドさんは少し顔を曇らせながらそう言った。

エールってもしかして、こちらでは完全に庶民向けの飲み物という認識なのだろうか？


それから暫くして、料理が運ばれてきた。

黄金色のスープが入った皿と拳サイズのパンが三つ置かれた皿。それらに手を付ける前にラッパ形の陶器のカップをグイッと傾け、葡萄酒を口に含んだ。

強めの渋みが口に広がり、フルーティーな香りが鼻から抜ける。いつも飲んでいるような葡萄酒より味が濃い。これがお高い葡萄酒の味なのだろうか？　でも渋みが強い葡萄酒はあまり好きじゃないかな。安い葡萄酒に舌が慣れてしまったのかもしれない。

カップをテーブルに置き、木の匙でスープを飲む。

半透明な黄金色のスープは一見すると普通のコンソメスープのように見えた。しかしその味はビーフスープに近い。……いや、ビーフスープとチキンコンソメの間ぐらいだろうか？　塩味は薄めだけど、とにかくしっかりとした旨味が出ていて美味しい。

美味しくて、美味しくて、ついつい一口、また一口と手が進んでいく。

「キュ！」

膝上からの抗議の声で我に返る。

危ない危ない、忘れるところだった……。いや、忘れていませんよ？　本当ですよ？　ちょっと夢中になってただけでね……。

テーブルの上をチラッと確認し、シオンに与えられそうなモノを考え、とりあえずパンを小さくちぎって与えてみた。

食事をしながら周囲をチラリと確認する。

いつもの酒場より大きいこの場所には十数人程の客がいて、それぞれのテーブルで食事をしながら誰かと談笑していた。広いけど客の数は少ないようだ。それだけ少なくてもやっていける値段設定なのだろう。

彼らの服装——豪華そうなヒラヒラが付いたドレスや、派手でカラフルな服とか、白い羽根付き帽子とかを見る限り、その多くが商人か、あるいは身分の高い人なんだろうと想像出来る。剣を持ったラフな格好の人も何人か見えるので冒険者もいるのかもしれない。

そんな冒険者っぽい彼らに親近感を覚えながら僕が場違いではないと安心しつつ、葡萄酒を片手に周囲の雑談に耳を傾ける。


「最近、この近辺では麦の値が上がっているとか」

「流石ですな。もうお耳に入っておりましたか……。ここだけの話ですが、実は他にも値上がりの予兆がありましてな」

「ほう……」


「そろそろダンジョンに行きたい。西に行こう」

「おいおい、ダメだと言っているだろう。まだ契約があるんだぞ」

「破棄すればいい」

「簡単に言うなよ……。ここでお偉いさんの機嫌を損ねたら西のダンジョンよりもっと遠くに行くしかなくなるぞ」

「……」

「北の方でそろそろ――らしい」

「本当か？　しかしそれでは――」

「シューメルが――でついに――」

「……」

いつもの酒場のバカ話など一つもなく、どこも内容のありそうな話ばかりだ。やはりこの客層がそうさせるのだろうか。

少しの寂しさを覚えつつ葡萄酒をグイッと流し込んだ。

「お待たせいたしました。レッサードラゴンのステーキになります」

メイドさんにより、目の前にコトリと置かれた皿。その瞬間、口の中に唾液が溢れかえる。むせ返るような脂の香り。茶色く綺麗に焦げ色が付いた表面。膝の上ではシオンが「キュルキュル」と鳴き、その前足をテーブルにのせた。僕のお腹も一緒に「キュルキュル」と鳴いている。僕も両手をテーブルにのせた。

用意されていた小型のナイフとフォークっぽい二股のカトラリーを持ち、フォークで軽く押さえながらナイフを滑らせる。手に伝わる感触は独特。ささみ肉に近い、繊維を切断する感覚が指に残る。少し硬くて切りにくい。

ボロックさんから貰った闇水晶の刃を取り出してズババッと細切れにしてやろうかと頭の中に浮かぶけど、ギリギリのところで思いとどまる。流石にそれは目立ちすぎ。マナー違反だ。

色々と考えながらも手を動かし続け、切り取った肉片をフォークに刺して口の中へと運ぶ。そして一度二度と咀嚼していく。

咀嚼する度に弾力のある繊維質の肉がほぐれ、口の中に旨味をまき散らす。

「旨い、な」

ドラゴンだからだろうか。筋繊維がはっきりしていてささみ肉のようで、味は鶏と牛の中間のような感じ。今までに食べたことのない不思議な味だ。

それを断腸の思いで胃袋の奥へと流し込み、新たなる希望を胸に次の肉片を口の中へと運ぼうとしたところで下から伸びてきた白い前足が僕の手をバシバシと叩いた。

「キュゥア！　キュワ！」

危ない危ない、忘れるところだった……。いや、忘れていませんよ？　本当ですよ？　ちょっと夢中になってただけでね……。

だからそんなに威嚇しないで……。

こうしてレッサードラゴンステーキの夜が更けていった。

翌朝、フカフカなベッドで目を覚まし、身支度、浄化を済ませて宿を出た。

もう当面はこんな高級宿には泊まれないだろう……。今回が特別だったのだ。

しかし、元々どこでも寝られる体質だけど、あんなフカフカのベッドを久し振りに体験してしまうと、もう草を敷き詰めただけのベッドに戻れなさそうで怖い。それにあのレッサードラゴン料理。

あんな贅沢はもう出来ない。

……いや、あんな生活が出来るだけのお金か身分を得るために頑張るべきなのかもしれないな。

それにはまず――

足を止め、目の前にある大きな建物を見上げた。

男たちが生きるため、そして成り上がるために集まる場所。

冒険者ギルドだ。


頑丈そうな扉を開けて冒険者ギルドの中に入るとガヤガヤと冒険者たちの話し声が聞こえてきて、あれ？　と思う。もう既に日が昇ってそこそこ時間が経っているはず。経験上、早朝の冒険者ギルドは混み合ってるものだし、今日は高級宿を少しでも長く楽しむためにゆっくりと時間を使ってから冒険者ギルドに来たのだけど、この時間になってもまだ冒険者たちが多く残っていた。

不思議に感じながらギルドの中を確認すると、右手側のテーブルやイスが並べられているエリアに二〇人程の冒険者たちが見えた。なにやら真面目な顔で話し込んでいる男女もいれば、グループで談笑している人たちもいるし、壁にもたれかかってなにをするでもなく腕を組んでいるだけの男もいる。

彼らはこの時間になにをしているのだろうか？

少し疑問に感じつつ正面に並ぶ受付カウンターへと向かい、そこに座っているケモミミの若い女性に用件を告げた。

「冒険者登録お願いします」

「はい、それではこちらに記入をお願いします。代筆も可能ですよ」

彼女は机の中をゴソゴソと探り、出てきた木片をカウンターテーブルの上に置いた。

その木片を手元に寄せ、代筆を断ってから用意された羽根ペンを手に取る。

さて、僕はこの町で新たに冒険者登録をする。

そして別のルークとして生まれ変わるのだ。

冒険者ギルドの全メンバー情報を管理して各地のギルド間で情報を共有するのは技術的にかなり難しいだろうし。ギルドカードは木製か金属製の普通の板で、それに冒険者が自主申告した最低限の情報が書かれているだけだ。ギルドカードを個人と結び付けるような機能もないはず。低ランクのギルドカードなら材質的に偽造もしやすいだろう。

つまりギルドカードなんてその程度のモノでしかないし、僕が以前、冒険者ギルドに登録してたかどうかなんて、これだけ離れたこの町で調べることは不可能なはず。

唯一、気がかりなのはアーティファクトの存在だ。実はオーパーツ的な謎のアイテムでギルドメンバーの個人情報が全て管理されていたりしたら……。それはもうどうしようもない。詰んでいる。

色々と考えつつ書いた木片を受付嬢に渡す。

「はい、ルークさんですね。年齢は一五歳で、属性は不明。特技は……料理、ですか……」

受付嬢が微妙な顔をしながら木片を読み上げた。

前のギルドカードとまったく同じ内容だと流石にちょっとアレかな……と思ってなにかを変えようとしたのだけど、いくら思い付きで決めたとはいっても既にこの名前には愛着も出てきたからあまり変えたくないし。そうなったら属性と特技を変えるしかない！　と考えて適当に書いたのが良くなかったかもしれない。

でも、光属性持ちは珍しいから属性は書きたくないし、そうすると特技にも魔法系は書けない。剣も使えることは使えるけど、そこまで得意ではない。そもそも剣と刀の違いもある。そうなってくると次に得意なのは料理になってくるのだけど……。

「料理……あの、普通は使える武器とかを書くのですが……本当に大丈夫ですか？」

「あっ、はい大丈夫ですから」

「本当ですか？　危険も多い仕事ですよ？」

受付嬢が心配そうに聞いてくる。

善意を感じるだけに強くも言いにくい……。少し困っていると左隣から声がした。

「いいじゃねぇか、本人がやると言ってんだろ？　なら作ってやれ。それが冒険者ギルドのルールだろ？」

「ニックさん……確かにそうですが……」

受付嬢からニックと呼ばれた男は身長一七五センチ前後。黒髪に猫っぽい耳が生えていて、お尻の方にも黒くて長い尻尾がクネクネと動いているのが見えた。

猫系の獣人族だろうか？

「お前の気持ちも分かるけどな、冒険者は全て自己責任だぜ。希望を掴むのも無茶して死ぬのもこいつの自由だ。それとも、お前はこいつの面倒を見てやれるのか？」

「それは……」

ニックと呼ばれた男は、「だったらやることは決まってんだろ？」と受付嬢に言い残し、冒険者たちが集まっている方へと去っていった。

「すみません……」

「いえ……」

少し気まずい空気になりつつ、受付嬢からFと書かれた木製のギルドカードを受け取った。これでまた最初からやり直しだ。Eランクに上がるまでこの町にいる必要もある。

ここから、また第一歩が始まるのだ。


ギルドを出て地図を頼りに町の中を進む。

とりあえず今日は働かないことにした。まずボロックさんに頼まれた手紙の入った封筒を届けておきたいからだ。

大通りを進み、十字路を南に曲がり、途中何度か通行人に道を聞きながら目的地へと進む。

ボロックさんが描いたこの地図は、はっきり言ってちょっと適当というか……大雑把だった。この地図のスタート位置は門になっているのだけど、これだけ大きな町なんだから当然、門なんて沢山あるはずだ。そのどの門がスタート位置の門なのかが分からないと地図は意味を成さないのだけど、この地図には当然のようにそれが描かれていない。

結局、地図の中に描かれていた目印になる特徴的な建造物について通行人に聞きながら目的地を探すことになった。

「ここ……かな？」

その建物は町の南側にあった。

町の中心を走る大通りから一本入った場所にある、住宅街という感じのエリアの一角。一〇〇メートルは続いている石の壁に囲まれたその場所は、住宅というよりは邸宅という感じだろうか。とにかく大きい。ボロックさんの息子はここに住んでいるらしいけど、何者なのだろう。

ちなみに地図のスタート位置はどうやら西側の門らしく、僕が通ってきたのは東側の門で、この家は町の南側だった。あの親父はなにを考えているのかな？　村からの道を真っ直ぐに進んで東門に着くのだから、東門からの道を描いてくれたらいいのに、よりにもよって逆側の西門からの道を描くなんて嫌がらせなのだろうか？

そんなことを考えながら、目印として地図に描かれていた門柱の上に鎮座する竜の像を確認して、鉄格子の扉を開けて敷地の中へ入る。

門をくぐった先にあったのは庭。そしてその奥に見える三階建ての大きな石造りの家。

その家の大きさに気圧され、『門番とかいないし勝手に入ってしまったけど大丈夫なのだろうか？』とか、『もしかして貴族的ななにかの家なのでは？』とか不安になりながら家まで続く石畳の道を歩き、重厚そうな扉に付いている円形のノッカーを二回扉に叩きつけた。

暫くすると家の中からパタパタと足音が聞こえ、扉がガチャリと開いて中から黒っぽいメイド服を着たウサギ耳の女性が現れた。

「なにか御用でしょうか？」

その透き通った声と初めて見るウサギ耳に少し驚きつつ、「これをケヴィンさんに渡すようにと頼まれたのですが」とボロックさんから預かった手紙を差し出した。

「配達ですか。ご苦労様でした……あら？」

手紙が入った封筒を受け取り、それをひっくり返して裏面を確認しながらエプロンのポケットからなにかを取り出そうとしたところで彼女の動きが止まる。

「これは誰からの手紙か、ご存じですか？」

「えぇっと、ボロックというドワーフの男性ですが……」

「そうですか」

そう言った彼女は一瞬、なにかを考えるように目線を手紙へと落とし、それから手紙をこちらへと差し出しながら言葉を続けた。

「この手紙は直接お渡しになって下さい。こちらへ」

返された手紙を自然と受け取ってしまい、彼女に促されるまま家の中に入り、玄関ホールを抜けて階段を上がったところで人族の男性とすれ違う。

「おぉ、新入りか？」

「後で紹介しますよ」

「そうか、じゃあ後でな」

そして僕がなにかを言う前に、僕の知らないところでなにかが進んでいるような謎の会話が交わ

され、男性はこちらへ軽く手を振って階下へと消えていった。

なんだかよく分からないけど、なにかがおかしいぞ。

手の中にある手紙を改めて確認した。

中を読むような失礼なことはしていないけど、手紙が入っている封筒は外から何度か確認している。表面には宛名(あてな)、裏面にはボロックさんのサインらしきものとなにかの印のようなモノがあるだけで特に変わったところはない。でも彼女はこの裏面を見て様子が変わった。ボロックさんのサインが問題なのか、この印が問題なのか、それともボロックさんという存在自体が問題なのか。

などと考えていると、前を歩いていたウサ耳メイドが立ち止まり、突(つ)き当たりの扉をノックした。

「入れ」

扉の奥から男性の低い声がした。

◆　◆　◆

「そうか……。親父は元気そうだったか？」

イスに座ったまま僕から手紙を受け取り、じっくりと中を確認したドワーフの男性――ケヴィンさんはそう言った。

ボロックさんが元気そうだったかどうかと聞かれると、まぁ今は元気そうではあったけど、僕が治さなければ死んでしまいそうな感じでもあったし、でもそれは治したから今は元気ともいえるし、一瞬そんなことを考えてしまい、「え？　えぇまぁ、そうですね」と半端(はんぱ)に返してしまう。

「そうか」

僕の言葉を聞いた彼はそうつぶやき、顎（あご）に手をやって黒い髭を触（さわ）りながらなにかを考え始めた。

沈黙（ちんもく）の中、その仕草はボロックさんと似ているなぁ流石親子だ、とか考えているとケヴィンさんがこちらを見ながら口を開く。

「よし、クラン入りを認める。細かいことについては――ミミ、任せていいか？」

「分かりました」

「いやいやいやいや、ちょっと待ってください！　なんで入ることになっているんですか⁉」

急に話が動き始めたと思ったら意味不明な方向へと走り出したので慌（あわ）てて止める。ちょっとなにがどうなっているのか分からない。

「ん？　手紙には、面倒見てやってくれ、と書かれていたぞ。クラン入りの話じゃないのか？」

「聞いてないですよ！　そもそもクランがなにかよく分かりません」

「クランがなにか分からない？　お前、冒険者じゃないのか？」

「冒険者ですよ……Ｆランクですけど」

いや、Ｄランクまで行ってたけどさ。でも聞いたことがない……はず。

「Ｆか……。まぁいい、そこに座れ」

彼はそう言い、応接セットのようにソファーが並ぶ方を指さした。

僕とケヴィンさんが向かい合ってソファーに座り、ここまで案内してくれた女性――ミミと呼ばれたウサ耳の女性がケヴィンさんの後ろに立つ。

「まぁ簡単に説明すると、クランってのは冒険者の集まりだ」

ざっくりしすぎている説明から始まった話に危機感を覚え、ミミさんの絶妙な補足に安堵し、途中で分からないことをつっこみながら彼らの話を聞いた。

まぁ要するに、クランとは冒険者の集まりなのだ。

という説明が一番適切なことに内心、頭を抱えそうになるが……。

いや、正確には冒険者以外もいるらしいのだけど。

この世界には冒険者一人では対処出来ないことが沢山ある。そしてパーティを組んでいても対処出来ないことも多い。スタンピードの時なんかがそうだろう。そういう依頼を積極的にこなすためにパーティ以上の大人数を集めたのがクランとよばれる組織らしい。

でも、そういう大人数が必要な仕事ってギルドが取りまとめて人数を集めるんじゃないの？ と最初は考えたけど、よく思い返してみると、あのスタンピードの時、良くない状況になったら適当な理由をつけてさっさと逃げ出す冒険者もいた。

本来、冒険者とは自由な存在なのだ。依頼は依頼、強制は出来ない。命を懸ける義理もない。少なくとも建前上はそうなっている。あの時、スタンピードの時、あの場に残ったのはランクフルトに関係のある冒険者がほとんどだった。

だからこそ、冒険者を取りまとめる組織が必要とされるのだろう。

「まあそんな感じだな。どうだ、入ってみないか？ うちのクランに」

頭の中で話をまとめていく。

ここのクランという組織に関しては概ね理解出来た。話を聞いた限りではリスタージュにおけるクランシステムと似たようなものだと思う。

さて、問題は僕がここでクランに入るとどうなるかだ。

このクランはどう見てもここの町を拠点にしている。つまり所属すれば僕もこの町を拠点に行動することになるはずだ。僕の目的、世界を見て回ることを考えると一つの町に居続けるのはよろしくない。そもそもダンやメルたちとのパーティを抜けたのも世界を旅するためだしね。

でも、具体的にこれからどこに向かってなにをするか決まっているのか、と問われると、ぶっちゃけなにも決まっていなかったりする。というのも、なんらかの情報を集めようにも人の噂か数少ない本ぐらいしか情報を得る手段がないからだ。

この世界にはモンスターという目に見えた脅威があったり血の繋がりやコネがモノを言うせいか、人々はあまり他の町へ移動しようとしない。自由な冒険者ですら大半は生まれた町を拠点として活動する。別の町に行こうとするのは商人か、一部の冒険者か、国に属する人か、あるいは生まれた町では食っていけない人ぐらいだろうか。つまり人々の往来が少ないおかげで一般人には重要情報以外、遠方の情報がほとんど入ってこない。そして地図も一般には出回っていない。

この世界のほとんどの人は、自分が住んでいる町の周辺と、あとは王都や大きい都市のことぐらいしか知らないのだ。

当初の予定では世界中にある面白い場所を巡ったり、ダンジョンや未開の遺跡などを探索したり、伝説に残るような場所を探したいと思っていたけど。現実には未開の地や伝説どころか二つ隣の村の情報を集めるのにも苦労している状況。

とにかく情報を集めたいけどその手段が乏しく、少し手詰まり感があった。

それにエレムでレベル上げの最中に逃げることになって、本当はアルムスト王国へと逃げるつもりで情報収集してたのに何故かこのカナディーラ共和国に来てしまい、この地の情報がほとんどないのもある。現状、この町、商業都市アルノルンの周囲がどうなっているのかもよく分かっていないし、ここでギルドカードを作った以上、Ｅランクになるまではこの町に滞在する必要もあるけど……。

でも、だからといってクランに所属するかどうかは別の話だ。

「……このクランに入ったら、どんなメリットがありますか？」

悩んだ結果、直球で聞いてみることにした。

大きい仕事ができたり、この町では多少融通がきくかもしれないけど、それにどれだけのメリットがあるのか、考えるだけでは正確には分からないからだ。

その質問にケヴィンさんが即答する。

「おう、良い女がいる店に連れて行ってやるぞ！」

そう言って彼はガハハと笑った。

「いや、そういうのは別に……」

「おぅ……俺はソッチの趣味の店は知らねぇぞ？」

「マスター」

「冗談だ、冗談！」

いや本当にソッチの趣味はないからね。

ただ、今はそういうことを考える余裕がないだけなのだ。

「う～む……男は大体、女の話で食い付くんだがなぁ……。まぁあとは金だな。儲かるぞ」

それは確かに魅力的ではある。でもお金は頑張れば普通に稼げるし、そこまでのメリットではない気がする。

そういう微妙な顔をしていると、彼の後ろにいるミミさんがおもむろに口を開いた。

「我々『黄金竜の爪』は、この町は勿論、国内ではそれなりに名の知れたクランです。少々の伝手もございますし、多少のことなら融通がききますよ。例えば、武具の調達とか。希少なアイテムを優先的に入手出来たり。職人との伝手もありますし――情報の入手も可能です」

「……情報」

思わずそうつぶやいてしまう。その瞬間、彼女の目がキラリと光った気がした。

「そうです。我々は様々な方々との繋がりから一般には出回らない情報の入手が可能なのです。それに、ここには遠方から取り寄せた資料の数々が保管されています。他では滅多に見られない貴重な資料もありますよ」

情報……資料……。

その瞬間、僕の中の迷いが消え、「よろしくお願いします！」と叫んでいたのだった。

「ところで、だ。親父のところにいたんだったら、アレ持ってるんだろ？」

「アレ、ですか？」

細かい条件や仕事内容について話し合ったあと、ケヴィンさんがいきなりそんなことを言い始めた。

「そうだ、アレだよアレ！」
「いや、アレじゃ分からないですから」
「かぁー！　じれったい！　ファンガスだよ、干しファンガス！」

あぁ、干しファンガスか……。あの場所は暇すぎて自分でもよく干しファンガスを作っていた。ぶっちゃけファンガスのフルコース生活のおかげで当面は見たくもなくなっているのだけど、長い地下生活のおかげで消えてしまった保存食の代わりに干しファンガスを大量に持ってきていた。

横に置いていた背負袋から干しファンガスが入った包みを一つ取り出してテーブルの上に置き、包みを開く。

「おぉ！　これだよこれ！　この芳しい香り、濃厚な味、間違いない！　いやぁこっちではなかなか手に入らなくてよ！　これ貰っていいよな？　礼はするからよ！　じゃあ後は頼んだからな！」

そう言って干しファンガスの包みをワシッと掴んで彼は部屋の外へと走っていった。

部屋の中には僕と、頭を押さえるウサ耳メイドさんだけ。

というか、『貰っていいよな？』と聞く前に食べてたよね？

「はぁ……マスターはファンガスに目がないのです。こちらではあまり出回りませんしね。後でちゃんと礼はするように言っておきますので大目に見てあげてください」

そう言うとミミさんはマスターが座っていた机の引き出しを開け、中をゴソゴソと漁り、金色に光る小さな物を取り出した。

勝手に漁っていいのだろうか？

「これは『黄金竜の爪』メンバーの証。これを見せると、ある程度なら融通がきくこともあります。

あのお方がお認めになった人なら大丈夫だとは思いますが、悪用はしないように」

彼女に手渡されたそれは、黄金色に輝く鋭い爪の形をしたバッジだった。

しかし、『あのお方』とは……。いや、流れ的にボロックさんのことなのだろうけど。彼は予想以上に凄い人だったのだろうか。

そんなことを考えながら胸に黄金色のバッジを着けた。

「ようこそ、『黄金竜の爪』へ」

ウサ耳メイドさんはそう言って微笑んだ。

こうして僕は、クラン『黄金竜の爪』に所属することになったのだ。


ミミさんに連れられて建物の中を歩く。

二階、三階はほとんどメンバーの個室になっていて、一階には資料室とか保存庫とか食堂などがあった。それらを案内されつつ説明を聞き、時折すれ違った人を紹介してもらい、最後にまた食堂へと戻ってきて適当な席に向かい合って座る。

この食堂は昨日泊まったホテルのレストランより広く、五〇人以上は同時に食事出来そうに見える。長方形の大きな木製のテーブルが規則的に並び、なんだか高校のころの学食を思い出す雰囲気がある場所だ。

「今後についてですが、暫くは自由に行動していただいて構いません。クランからは部屋と食事が提供されますが、外で生活しても構いません。その場合、所在地は事務方に知らせておいて下さい。数日後、簡単な試験を行いますので、その日はこのクランハウスに居て下さいね」

「試験ですか？」

話を聞くと、適切な仕事を割り振るために実力と適性を見るためのテストらしい。

確かにメンバーの能力は把握しておく必要があるか。

でも、こっちの能力を本気でガッツリ測ってくるような試験だとちょっと困るかも……。

「こちらからは以上ですが、分からないことはありますか？」

そう聞かれ、なにかあったかなと少し考え、思い出した。

頭の後ろに手を伸ばし、フードの中からシオンを掴んで抱き上げる。

「この子も部屋に入れていいですか？」

「従魔ですか。その大きさなら構いませんよ、そういう方は他にもいますしね。大きな従魔を従えた場合は厩舎に入れてもらうことになりますが」

その後、寝ているところを起こされて機嫌が悪そうなシオンをあやしながらいくつか質問をして、最後に寝室になる部屋まで案内してもらい、ミミさんと別れた。

◆　◆　◆

「ふわぁ……疲れた」

「キュ……」

「……シオンは寝てたでしょ」

あからさまに『疲れました！』と態度で示すシオンにツッコミながらベッドに腰を下ろす。

僕に与えられたのは二階の中程にある部屋。内部はいつもの宿屋と同じぐらいの広さで、机とイス、クローゼットと頑丈そうなベッドがあるだけのシンプルな部屋だ。

今日は沢山の人と会った。知らない人ばっかりで名前を覚えなきゃいけなかったし。クランに勧誘され、重要な決断をする必要もあって精神的に疲れてしまった。

「でも、ゆっくりとはしてられないか。シオン、行くよ」

「キュ？」

「買い出しだよ」

消耗品なども買い足さないといけないし、町もちゃんと把握したい。ミミさんにいくつか教えてもらった店も確認したいしね。

背負袋の中からいくつか使わないアイテムをクローゼットへとしまい込み、部屋を出て外へと向かう。すると廊下の反対側からどこか見覚えのある赤髪の女性と大きな男性が歩いてきた。

あれ？　誰だっけ。見覚えがあるような気がするけど思い出せない。

う～ん……と首を捻りながら歩き続けて数メートルまで近づいた時、その女性が口を開いた。

「ん？　見かけない顔だな」

「えっ？　あぁ、今日からこのクランに入ることになったルークです。よろしくお願いします」

いきなり話しかけられるとは思わなかったので驚きつつ自己紹介すると、彼女は「そうか。あたしはダリタってんだ、よろしくな」と言ってニカッと笑った。

ダリタ？　……あぁ！　ダリタって、僕がこの町に来た時、門の前でチンピラをフルボッコにしてた人か！　この人も黄金竜の爪のメンバーだったのか……。

そう思っていると、彼女の後ろを歩いていた大柄な男性が「私はトリスン・トリスタンだ。機会があればよろしくな」と言った。

彼、トリスンさんは身長一九〇センチほどで上半身に金属製の鎧を纏い、腰には大きめの剣を挿している男性で、一見すると好青年に見えた。雰囲気が柔らかいというか、上品というか、なにか他の冒険者とは違う感じがある。防具は金属鎧だし、服も質が良く見えるし、なんだか騎士っぽい。

こんな冒険者もいるんだ、と思いながら挨拶を返し、彼女たちと別れて館の外に出た。

◆　◆　◆

ボロックさんから貰った地図に周辺の道などを書き足しながら目的の店へと歩く。

今日はとりあえずクランハウスの周辺にある店をいくつかチェックするつもりだ。

この町はとにかく広い。今まで訪れた町の中で一番広い。簡単には探索しきれないし、地道に時間をかけてやっていくしかない。

中通りを抜けて大通りに出る。馬車が通る道の中央を避け、行き交う人々の中に紛れて南側へと向かい、目印の十字路を左折して一つ中に入った道沿いにあったその店に入った。

扉を開けると同時に吹き出すムワッとした熱。カツンカツンと金属を叩く音。部屋の奥では何人かの男たちが金床を囲んでいて。ふいごによってガフガフと送られた空気が炎を巻き上げている。壁にはいくつもの剣や盾が飾られ、部屋の角には木製の台座に掛けられた金属の鎧が直立し。そしてカウンターではやる気がなさそうに片肘をついた手に顎をのせた白髪交じりのドワーフの男性がいた。

「おう」

「あの……すみません、これなんですけど」

なんとも商売っ気のない第一声にやりにくさを感じつつ、背負袋の中にあるモノをカウンターの上に出す。

「こいつは……」

背負袋から出したモノ、それはボロックさんから貰った闇水晶の刃。

それを見た瞬間、やる気がなさそうだったドワーフの目つきが変わり、闇水晶の刃を手に持つと窓から入ってくる光にかざしたり、軽く指で刀身を弾いたりして隅々まで確認していった。

それから数分、時間をかけて納得するまで調べ終わった彼はゆっくりとこちらを見る。

「材質は闇水晶。濁りもなければムラもない一級品だ。刃の出来も素晴らしい。……ボロック・ワークスの作品だな」

「えっ？」

いきなりボロックさんの名前が出て驚いた。

こういうのって見ただけで誰が作ったとか分かるものなのだろうか？　というかボロックさんのフルネームってボロック・ワークスだったんだね！

「で、これをどうしたいんだ？　まさか柄を作って仕上げろ、なんて言わないよな？」

「えっ、いや……」

いや、まさにそれを相談しようとして持ってきたのだけど……。

二の句を継げずに黙る僕を見た彼は軽くため息を吐いてこちらを見た。

「水晶の特性を知らねぇのか？　確かにこいつの出来は良いが、そもそも武器に向いた素材じゃあねぇ。杖ならともかく、こんなもんを欲しがるのは見た目さえ良ければいいと思っとる貴族ぐらいだぞ」

「いや、それは聞いてますが……」

ボロックさんからその話は聞いた。

水晶は硬くて脆い。ダイヤモンドみたいなもので衝撃に弱いのだ。でも硬いだけあって刃物にすれば切れ味はかなり良いし、魔力の通りは良いので魔法発動体としての杖の素材には向いている。魔力を流せば強靭になる特性があるため切れ味の良い武器として使用出来るけど、魔力を常に消費し続けるので実用性は低い。

まぁはっきりいうと、メリットはありつつもデメリットが大きすぎてこれをメイン武器にして使っていくのは難しいのだ。

魔力が多い僕でもそう思うのだから、魔法適性の低い普通の人々からの評価はいうまでもない。とりあえずこれを槍にしておいて普段使いの槍は別に買い、状況に応じて二本を使い分けようかとも最初は考えたけど、持っている槍がころころ変わってると魔法袋を持っていることがバレバレになりそうだから扱いにくそうだし。それならとりあえず短剣にでもしておこうかと思っていたのだけどさ。

「剣にして下さい。サブとして使うので扱えると思います」

「そうはいうがなぁ……」

彼は腕を組み、僕の胸にある黄金竜の爪のバッジをチラリと見てから言葉を続けた。

「黄金竜の爪……ボロック・ワークスの作品、か。……まぁあいつが扱えると判断したのなら、そうなのかもな。……いいぜ、作ってやる。で、属性は付けるのか？」

「属性、ですか？」

いきなり話の方向性が変わって首を傾げつつ、属性について聞き返す。

「水晶の武器なら属性武器化して魔法発動体にしておくことが多い。まぁ闇水晶は闇属性一択になる。だから闇水晶は特に人気がないんだがよ」

なるほど……。確か闇属性のモンスターが多いんだっけ？　だから闇属性が効きにくいモンスターも多くて不人気みたいな話だったはず。

よく考えてみると僕の適性属性は光と神聖だから闇の属性武器にしたら魔法発動体としては使えないのか……。まぁ属性武器としては機能するからいいけど、魅力は半減かも。

「属性を付けるための値段はどれぐらいですか？」

「Ｄランク魔結晶で金貨三〇。Ｃなら六〇ってところだな」

う～ん……高い。ちょっとこれは無理そうだ。

僕のなけなしの全財産が金貨一五枚と少し。エレムで稼いだお金も既になくなりかけている。ない袖は振れない。……いや、よく考えたら死の洞窟でＤランク相当の闇魔結晶とＢランク相当の光魔結晶を入手したはずだ。

「Ｄランク闇魔結晶をこちらで用意したら、いくらになりますか？」

「そうだな……なら金貨一〇枚でいいぞ」

金貨一〇枚か……それなら出せるけど、所持金が一気に危険水域に入ってしまう。クランに入れば儲かるとは言われたけど具体的にどれぐらい儲かるのか分からないし、ここでの散財はちょっと怖い。

まぁ余ってる魔結晶を売ればお金になるのだけど、エレムでは魔結晶を売ってトラブルに巻き込まれ、町から逃げることになったトラウマが尾を引いて魔結晶を売る気になれなかった。

心の傷は深いのだ。

「あ〜……ちょっと厳しいので、とりあえず短剣にするだけでお願いします」

「じゃあ金貨一枚だ。鞘も必要なら金貨もう一枚な」

鍛冶屋を後にし、大通りに出る。

そこから西側に進んだ場所で次の店を見付けた。

「ここかな？」

地図と周囲の町並みを何度も見比べて確かめる。

木造二階建てのその店は大通りにある他の店より小さく、逆に少し目立っているように見えた。

ノブを回して扉を開けると、扉に付いた鐘がカランと軽い音を立てる。

壁沿いの棚に並ぶ陶器の瓶。天井から吊るされている草の束と、よく分からない物体。逆側の棚にはもっとよく分からない謎アイテムの数々。

光源の魔法の光に照らされた六畳ほどの店内は意外と明るくて、怪しいアイテムが並ぶ室内の雰囲気を明るく変えていた。

もし、ここが薄暗かったら、きっと怪しい雰囲気だっただろう。

この店は、『よく分からない店』だ。

ミミさんに魔法書を売っている店を知らないかと尋ねたらここを紹介されたのだけど、その紹介内容が『よく分からない店』だった。

なんの店なのかよく分からないけど、魔法に関することなら大体揃う店。周辺では『ウルケ婆さんの店』と呼ばれているらしい。

店の奥を見ると、草色のローブを着た老婆が机に向かってなにかをしているのが見えた。

彼女がウルケ婆さんだろうか。

誰かが入ってきたことはドアベルの音で気付いているとは思うけど、こちらを向く様子がない。作業に集中しすぎて気付いていないのかもしれない。

作業を邪魔するのも悪い気がして声をかけられず、手持ち無沙汰になって、なんとなく棚に置いてある陶器の瓶を一つ手に取った。

それは直径四センチほどで、高さが二〇センチほどの小瓶。

つるりとした触感。キラリと光る茶色。キュッと閉まったコルク。

これは……。

間違いない、これはポーションだ！

……木の板にそう書いてあるからね。

ポーションとは、薬草などの有効な成分を錬金術的なナニカで合成したものらしい。傷を治したり、毒とか病気を治したりする効果がある。薬のアップグレード版のようなものだとか。

ただ、一般的な冒険者に広まっているかというと、僕が見た限りでは微妙だった。

ポーションには使用期限があるから買い溜めが出来ないし。効果や使用期限も作製者の力量とか材料によって違うらしく、信用出来るポーションを探すのも大変。

陶器の瓶に入っているから重たくて、割れる可能性も高い。

そして一番大きな理由は、この世界には女神の祝福があることだと思う。

地球の場合、格闘技の世界チャンピオンでも町のチンピラにナイフで刺されれば死んでしまうかもしれない。しかしこの世界の場合、女神の祝福で強化された人が町のチンピラに刺されても、ナイフが刺さらない可能性すらあり得るのだ。

つまり相手のランクが適正であれば、そう酷いことにはならない。だから回復ポーションが必要になるのはイレギュラーな状況だけ……。という感じの考えがこの世界の人々の中にあるような気がする。

まぁ、人生なんてそうそう都合良くいかないというか、想定外のことなんていくらでもあるし。ダンだってそういうイレギュラーな事態に遭遇して重傷を負い、僕が治療することになったんだしね。

ポーションを棚に戻し、ウルケ婆さんの方を確認する。

彼女はまだ机に向かって作業をしていた。

なんとなく、その作業が気になったので、作業机の方へ近づいていく。

「……？」

作業机の上にあるのは青白く光る一振りの剣。

お婆さんはその剣の鍔に近い刀身部分に指でなにかを押し当てていた。

……あれは、魔結晶かな？

それは、緑色に光る五センチほどの楕円形の塊。恐らくはBかAランクの風魔結晶。それに剣の方はミスリルだろうか。

それを観察していると、魔結晶を押し当てるお婆さんの指先から赤紫の紐のようなものが出てきた。その紐は魔結晶と剣を縫い付けるように絡まっていて——次の瞬間、風魔結晶がズブリと剣の中へと沈み込んだ。

驚いて声を出しそうになるのをなんとか飲み込み、その作業を観察し続ける。

その間にも魔結晶はゆっくりと剣の中へと飲み込まれていって、やがて中央部分で止まる。そしてお婆さんの指先から出ていた赤紫の紐も霧散するように消えた。

なんだこれ？　よく分からないけど凄いモノを見ている気がするぞ。

「やれやれ、ずっと見てたのかい。面白いモノでもないだろうに」

お婆さんは、完成した剣を様々な角度から確かめながらそう言った。

「いや、こんなの見たことなくて……。指先から出てくる紐みたいなのとか、魔結晶が飲み込まれていくところとか、凄く面白かったですよ」

「……ほう」

そう一言。ウルケ婆さんは剣を作業机に置き、そしてこちらを見た。

「あんた、魔力が見えるんだね」

「えっ……魔力？」

「なんだい、気が付いてなかったのかい。指先から出てくる紐ってのが魔力だよ」

ウルケ婆さんは人差し指を立てて見せた。

するとその指が次第に赤紫に染まっていく。

なるほど、ね。

よく考えるとランクフルトで手に入れた麻痺ナイフを使用した時も刀身が似たような色に染まって見えたし、闇水晶の刃に魔力を通した時もそんな色が見えた。あの時は麻痺ナイフとか闇水晶による効力的なものだと思っていたし、ウルケ婆さんの指先から出てた紐も、そういう技術なんだろうと思っていたけど、実は僕が魔力を感知出来ているから見えただけなのか。

僕は魔法を使う時、体内の魔力が移動する感覚があるけど、もしかすると他の魔法使いはそれを感じていない可能性もあるかも。

そういえば、あの白い世界で〈超感覚〉を五段階まで取った気がするけど、それが効いているのだろうか？　それとも種族的なものなのだろうか？

「その目は大事にするんだね。魔力を目視出来るやつは珍しい。錬金術師なら誰もが羨む能力さ」

彼女は「あんた、いい錬金術師になるかもね」と続けた。

う～ん、錬金術師かぁ。あの白い世界で錬金術は取らなかったし、元からも持ってなかった。なので僕には錬金術の才能はないはずなんだけどね。

でも、才能はなくても出来ないわけではないし、やってみるのも面白いかも。

「で、なんの用だい？　うちに来たんだ、なにか用事があるんだろ？　まさか属性武器の製作風景を眺めるだけ眺めて帰る、なんて言わないだろうね」

「え、あぁ、そうですね。魔法書を見せて下さい」

そう言いながらミミさんが書いてくれたメモを見せた。

というか、あれって属性武器を作ってたのか。

ウルケ婆さんはメモを読むと、それから僕の胸元にある黄金竜の爪のバッジをチラリと見てから「ついてきな」と言い、店の奥への扉を開けた。

扉の奥には倉庫らしき別の部屋があった。

なにかの草の匂い。二階へと続く階段。並べられた大きな棚。積み上げられたよく分からないアイテム。

彼女は奥にある棚の前へと進むと、その扉をガチャリと開け、「勝手に選びな」と言いながら一歩下がる。

棚の中には大量の本。一〇〇冊はあるかもしれない。

その量に少し面食らいながら棚の前へと進み、端から一つ一つ確認していく。

光属性以外の各種生活魔法と属性ボール系魔法は反応なし。ボール系より難しいらしい属性アロー系魔法に関してはライトアローにも反応なし。

そろそろ生活魔法ぐらいは全ての属性をコンプリートしておきたいけど、まだ僕には早いらしい。一体、いつになったら覚えられるのだろうか。

その他、ファイアバースト、アーススキン、ウインドシールド、ウォーターライフ……などなど、属性に魔法も確かめたけど、どれも反応なしだった。

しかしこの品揃(しなぞろ)えは凄い。今までの町でも魔法書は探してたけど、ほとんどの店が生活魔法とボール系のみ。大きな町だとアロー系やアーススキンとかの補助魔法があるぐらいだったのに、それ以外の魔法も多く揃っている。

まぁ、あってもどれも覚えられないのだけども……。

落胆(らくたん)しながら魔法書を見ていくと、一冊の魔法書に目が留まる。

それは『ヒール』の魔法書。

確か初級の回復魔法のはずだけど、今まで何故か一度も見たことがなかった。

魔法書へと手を伸ばして背表紙に触ってみる。

「……」

触(ふ)れた指先から魔法書へとなにかが繋がる感覚。

うん、やっぱり使えるね。

光属性は回復系の属性だと例の白い世界で見たから取得したのに、まったく回復魔法の魔法書が手に入らないから不思議に思ってたんだけど、ここに来てやっと見付けられた。

ヒールの魔法書を棚から引っ張り出してウルケ婆さんの方を見る。

「これっていくらですか？」

「なんだい、あんた光属性の適性があるのかい。それもまた珍しいねぇ。金貨一〇枚だよ」

「金貨一〇!?　高くないですか？」

「あんたねぇ、回復魔法の魔法書は教会が端から買い取っちまうから市場には中々出回らないんだよ！　それを独自ルートで仕入れて信頼(しんらい)出来る相手にだけ売ってるんだ！　文句があんなら帰んな！」

「あぁ、買いますから！　払(はら)いますから！」

キレるお婆さんをなだめて金貨一〇枚を払う。

しかし回復魔法の魔法書が出回らないそんな理由があったとは……。

この分だと、他の有用な魔法書も普通の店では売っていないのかもしれない。

◆　◆　◆

「う～ん……」

ウルケ婆さんの店からの帰り道。大通りで見付けた大きな武器屋の中にあった槍コーナー。

そこで腕を組み、顎に手を当て考え込んでいた。

銅っぽい金属の槍、鉄っぽい金属の槍、よく分からない金属の槍。

長さは短いのから長いのまで様々。

しかし刃の部分の形がどれも一緒。恐らくこれは、同じ型の中に金属を流し込んで作った鋳造(ちゅうぞう)だろう。と、思う。

流石に鍛冶の経験はないので詳(くわ)しいことまでは分からないけど、鋳造と鍛造(たんぞう)では鍛造の方が質が良いらしいってことぐらいは分かる。つまり、ここの製品の質はあまり良くないのではないだろうか。

「どうしようかなぁ……」

ギルダンさんから貰った鉄の槍が壊(こわ)れ、とりあえず槍でもと思って店に来てみたのにこれだ。

とりあえず安い武器でも買っておいて後で良い武器を探すのもいいけど、腕が良いといわれていたギルダンさんの鉄の槍でもメンテナンスに苦労したのに、それ以下だと酷いことになりそうだし。

まさに安物買いの銭(ぜに)失いになって終わりそう。

かといって、良い武器を買うお金はなくなったし、当然さっきの鍛冶屋に注文するお金もない。

「とりあえず保留かな。店はここだけじゃないだろうし」

そう考えながら槍コーナーから立ち去り、他の武器を見ていく。

木の棒の先に鎖(くさり)で繋がれたトゲトゲの鉄球が付いたモーニングスター的な武器。鉤爪(かぎづめ)的な武器らしきモノ。巨大な斧(おの)。小さな弓。大きな弓。大金槌(かなづち)。などなど……。

どうもこの店は、質は良くないけど種類の豊富さは凄い。

それから、楽しみながら様々な武具を見学して店を出た。


クランハウスの自室に戻り、ベッドに腰掛けて背負袋から取り出した魔法書を読んでいく。

パラパラとページをめくり全て読み終わると、いつものように魔法書は炎に呑(の)まれて消えていった。

そして頭の中に残るヒールの魔法の知識。

「いつものことながら、やっぱり不思議だ」

そうつぶやき、フードの中にいるシオンを引っ張り出しベッドの上にぽすんと置いて、その手にまとわりついたり甘噛(あまが)みしてくるシオンを片手でワシャワシャとあやしながらヒールについて考えていく。

　このヒールの魔法書を買った理由。それは単純にカモフラージュ目的だ。今までは小さな傷でもホーリーライトで治してたけど、人前で使えば使うほどバレる可能性は上がるわけで、可能なら一般的な回復魔法に切り替えていきたいところだった。

　以前、南の村でハンスさんが言っていたように、弱い回復魔法では大きな傷は治せないらしいので、最下級の回復魔法であるこのヒールではあまり大したことは出来ないかもしれないけど。それでもこれでホーリーライトを使わなくても堂々とヒーラーを名乗れるわけだ。

　今まではおおっぴらにヒーラーを名乗りにくい状況だったんだよね。

　リスクは減らしたいからホーリーライトは極力使いたくなかった。でも、ヒーラーを名乗ると回復魔法が求められる。しかし使える回復魔法はホーリーライトのみだ。結果的に、自分からはヒーラーとは名乗らずにここまで来ることになった。

「いや、待てよ……」

　本当にヒーラーを名乗れるのだろうか？

　ヒールしか使えない者がヒーラーを名乗っていいのだろうか？

　英検三級では英語を喋(しゃべ)れるとはいえない的な可能性もあるんじゃないか？

　確かにヒールの次の回復魔法はラージヒールだったはずだけど、『せめてラージヒールぐらいは使えてからヒーラーを名乗れよ』的な風潮があってもおかしくない。

　もしそうなら、安易にヒーラーとは名乗らない方がいいかもしれない。

　……それ以前にもっと重要そうなことがあった。

ウルケ婆さんは『回復魔法の魔法書は教会が端から買い取っちまうから市場には中々出回らない』と言った。この世界の宗教がどういう形態になっているのか僕はまだよく掴めてないけど、つまりこれは教会とやらが回復魔法を独占的に運用しようとしている可能性があるのではないだろうか。

それが成功しているかどうかは別だけど。

実際、高ランクパーティならヒーラーぐらい普通にいるとダンが言っていた気がするし。

まぁこのあたりの話は追々考えていくとしよう。

「光よ、癒やせ《ヒール》」

長めのシンキングタイムを終わらせ、ヒールを使ってみた。

丹田付近にあった魔力がグルグルと移動して右手に集まって、シオンをワシャワシャしていた手から放出される。

「キュキュ？」

「大丈夫。回復魔法だよ」

手のひらから淡い光の塊がポワッと生まれ、シオンに吸収された。

ん～、やっぱりホーリーライトとはかなり違う。他の回復魔法ならエフェクトも多少変わってくるのだろうし。よく分かってない人ならホーリーライトを見ても高ランクの回復魔法だと勘違いしてくれる可能性はあるけど、詳しい人が見たらその違いは歴然かもしれない。

などと考えながら、もう一度使ってみる。

「光よ、癒やせ《ヒール》」

次は左手からだ。

魔法は意識しなければ、利き手の手のひらか、利き手で持っている武器から出る。それが一番自然に出来るから大体の人はそうしているっぽい。でも意識をして左手へと魔力を流そうとすれば左手からも出せたけど、少しやりにくい。

「光よ、癒やせ」

次は右手でも左手でもなく、脇腹から出そうとしてみた。が、これが上手くいかず、発動しない。

「ん～……」

戦闘中、両手を使わず、意識を他に割かずに脇腹とかの傷を治せたら便利かな、と思ってやってみたけど、難しいみたいだ。

これは今後の課題だろうか。

なんとなく右手で軽くお腹を触りながら腹具合を確認。シオンをフードの中に入れ、自室を出て食堂へと歩いていく。

絨毯が敷かれた通路は、それでも硬く靴底を押し返してくる。この建物は全体的に壁も床も石材で出来ているらしい。

ふと通路のガラス窓から外を見ると、空が茜色に染まりかけていて、自室で長い時間、考え事をしていたのだと気付いた。

この館は外側に面した部分の窓にガラスが使われている。しかし中庭側は木窓。つまり自室は木窓だ。ケチケチせずにそれぞれの自室にもガラス窓を付けてくれてもいいのにね……。若干釈然としないモノがあるけど、仕方がない。

「あぁ」

大事なことを思い出して立ち止まる。

そういえば、シオンを入れる移動用バッグかなにかを買おうとしてたんだっけ。ちょっとバタバタとお店を巡っていて忘れていた。次に町に出た時に探してみよう。


食堂に入ると、昼間とは打って変わって賑やかな空間になっていた。いくつか並ぶ長テーブルでは何人かのグループがそれぞれ談笑しながら食事をしていて、小さな丸テーブルでは数人の男たちがなにかのゲームをしていた。

部屋の奥、厨房が見える方へと歩きながら、彼らのテーブルの上を横目でちらりと見る。

積み上げられた銀貨、サイコロ。なにか記号が描かれた円形の白いチップ。

サイコロゲームかな？　それともカードゲームみたいなものだろうか？　なんにしろ、とにかく賭け事っぽい。

興味を失いつつ厨房前カウンターにある列に並び、他の人と厨房内のおばちゃんとのやり取りを見て、ここのシステムを把握した。どうやら宿屋のシステムと似たような感じっぽい。メインの食事はタダだけど、飲み物とかサイドメニューが有料という感じのシステムだ。

「おばちゃん！　おかわり！」

前に並んでいた女性が元気よく皿を厨房へと差し出した。

「あんた、何回目だい？」

「えっ……二回目かなぁ……って」

「嘘をつくんじゃない！　四回目だよ！」

「数えてるなら聞かなくてもいいのに……」

「黙りな！　いいかい？　余った食事は裏の孤児院に持っていくんだよ。後は、分かるね？」

「はい……」

「分かればいいのさ。『持つ者』は普段からそれ相応の行動をしなきゃならないんだ。そこをよく考えておくれ」

「分っかりました！　じゃあおかわり！」

「お、ま、え、は！」

目の前のおばちゃんは忙しそうなので、別のおばちゃんからシチューとスライスされた黒パンを貰ってトレイに載せ、注文した葡萄酒と串焼き肉を受け取って銀貨を置く。

ん～なるほど。無料だからおかわりも自由だけど、余り物は孤児院へと持っていくのだから自重しろと。お金があるならサイドメニュー頼めよ、という感じだろうか。そういえば、地球でも昔は主人が残した食事が使用人の食事になるから食事はわざと残していた的な話をどこかで聞いたことがある。それと似たような感じかも。

などと考えながらトレイを持ってテーブルが並ぶエリアへと歩いてきて、そして止まる。

さて、どこに座ろうか。

食堂は五〇人は余裕で座れそうな大きさがあり、今はまだその半分ほどしか埋まっていない。しかしそれぞれグループごとにバラけていて、空いてるスペースが微妙で、どこに座るか少し迷う。

端の方に並ぶ丸テーブルを見た。男たちはまだゲームを続けている。

うん、丸テーブルはダメだな。あんなところに座ったらDUELが始まってしまいそうだ。

仕方がないので一番近い場所に座ろうとしていると、一つ先のテーブルから声がかかった。

「お〜い、ここに座れよ」

「あー、はい。えっと……」

勧められるまま彼の向かい側に座りながら考える。

え〜っと、確かミミさんに紹介してもらったはず。確か名前は——

「サイラスだ。改めて、よろしくな！」

「あぁ！　はい。ルークです。こちらこそよろしくお願いします」

挨拶を交わすと、彼はこちらに向けて手の中のジョッキを持ち上げた。

僕も慌てて葡萄酒のカップを持ち上げる。

「新たなる出会いに、乾杯！」

「乾杯！」

そして僕たちはそれぞれの盃を傾けた。

フードから取り出したシオンを膝の上に乗せ、串焼き肉を一つ一つ外して与えていく。

「キュ！　キュ！」

「従魔か。ここいらでは見かけないモンスターだな」

サイラスさんはシオンを見ながらそう言った。それにとりあえず「東の方で拾いました」とだけ返しておく。嘘は言ってない。

「俺も欲しいが、戦力になる従魔は面倒だしなぁ……。ところで、そいつはどんなことが出来るんだ？」

「えっ、どんなことって……」

そう聞かれ、シオンを見る。

そういえば、この子はどんなことが出来るのだろう？　この子と旅をするようになった経緯もアレだし、生まれて間もないし、なにかをさせるという考えが今までなかった。でも、聖獣なんて凄そうな肩書持ちだしきっと凄いことが出来るのだろう。……多分。

「えぇっと……かわいい、とか？」

サイラスによく見えるようにシオンを持ち上げると、シオンは「キュ？」と、不思議そうに首を傾げた。

サイラスは「おっ……おう、そうだな……」と言ってエールをする。

いいじゃない、かわいいだけでも！　かわいいは正義って言うしさ！

まぁでも、そのうちどんなことが可能なのか、調べないとね。この子のためにも。ってなんだか親みたいになってきてる！

「おぉ～！　かわいい！」

横を見ると、四回目のおかわりをおばちゃんに阻止されていた女性がいた。

彼女は肉が刺さった串を両手に握り、それを頬張りながらシオンを見ていた。

「かわいい～！　名前はなんていうの？」

そう言いながらシオンに手を伸ばそうとして、手に持った串焼き肉に気付いて手を引っ込め、また串焼き肉を頬張った。

「シーム、立ってないで座れって。それに他人の従魔を気安く触ろうとするんじゃない」

シームと呼ばれた女性はそれに「はーい」と答えながらサイラスさんの隣の席に座り、串焼き肉にかぶりつく。

会って間もないけど、なんとなくこの人のキャラが掴めてきた気がするぞ。

「悪いな。こいつはこういう奴だから、考える前に動いちまうんだ」

「ちゃんと考えてるし！」

「嘘つけ！　この前も考えなしにモンスターに突っ込んだだろ！」

「あれは！　美味しそうだったし！」

「それが考えなしだって言ってんだよ！」

という息の合った夫婦漫才の後、彼女とも自己紹介をして、雑談は続いた。

「なんだかんだありつつ俺たちはよく組んでるんだ。冒険者ランクも近いしな」

「へー」

「シオン、こっちにおいでよ！」

「キュ！」

シオンはお腹いっぱいになったのか、僕の肩をよじ登ってフードの中へと戻っていった。シームさんのお誘いはお気に召さなかったらしい。

彼らはソロの冒険者で、主に黄金竜の爪の中で状況に合わせて様々なパーティを組んで活動しているらしいのだけど、冒険者ランクが近いのもあって、二人はよく組んで仕事をするのだとか。

基本的に冒険者はソロでは活動しにくいけど、クランに所属する冒険者の場合は依頼によって必要な人数も大きく違ってくるから固定パーティは別になくても問題ないらしい。勿論、クラン活動以外のための固定パーティを組んでいる人もいるし、結局は相性とかの問題で同じ人とばかり組んで実質固定パーティみたいになっている人も少なくないらしいけど。

「ルークは東の国から来たんだろ？　あちらの国は今どんな感じなんだ？」

「あー……はい、えっと――」

「えぇ！　シオン、遊ぼうよ！」

「……」

シオンはお腹いっぱいになって眠くなったのか、フードの中で動かなくなった。

それを背中に感じつつ、話せること、話せないことを考えながらカリム王国のことについて話していく。

僕は死の洞窟を抜けてカリム王国からこのカナディーラ共和国へと入ったけど、本来こちら側へと来るには南側のアルムスト王国を通ってぐるっと迂回するか、かなり北側にある山脈の切れ目の街道を通ることになるとボロックさんから聞いた。

ボロックさんがいるドワーフの里の地上部分はいくつもの巨大な山脈が連なっている場所で、人の足で越えられる場所ではない。つまり隣国とはいえ、このあたりにカリム王国の情報はあまり入ってこないので、あちらの情報は貴重なんだろうけど。

死の洞窟を抜けた、という事実は考えていた以上に様々な問題を生む可能性があるらしく、ボロックさんからも『言うな』と言われていたし。そもそもあのドワーフの里自体もドワーフとか一部の人々にしか知られていない場所らしくて、あまり公にはしてほしくないらしく、色々とややこしい。

「ランクフルトという町でスタンピードが起きましたね。最後にはグレートボアが出てきて大変でした」

「あぁ、どこかでスタンピードが起きたという噂はあったが、グレートボアか……ランクは、確かBだったか？」

「はい。そうだったと思います」

「普通の町でBはキツいだろうな。被害もそれなりに出ただろう……」

「あー、いや……建物とかはいくつか壊れて負傷者もいましたけど、死者はいなかったはず」

「そうなのか？　高ランクパーティでも運良くいたのか？」

「いや、そういうのではないっぽいんですけど……」

　凄く説明が難しい。グレートボアは僕が無力化したのは間違いないと思うけど、あれは運良く手に入れた麻痺ナイフで上手くいっただけだし。あの麻痺ナイフは壊れたので処分したから、ここで自分がやったと証明することも出来ないし。

　ありのままに話しても嘘くさくなってしまうだけだ。

「まぁこの町で同じことが起こっても、大丈夫だぜ！」

　そう宣言したサイラスさんは、力のこもった目でこちらを見ながら言葉を続けた。

「なんたって、この町にはAランク冒険者がいるんだからな！」

「Aランク……」

「あぁ、この町というか、このクランだけどな。ルークも会ったはずだぜ、クランマスターに。あの人なら、グレートボアでも単独で狩れる！」

「えぇ！」

冒険者のランクは様々な実績によって決定されるため、冒険者ランク＝強さとは一概に言えないけど、高位になるほど審査も厳しくなり単純な戦闘能力も必要とされる。

Ａランクともなれば、その戦闘能力は非常に高いはずだけど……そこまで凄いのか。

しかし、ギルマスの部屋で見たあの姿からはちょっと想像出来ないぞ。けど、ボロックさんも一見するとそんなに凄そうには見えないのに、戦いとなると強者の雰囲気をまとっていたし、そういう血筋なのかもしれない。


「おい！」

そのいきなりの声に横を向くと、黒いヒゲを蓄えた若いドワーフがこちらを睨むように立っていた。

ザワザワとしていた周囲の声が止み、皆の視線がこちらに集まってくる。

「Ｆランクのくせに、この黄金竜の爪に入ろうとしている身の程知らずはお前か⁉」

「えっ？……あぁ、そうなるんですかね？」

いきなりの言葉に少々面食らい、半端な返事になってしまった。

しかし黄金竜の爪に入ろうとしているというか、既に入っているはずだし。いや、そもそも僕は別に入ろうとはしてなかったのだけど……。

「いいか？　黄金竜の爪は一流の戦士が集まる場所だ。Ｆランクが来る場所じゃねぇ！　分かったな⁉」

そう、言いたいことだけ言って、若いドワーフは食堂からスタスタと出ていった。

なんなんだ？　意味が分からない。

そう思いながら答えを求めてサイラスさんの方を見ると、彼は軽く肩をすくめながら教えてくれた。

「あいつはサブス。クラマスの息子だ」

クラマスの息子！　つまりケヴィンさんの息子でボロックさんの孫か。

ということは、それなりに権力っぽいモノを持っているのだろうし、伝手とかコネとかもあるんだろうし——

なんとなく状況が見えてきてゲンナリしてくる。凄く面倒くさくなる予感がする。

「ルークはFランク、なんだよな？　うちはそこそこ名のあるクランだし、流石にFランクの冒険者を入れることはまずないからな。中にはこのクランに所属していることを誇りに思っているような奴もいる。つまり、良く思わない奴もいるのさ」

「サブス、嫌い」

サイラスさんは横目でチラリと他のテーブルを見て、親指をクイッと差した。

その指を辿って視線を走らせると、そこにはいくつかの好意的ではない目。

なるほど……。まぁ、確かにそう思う人たちもいるだろう。名誉や権力が絡む話なら尚更だ。彼らからすれば気持ちの良いモノではないはず。Fランクというまったく実績のない冒険者が有名クランに入るとか、それはもう権力とかコネとかなにかで裏から入ったのだと思われても仕方がない。

って、よく考えるとボロックさんの手紙一枚で入った僕はモロに権力とコネで入ってるのか……。

これはアウトすぎて『不当な扱いだ！』とキレることも出来ないぞ……。

「まぁ見た目は若くても冒険者ランクが低くても、スゲー奴はいる。それに――」

と言いよどみ、一呼吸置いて言葉を続ける。

「いや、実力を自力で証明すればいい。そうすれば全員黙るさ」

　確かに、そうするしかないんだろう。

こんな状態はちょっと落ち着かない。あからさまに悪感情を向けられるのは居心地が悪いし、早い内に改善したい。

というか、僕がFランクという情報が既に多くのクランメンバーに把握されているってどういうことなんだ？　個人情報保護法はなくても個人情報は守ってほしいんだけど……。

そこでふと気になり、「サイラスさんは、どう思ってるんですか？」と聞いてみた。

「俺か？　そうだな……。俺はクラマスを信じてる。それにFランクでここに入れた新人に興味もある。といった感じか」

そう言ってサイラスさんは木のジョッキをグビッと傾けたのだった。

◆　◆　◆

「ふぁ……」

翌朝、起きてからいつものように全身とローブと鎧と、ついでにシオンにも浄化をかけていく。

今はローブの下に鎧を着ているし、暖かい夏の陽気もあって少々寝苦しさを感じ、ローブや鎧を脱いだ楽な姿で寝るようになったのだ。

しかしこの地域は日本の夏みたいに蒸し暑くはならず、夏でもそこそこ過ごしやすくて、ローブを着ていてもそこまで問題にはならないっぽい。イギリスとかヨーロッパ的な気候の感じなのだろうか？

いや、そもそも地球の四季の概念がそのままこの世界に通用するのかも怪しいのか。春夏秋冬なんて関係なく気温が上下する可能性もある。

確か四季は地軸の傾きとかなんとかが関係するみたいな話を聞いた気がするけど、まずこの世界が球体の星であるという確証がまだ得られていない。もしかするとこの世界は平面で、世界の果てには奈落の底にまで続く滝があって、そこから落ちると二度と帰ってこられない……というか死ぬんだろうけど。そういう可能性もまだ捨てきれない。

このファンタジー世界に実際に来てしまった以上、僕の『常識』ではありえないことでもあり得てしまうのだから。

まぁ、以前、山の上から見た景色の感じからして恐らく球体で間違いないと思うけど。

確か球体の上と平面の上では遠方の見え方が違ったはずだし。

部屋を出て一階の奥にある資料室へ向かう。

この資料室こそ、僕が黄金竜の爪に入った理由の約半分が詰まっている場所だ。

ここでなら、この世界を紐解いていく鍵となるヒントがあるかもしれない。

そう考えると期待が高まり少し興奮してきた。

そういえば、今まで深く考えず毎日シオンに浄化をかけていたけど、犬や猫を毎日シャンプーするのは良くないという話を聞いたような記憶がある。それが正しいのなら、いつもシオンにも浄化をかけて綺麗にしているのはマズいのではないだろうか。

そもそも何故、犬や猫を毎日シャンプーしたらダメなんだろう？　その理由次第かな？　まぁキツすぎる石鹸使って肌がパリパリになって絶叫するようなお肌トラブルも起こらず、適度に潤いを残してツルツルモチモチ肌になる浄化さんの効果からいって変な問題は起こらないとは思うけどね。

クランハウスの廊下を進み、その突き当たりにある部屋の扉を開けた。

ギギギと音を立てる扉は重厚で、割り当てられた部屋の扉との差を感じた。

中は今まで冒険者ギルドにあった資料室の倍以上は広く、ガラス窓のおかげで陽の光が確保され、なんというか中学校とか高校にあった図書室のような雰囲気がある。

マギロケーションで周囲を軽く調べた感じでは部屋の中に一人先客がいるようで、その人の邪魔にはならないように、静かに近いところから資料を物色していく。

入り口付近には主にアルノルン周辺に生息していると思われるモンスターに関する資料が木の板で残されていた。

これは冒険者ギルドの資料室と変わらない。

この町にはそこそこ長く滞在することになるだろうし、周辺モンスターの資料も一通りは頭の中に入れておくべきなのだろうけど、今は他の本が気になるのでモンスター名だけサラリと確認して飛ばしていく。

「ん？」

と、そのモンスター名の中に最近知った名前を見付け、気になってその板を棚から抜き出してみた。

板には黒い墨のようなもので描かれた芋虫のような姿と説明書きが見える。

「エルキャタピラー……小型の昆虫型モンスターで、口から粘着性の糸を吐き出して攻撃してくるEランクモンスター。美味。濃厚なミルクのような味で一部地域で珍重されている……」

濃厚なミルクのような、味？

なにか思い出しそうな気がするが、なんだか思い出してはいけない気がして、板を棚へとそっと戻した。


それから、ゴブリンやコボルトと書かれた板を見送って次の棚へ。

そこは主に植物について書かれた板が並んでいた。これも冒険者ギルドの資料室と同じだ。

ポナ草、ケル草、エナ草など、以前、森の村でハナ婆さんに教えてもらった草に加え、ポン草、スクラ草など、知らない植物の名前も並んでいたけど、それも見送る。

植物についても知っておきたいけど、これもまた今度にしよう。

その隣の棚は板ではなく本が並んでいた。

しっかりと革の表紙で覆われた高そうな本や、獣皮紙で作られた分厚い本まで様々ある。

しかしそのタイトルはよく分からない本が多かった。

『空はいつも青い』『我々が生きる理由』『やれば出来る』『心を燃やせ』など。一冊手にとって読んでみたけど筆者の考え方とか精神論が延々と難しく書かれている本で、どういう本なのかよく分からない。これが異世界の人気書籍なのだろうか？

よく分からないままこの棚も一通り背表紙のタイトルを確認するぐらいにして次の棚へ進む。

歩きながら逆側の棚も確認したりしていくと、伝記？なのか小説なのか分からない本が並ぶ棚を見付けた。

その棚にあった、『カリ王　ルドラ・オム・ナムブードリパッドの伝説』という本になんとなく目が留まり、棚から抜き出してパラパラとめくっていく。

山で修行を積んでいたルドラは新たな修行場所を見付けるために山を下り、そこでモンスターに襲われている馬車に遭遇する。馬車の護衛たちが手こずっていたモンスターなどルドラは意に介さず、またたく間に殲滅して馬車へと駆け寄った。するとなんと馬車に乗っていたのは王女で、彼女はルドラにいたく感謝し、その強さに惚れ込み彼を王宮へと招いて盛大にもてなし――

というような話が続いていた。

「へー」

なんだかどこかで読んだことがあるような話だ。ＷＥＢサイトかなにかで見たのか……いや、こういうストーリーは古今東西どこにでもある英雄譚か。王道ストーリーってやつだよね。

本をパタンと閉じて棚へ戻す。

興味がないわけではないけど、とりあえず今はいいかな。

　そう考えながら同じ本棚を探っていくと、かなり古びた表紙ながら金属で縁取りされたりしてかなり頑丈そうに作られた分厚い本、『カナディーラ王国記』を見付けた。

「あれっ……」

　カナディーラは今いる国の名前なんだけど、確かこの国は『カナディーラ共和国』だったような……。などと考えながら棚から抜き出してパラパラとめくっていく。

　軽く読んでみた感じ、その最初の内容は地球でもよくある？建国記っぽかった。

　神に選ばれし男が民衆を率いて戦って国を興して王になった、みたいな。

　これは長くこの国に留まるなら読んでおいた方がいいかもしれないと思い、脳内の読んでおくリストに記憶しながら次の本を探そうとすると、近くに『カナディーラ共和国建国記』という本があることに気付く。

　なんとなくどういう本なのか察しつつ、その本を棚から抜き出して読んでいった。


カナディーラ王国、第一四代国王ヨルンティウスが病に倒れ、若くして帰らぬ人となる。

ヨルンティウスには子がおらず男兄弟もいなかったことで、一三代国王の弟であるヨルティクスの子、ヨルケイレス公爵が王位の継承権を主張。一方、王妃の一族である大臣・アルメイル公爵が王妃の王位継承を主張しヨルケイレス公爵と対立。

　それを憂えた王妹メリーシカが夫である将軍・シューメル公爵に助けを求め、事態の収拾に当たろうとするが、両者が拒否したため三公爵が睨み合うことになる。

　しかしその内乱のスキを突いて隣国カリム王国がカナディーラ王国に侵攻。

国存亡の危機が訪れたことで王妹メリーシカを中心に三公爵が和解。不可侵条約を結ぶ。そしてカリム王国を退け、三公爵を中心とした王を置かないカナディーラ共和国が生まれた。

というような内容になっていた。

要するに、王も正統な王位継承者もいなくなって内乱になりかけたところに他国からの侵略があり、仕方がないから和解してそのまま。という感じだろうか。

これは興味深い内容だ。

これまで様々な場所で本や資料を調べてきたけど、歴史とか政治とか国の内情にまで踏み込んだ書物はこれが初めてかもしれない。やはり不特定多数が閲覧出来るギルドの資料室より一部の人しか入れない場所にある書物はそれなりに重要なものが置いてあるのだろう。

それにしても、やっとなんとなくこの国の状況というか、この世界の政治とかが見えてきた気がする。これまで、国を王と貴族が支配してるという話はふんわりとは聞こえてきていたけど、細かい政治的な話になると誰もよく分かっていなかったから知ることが難しかったしね。

まぁ、王族と貴族が偉くて逆らっちゃいけないという部分さえ理解しておけば、あとは一般庶民には大きな意味はなく、普通に暮らしていくには必要ない情報なのだろう。

地球の、その中でも進学率がそこそこ高いはずの日本であっても政治に関して詳しい人は少ない。皆なんとなく必要な情報をふわっと理解しているだけで、自分の生活に直接必要のない情報を知ろうとする人は少ないものだ。

本を棚に戻し、また本探しを再開する。

まずはとりあえずどんな本があるのか一通り確認する予定だったけど興味深い本をいくつも見付けてしまい、パラパラと読んでしまった。

手を止め、ガラス窓の方を見る。

朝とは入ってくる光の長さが違っていて、部屋の温度も少し上がっているように感じる。既にこの資料室に来てから数時間は過ぎたのだろうか。なのにまだ全体の半分もチェック出来ていない。

「ふふっ……」

自然と笑みがこぼれ、声に出てしまう。

『知識欲を満たせる』

その事実になにかの感情がわき起こり、体の中を駆け巡る。

やっぱり色々と知っていくのは楽しい。それに、それはただ知識欲を満たすだけには留まらず、自分の中に蓄積(ちくせき)され、この世界を生きるための血肉となる。こんなに楽しいことはない。

そう感じながら本棚の前を歩いていると部屋の奥に木製の扉が見えてきた。

その扉がなんとなく気になり、マギロケーションの範囲(はんい)を調整したりして扉の先がどうなっているのか探りながら近づき。扉の前で立ち止まって、中の様子を窺(うかが)ってみる。

マギロケーションの反応的に中は無人。扉の奥は部屋になっていて、そこにも本棚があり、本が詰まっているように感じる。この部屋も資料室の一部なのだろうか？　それとも図書室とかにある予備の本をしまっておく部屋だろうか？　それとも……。

「ふむ」

一瞬どうしようかと悩み、物は試(ため)しと丸いドアノブに手をかけ回してみる。が、ドアノブはガチャガチャと音を立てるだけで回らない。どうやら鍵がかかっているらしい。

「関係者以外、立入禁止だから」

「えっ？」

後ろからの声に振り向くと、そこには黒いローブで頭まですっぽりと覆った背の低い女性が立っていた。

いや、マギロケーションで彼女が近づいてきているのは分かっていたけどね。

「関係者？」

「そう」

そのそっけない返事に少し驚きつつ、胸元の黄金竜の爪のバッジをつまみ、彼女へと見せるように強調してみる。

「それではダメ」

「ですよね……」

どうやら黄金竜の爪のメンバーというだけでは入れないらしい。

う〜ん、この先にはなにか重要な本が保管されているのだろうか。一般メンバーが見ることが出来ない本……禁書のような危険な本や、あるいは重要情報が書かれた資料とか。そう考えるとこの先の本への興味が湧いてくる。ここの部屋の本でもこれだけ面白い本が揃っているのだから、関係者以外見ることが出来ない本にはなにが書かれているのだろうか。

ここに入るには誰の許可がいるのかな？　クランマスターの許可なら流石に大丈夫なはず。とりあえずミミさんに掛け合ってみようかな。彼女は僕が情報を欲しがってこのクランに入ったことを

知っているし、考えてはくれるはずだ。

「クランマスターの許可があれば大丈夫ですか？」

「ダメ」

ええ……クランマスターの許可でダメなら誰の許可があれば入れるんだ？　ミミさんかな？　彼女はある意味でクランマスターより強い権限を持ってそうというか、実務は彼女がやってそうな感じだったし、ありえそうだけど。

「じゃあ誰の許可があれば入れるんです？」

「私」

一瞬、『は？』と言いそうになるのを寸前で堪(こら)える。

「ここ、私の部屋」

彼女はそう言葉を続けたのだった。

それが僕とルシールの出会いだったのだ。

◆　◆　◆

「まさか資料室の中に個人の部屋があるとは思わないよなぁ……」

資料室から続く通路を歩きながらそうつぶやき、先程のことを思い出していく。

あの後、彼女は『そういうことだから』という言葉を残して踵(きびす)を返し、座っていた席へと戻ってまた本を読み始めた。そのそっけない態度を見てしまうと声をかけようにもかけにくく、僕の読書の熱も削がれてしまい、資料室の外に出て鍛冶屋へと向かうことにした。

空を見上げると太陽が真上近くまで昇っていた。

そろそろお昼頃かな。いい時間っぽい。

ガヤガヤと人や馬車が行き交う大通りを進み、裏路地からこの前に依頼した鍛冶屋へと入る。

ムワッとした熱気と焦げた炭の香りが体を包みこむのを感じつつ、前と同じようにカウンターのところに座っていたドワーフの親方に声を掛けた。

「すみません。この前、依頼した剣は、出来てますか？」

「出来とるぞ。これだ」

と、親方は横の棚から一本の剣を取り出してカウンターの上に置く。

木と金属で出来たシンプルな鞘。黄色っぽい金属の柄。革の紐が巻かれたグリップ。シンプルだけど使いやすそうに見える。

剣を手で持ち、握りを確かめるように何度か握り直し、それから留め金を外して鞘から引き抜く。

金属的ではないシュルっとした音と共に引き抜かれた刀身は天窓からの光で黒く輝いていて、凄く綺麗に見えた。

カウンターから少し離れ、型を確かめるように何度か軽く振ってみる。

ヒュンという音が鍛冶屋の中の熱気を切り裂いていく。

よかった。久し振りに剣を触る気がするけど、まだ感覚は忘れきってはいない。

「どうだ？　問題ないか？　合わなければ調整はしてやるぞ」

「大丈夫そうですね。ピッタリですよ」

剣を鞘に戻し、鞘に付いた紐を腰のベルトの左側に結びつけた。何度か位置を調整したり、実際に抜いてみたりして感覚を確かめ、しっくりくるかを確認していく。

「属性を付けたくなったら持ってこい」

「はい、その時はよろしくお願いします」

親方に礼を言い、鍛冶屋を出た。

さて、とりあえずこの剣の性能を見てみたい。外でなにか斬れるものを探そう。

裏路地から大通りまで歩いたところで冒険者ギルドに寄ろうかと一瞬迷う。が、ここからだと一番近い南門とは逆方向になるし、諦めて南門へとそのまま向かい、その途中で果物などを買いながら町の外へと出た。

真っ青に晴れた空。遠くに見える高い山。左側二〇〇メートル程先に見える森。右側には岩がちでアップダウンがある荒れ地。その森と荒れ地の間を走る街道を馬車や冒険者たちが行き来している。

そんな人々とすれ違いながらマギロケーションの範囲を拡大しつつ森へと向かい、試し斬りに手頃な倒木などを探していくけど、どこにも見当たらない。

ん〜やっぱりこのあたりは大きな町が近いだけあって燃料となる倒木なんかはすぐに回収されてしまうのかもしれない。森の中も下草が刈り取られ、木々は低い位置の枝が打ち払われていて見通しが良くなっている。綺麗に整備された森だ。よく観察すると木と木の間隔も適度にあって、しっかりと管理されているようにも見える。ここの木を勝手に切り倒すのもマズい気がするな。

そう考えて街道から森の奥へと入っていく。マギロケーションで確認しなくても森の中には冒険者の姿が複数見えた。

　その冒険者を避けつつ進む。

　その時、横目でチラリと彼らを確認してみると、地面の草を鎌のようなもので刈り取っているようだった。彼らの姿からして低ランクの冒険者っぽい。森の草刈りも彼らの収入源なのだろう。

　そのまま暫く森の中を歩き続けると、次第に下草も増え始め整備されないエリアへと入ってきた。

　マギロケーションで周囲を確認しつつ背負袋と杖を地面に下ろす。

「さて、と」

　適当に選んだ一〇センチ程の太さの木の前に立ち、腰の闇水晶の短剣を手に馴染ませるように何度も握り直し、そして抜き、黒く光る三〇センチ程の両刃をしっかりと見つめながらゆっくりと魔力を流していった。

「う～ん、どんなもんだろう」

　以前にボロックさんの闇水晶ナイフを触らせてもらったけど、あの時は下手に魔力を流しすぎて壊してしまうのが怖く、思いきって魔力を流すことが出来なかった。これは自分のだし、色々と試してみたいとは思うけど加減が分からないから慎重にはなってしまう。なのでゆっくりと魔力を流していくと、次第に闇水晶の短剣が赤紫の色を帯びていった。

　これは魔力の輝き。聞いた話では、ほとんどの人には見えないはずのもの。恐らく〈超感覚〉のアビリティを取ったことによってこの才能が覚醒したのだと思うけど、実際のところよく分からない。もっと複合的な要因でそうなってるのかもしれないけど検証のしようがないしね。

　いい感じに魔力を流した闇水晶の短剣を両手で正眼に構え、瞬時に一歩踏み込むと共に目の前の木の幹を横から真一文字に切り払う。

「フッ！」

パンッという小気味よい音と共に闇水晶の短剣が振り抜かれ、二メートルぐらいの木材がグラリと倒れてきた。

慌ててそれを避け、手に持った闇水晶の短剣を確かめていく。

「刃こぼれは……大丈夫かな」

太さ一〇センチ程の木を切ってもあれぐらいの魔力を流せばとくに問題ないらしい。使用魔力量に関してはそこまで多くない気がする。が、一太刀ごとにこの魔力消費だと魔力が多くない人には厳しいかもしれないし、使用するリスクも大きいかも。

次に切った木の断面を見ていく。

木の断面は鋭利な刃物で切られたような……って、鋭利な刃物で切ったんだけど、綺麗な断面をしていた。手応えからして叩き切ったというより本当にスパッと切った感覚があったので切れ味は凄いと思う。

「う～ん」

切れ味は鋭いけど確かに微妙な気はするな。

それにさっきの剣技は無意識に習った動きそのままでやってしまったけど、剣と刀では動きも違うのだろうから、なんだか合ってない気もする。そもそも刃渡り三〇センチの短剣でやる技ではないか。といっても剣技はこれしか出来ないし、仕方がないけど。

それから剣筋を確かめるように何度も何度も素振りしていく。

大上段に振り上げて、軌道を確かめるように振り下ろす。

もう一度振り上げて、袈裟懸けに振り下ろす。

振り下ろす度に空気がヒュッと心地よい音を立て割れる。

日本にいた頃より力が上がったせいか剣筋のキレは良くなっている気がする。

「やっぱり、筋力は上がってるよなぁ」

日本にいた頃だと、流石に一〇センチの生木を短剣で断ち切れなかったはずだ。

ふと思いつき、闇水晶の短剣を鞘に戻し、四〇センチ程の太さがある木の前に立つ。

そして右足を引いて構え、腰を落として右手の正拳突きを木の幹へと放った。

「フッ！」

インパクトの瞬間、ガツッという音と共に木の表皮が弾け飛び、幹がバネのようにブルブルと震え、地震でもあったかのように葉がガサガサと音を立てた。

天から葉がヒラヒラと舞う。

やっぱり筋力は物凄く上がってる。パワー系競技のプロアスリートぐらいのパワーはあるんじゃないかな。

いや、もっとだろうか？

しかし体格なんかはほとんど変わってないはずなのに、どこからこんなパワーが出るのだろうか？　自分のことながら謎だ。

女神の祝福が素晴らしいと思うと共に、少しの怖さも感じる。

それを振り払いつつもう一度、闇水晶の短剣を抜いて魔力を込めていく。

加減しながら少しずつ魔力を増やし、さっき木を切った時より多くの魔力を流していくと少しずつ魔力が流れなくなっていった。

どうやらこのあたりが流せる限界らしい。

赤紫の魔力を宿す闇水晶の短剣をよく観察してみると、剣身から薄く魔力が流れ出しているように見えた。

つまり、闇水晶には充電池のように魔力を蓄えるような機能はなく、勝手に少しずつ短剣から魔力が流れ出すので、その分の魔力を常に補充し続けないといけないっぽい。

次に右手で持った闇水晶の短剣の切っ先を適当な木に向けて適当な魔法を使う。

「光よ、我が道を照らせ《光源》」

体の中を駆け巡る魔力が右手に集まって手の中の闇水晶の短剣に到達した瞬間、ノイズが走るように魔力が乱れ、なんとか流れた魔法が短剣の先っぽから一センチぐらいの小さな光の玉となって現れた。

「うわぁ……これは想像以上かも」

属性水晶は、その属性の魔法とは相性が良いけど、その属性以外とは相性が悪いため使える属性が限定されると聞いていた。だけどもこれでは光魔法は使えないな。

小さな光の玉を消し、もう一度、同じ魔法を使う。

「光よ、我が道を照らせ《光源》」

今度は右手の闇水晶の短剣ではなく、なにも持っていない左手から出してみた。

いつもとは違う魔力の流れになるので意識しないといけないものの、今度はすんなりといつもの光源の玉が手のひらの前に現れる。

うん。闇水晶の短剣を通さなければ普通には使えるか。次は神聖魔法を試してみよう。

「神聖なる炎よ、その静寂をここに《ホーリーファイア》」

体の中の魔力が右手へと流れ、闇水晶の短剣に接触した瞬間、乱れて霧散するように消えていき、辛うじて残った魔力が短剣の先から小さな白い火の玉となる。

「神聖魔法でもダメ、か」

神聖魔法なら謎のパワーでなんとかなるかも？　という期待が少しあったけど、そんなこともなく、他の魔法と同じ結果になった。これが闇属性の魔法ならいつも以上に魔力が通りやすくて使いやすくなるのだろう。けど闇属性の魔法は使えない、というか一番相性が悪いと思うので使えるようになる日が来るかは分からないし、確かめられないかも。

しかしこの闇水晶の短剣は僕の魔力は素直に流すのに『光魔法を使おうとした時の魔力は弾く』わけで……。

つまりそれは、魔法を発動させると、その魔力は体内で属性に変換されているということなのだろうか？

もしくは体内で既に魔法として成立している？

いや、でもホーリーファイアの炎は体内では炎ではないはずだし、これは難しい。

ここを理解するには、もう少し新しい情報を集めなければいけない気がする。

「う〜ん」

魔法について考えていく。

魔力の通りが良い素材。特定の属性の魔法だけ使いやすくなる武器。魔法の属性。

ダメだ。なにかが頭に浮かびそうなんだけど、浮かんでこない。

答えを導き出すにはもう一つ、なにか取っ掛かりが必要なんだろうな。

そう考えつつ、なんとなくもう一度、魔法を使ってみる。

「神聖なる炎よ、その静寂をここに《ホーリーファイア》」

右手のひらから生まれた白い炎の玉がフワフワと空中に浮かぶ。さっき闇水晶の短剣で使った時とはまったく違い、正常にホーリーファイアが発動している。

不思議なものだなぁ、と思いながら消えるように念じ、地面に置いてある樫の杖を拾って、杖から出すようにもう一度、魔法を使ってみる。

「神聖なる炎よ、その静寂をここに《ホーリーファイア》」

さっきと同じように白い炎の玉が杖の先から生まれ、その場に浮かぶ。

「この樫の杖も、そこそこ魔力の通りが良いんだよね」

そうつぶやきながら、杖を振るようにホーリーファイアを掻き消した。

あの白い場所で取得した〈魔法使いセット〉に入っていただけあって、この杖は魔法を使うには適しているとは思う。魔力の通りは闇水晶の短剣よりは良くないけど、違和感なく魔法が使えるぐらいには魔力の通りが良い。

この世界の魔法は杖などなくても発動出来る。だから杖は持つ必要がないというか、普通は余計な物を通して魔法を使おうとすると魔法が使いにくくなるだけなので、手からそのまま魔法を放つらしい。

生物素材は魔力との相性が良いことが多いらしく、材質が木ならそれを通して魔法を放つことは出来るけど、木の武器だと殺傷能力が低いし耐久性も高くないわけで、武器の素材としてはあまり向いているとは言えない。

そういえば、鉄の槍を使っていた時は槍を持ちながら魔法を使うのがちょっと面倒だった。右手を槍から放して使ってたからね。

槍を握ったまま拳から放ったり指から放つことも出来なくはなかったけど、それだと感覚がちょっと違っていて違和感があったし。そう考えると、メイン武器が杖、という選択肢もアリなのかな？

う〜ん、右手に杖で左手に短剣とかも面白いかも。

パッとそういう考えが頭に浮かび、右手に杖を持って左手で闇水晶の短剣を握ってみた。そして軽く振ってみる。

右手の杖で受け止め、左手の短剣で攻撃のイメージ。そして、左手の短剣で牽制しながら右手で魔法を使うイメージ。

様々な場面を想定しながら動いてみる。

二刀流はうちの家ではやってなかったけど、休憩時間のお遊びでやってみたことはある。若気の至りというか、健全な男子なら一度はそういうのに憧れてしまうモノなのだ。

そう。それは誰もが通る道……。

当然のように、父に見つかって後で怒られたけど……。

なんだか嫌な記憶が蘇りそうになったので、頭を振って昔の記憶を追い出した。

左手の短剣に魔力を注ぎ続けながら、目の前に作り出した仮想敵への意識を疎かにしないように集中。左手で相手の攻撃を受け止めるイメージ。そしてそのまま右手の杖から魔法を使おうとしてみる。

「光よ、我が道を照らせ《光源》……っと」

体内の魔力がグルグルと循環しながらいつものように右手へと集まろうとするが、左手から短剣へと少しずつ流れ出る魔力に引きずられるかのように動きを変え、いつもとは違う動きをしていく。

「ぐっ……」

それをなんとか気合で制御するように右手へと誘導していくと魔力が右手から杖へと向かい、杖の先端から小さめの光の玉に変わる。

「なんか、凄く疲れるな……」

発動したのはいいけど、凄く大変だし威力も下がっている気がする。

玉乗りしながら左手でジャグリングして、右手でパンケーキを焼いたら黒焦げになった感じ。

これじゃあ今のままでは戦闘中には使えそうにないね。

さて、練習をして練度を上げて使い物になるようにしていくか、それとも諦めるか。

「まぁ、この際だし、色々と試してみよう」

そこからなにか新しい発見があるかもしれないしね。


それから森の中で杖と短剣を持った時の動きの練習や、闇水晶の短剣へと魔力をこめる練習などを繰り返し、空の色から太陽が傾きかけてきたのを感じて町へと戻ることにした。

森を抜け街道に出ると、馬車や商人、そして冒険者が続々と門の方へと向かっているのが見えた。

荷物を持ってない冒険者。大きな袋を背負った冒険者。荷車を牽いている冒険者。夕方なので彼らはその日の成果を持って帰ってきている。

彼らの表情は様々だ。重たそうに荷車を牽いている人はホクホク顔だし、荷物の少ない人は疲れた顔やら真顔やらで……お察しします。

そんな集団の中に交じりながら街道を町の方へと歩いていると、前を進む冒険者が牽いている荷車——というより、そこからはみ出ているモノが目に入った。

荷車の上には布が被せられていて中はよくは見えないけど、布の端からニョキッと脚がはみ出ているのだ。その脚の形からして馬とか鹿とかそういう系統の生物なんだろうと思う。このあたりに生息しているモンスターなのだろう。

そういや日本語では『馬鹿』という言葉は馬と鹿を合わせた字だったわけで、馬さんも鹿さんもとばっちりでいい迷惑だよね。とか、どうでもいいことを考えつつ、頭の片隅に新しいモンスターの情報をメモした。

以前、ランクフルトに居た頃は僕もああやって荷車を牽いてエルシープを狩っていたのだけど、女神の祝福を得たおかげか僕の中の日本の常識とは違い、エルシープが載った重い荷車を牽けてしまうからちょっと面白かったりする。さっき闇水晶の短剣で木を切り飛ばした時もそうだったけど、身体能力が上がっているから日本での僕なら出来ないはずのことでも出来てしまうのだ。

ただ、その面白さはちょっとした感覚のズレでもあって、僅かな問題もある。

例えば道路の横にある排水溝の幅を見れば自分が飛び越えられるか飛び越えられないかは大体分かるもので、飛び越えられると感じたら大体飛び越えられるのだけど。その『飛び越えられる』という感覚に一瞬『飛び越えられない』というノイズが混じるような感じ。

その辺り、記憶と現実との間にまだちょっと乖離があり、一瞬のスキ、躊躇のようなモノを感じる瞬間があって、自分の体なのに上手く慣れていない感じが少しある。実際の力加減は間違えないけど、心理的なモノなのだろうか？

なんにしろ、慣れていかないといけない。

前の冒険者の荷車に続いて門をくぐり、町に入る。

「ポナ草、買い取ってるぞ！　誰か持ってないか？」

「そこのお兄さん！　そのノックディアー金貨三〇枚でどうだい？」

「肉ならなんでも買い取ってる！　なんでもだ！」

門の奥は冒険者たちや、彼らからモンスターの素材を買い取ろうとする商人たちでごった返していた。

この雰囲気も久し振りだ。

以前、迷宮都市エレムにいた頃は毎日のようにダンジョンの前がこんな感じだったし、ランクフルトでも門の前がそうなっていた。エルシープがよく出る北側は特にね。でも流石に小さな村では冒険者の数が少ないのか、こんなお祭りみたいな雰囲気はなかった。

そんな久し振りの雰囲気を懐かしみ、ちょっと楽しみつつ。でも今回は特に売るものはないのでサッと冒険者たちの間をすり抜けてクランハウスを目指して歩いていく。

「んん？」

その途中ちらっと目の端に入った服の絵の看板を見て、なにかを思い出しそうになった。

服の絵。服の絵の看板は確か服とかの布製品、革製品とかが置いてある店だったような……。

布製品、革製品でなにかあったっけ……う～ん。

「あっ！」

そういや、シオンの持ち運び鞄を買おうと思っていたはず。最近色々とあって忘れてた。

なんとか記憶の片隅から掘(ほ)り起こして用件を思い出しながら、年季が入ったその店の扉を開けた。

引いた扉の風に乗って店内から流れ出てきたなめし革の独特な匂い。薄暗い店内に並ぶいくつかの服や革製品。店の奥で布を縫い合わせている老婆と、その横で揺らめくロウソクの光。

店の中に入って後ろ手で扉を閉め、前を向くと奥にいた老婆と目が合った。

「なにかお探しかいね」

「小さめの鞄、ありますか？」

僕がそう答えると老婆は「それならこのあたりかいね」と壁側を指差した。

そちらを見ると壁にいくつかの小さな鞄が引っ掛けられているのが見えた。老婆に礼を言い、そこにある鞄を一つ一つ見ていく。

肩掛け鞄。ウエストポーチ型。リュック型。材質は布製、革製、そして複合。色々なパターンがあるけど、どれがいいのだろうか？　既に背負袋があるからリュック型はダメかな。それに肩掛け鞄型だと歩く度にパタパタ揺れて居心地が悪そうだし。ウエストポーチ型だろうか？

そう考えてウエストポーチ型の鞄の中から内部が広そうな革製の鞄を選んでみた。

大きさ的にも形的にもフードの中よりかはゆったりと寝られるはずだ。

「シオン。新しい家だけど、これでどう？」

「キュ？」

フードをポンポンと軽く揺すってシオンに出てきてもらう。

シオンは僕の肩の上に登ってきて、そこから鞄を見下ろした。

ちゃんと確認しやすいように鞄を持ち上げて入り口をカパッと開けると、シオンはその中を確認するように頭を突っ込んで鼻をスンスンと鳴らし、『やれやれだぜ』という感じに「キュッ」と一言発してフードの中へと戻っていった。

「えぇ！　これダメ？」

「ははっ、そんなもんさね。人族は理屈で物事を決めようとするが、モンスターも動物も別の理の中で生きとるでな。人族の理屈など通用せんがね」

「……まぁ、そうですね」

その後、いくつかシオンに鞄を見せてみたけど良い返事は得られず。

つまり『フードの中が気に入っているから出る気がない』というご意向なのだろう。

仕方がないので今回は諦めることにした。


翌朝、ガタッバタバタッ！という音で意識が覚醒した。

「う～ん……」

モゾモゾと音のする方へ体を向けながら目を開くと、石の床の上でフリフリと振られるお尻が目に入る。

暫くそれを眺めていると、お尻の主がクルッと振り向き、目が合った。

「キュ？」

お尻の主、シオンは『おっ、やっと起きたのか？』という感じで一声上げると、ガガッと床を蹴り助走をつけてベッドの上へと飛び乗り、僕の体の上をトコトコ歩いてきて顔をペロペロと舐めた。

最近は朝の早い時間にこのパターンで目を覚ますことが増えた。先に起きたシオンの朝の運動で起こされるのだ。

まぁこれは仕方がない。まだまだ子供だしね。普段はちゃんと言っておけば大人しくしていてくれるし、こういうところぐらいは自由にさせてやりたい。

でも近所迷惑になってないか心配ではある。

ここの床材は石だし、そこまで音は響いてないと思うけど。安い宿屋だと苦情でヤバいことになっていただろう。

これからはシオンを自由に遊ばせられる場所とか環境も考えていかないとね。

「ふぁ……」

軽いあくびと共にシオンを抱き上げながら起き上がり、いつものように全身とシオンに浄化をかける。

パタパタと白い粒をはたき落としながらシオンを床に置くと、シオンも体をプルプルとさせて白い粒を落とした。

それから腹具合を確認し、食堂へと向かうために部屋を出る。

射し込む朝日に照らされた通路は、まだ早い時間だからか人の気配を感じない。

近くの部屋からは大きなイビキ。小さくカタカタと響いている階下の音。事務方や食堂のおばちゃんの朝は早いし、日が昇ったらもう動き出しているのだろう。

通路を歩いていると階段を上がってくるミミさんが見えた。

「おはようございます」

「あぁルークさん、丁度良かった。今から向かうところでした」

ミミさんは僕の前で立ち止まり言葉を続ける。

「本日ですが、昼食後から試験がありますので、早めに裏庭の方に来ておいてください」

「分かりました。昼に裏庭、ですね」

僕がそう返すと、ミミさんは「はい。それではまた」と軽く頭を下げ、階段を下りていった。

「さて、昼までどうしようかな」

外でブラブラしていて間に合わなくなるのも問題だし、クランハウスの中で適当に時間を潰(つぶ)すか。

となると資料室かな？　と考えながら僕も階段を下りて食堂へと向かい、パンを二つと安い葡萄酒を注文し、シオンと分けながらサササッと食べてから資料室へと向かった。

資料室の重厚な扉を開けて中に入る。

前回来た時と同じく人の気配がなく――というか今日は本当に誰もいない。

部屋の真ん中まで進んで周囲を確認してみたけど誰も見えない。

こっそりとマギロケーションを使ってみると、奥にある扉の向こう側に人を感知した。どうやらまだ寝ているみたいだ。というか本当にあの部屋が彼女の部屋だったんだ。

疑っていたわけではないけど、改めて驚いたというか。物好きな人もいるものだと思う。

そう考えながら、大きな音を立てないように目当ての資料を探していく。

モンスターに関する資料の板が置かれている棚を探し、伝記などが置かれている棚を探っている時にその本を見つけた。

『この大地に生きる生物』

この本は、この世界、テスラの生物について絵なども交えて説明されている資料集のような本。もっと詳しく言うなら、『この世界の人族とモンスター以外の生物に関して詳しく書いた図鑑（ずかん）』といった感じだろうか。

昨日、鞄を売っていた店のおばあちゃんの『モンスターも動物も』という言葉を聞き、この世界に来た頃に少し気になっていたことを思い出したのだ。

それは『この世界に普通の動物はいるのだろうか？』というちょっとした疑問。

まぁそれは馬車を牽いている馬を見てすぐに解決したのだけど、エルシープという羊型のモンスターとか、フォレストウルフという狼（おおかみ）型のモンスターも見て、馬が馬の形をしているからといって普通の動物とは限らないのでは？　とも思った。

いやそもそも、特に深く考えず何故か普通に受け入れていたけど、この世界でも馬が馬として存在するってありえるの？　という疑問もなくはない。でもそれを言うなら人間とかもそうだし、僕らも世界を渡って来ているのだから、動物も世界を渡ってきた可能性はあるし。

このあたりの疑問は誰かに聞くにも聞きにくく、どこのギルドにも動物に関する本などなくて調べる方法もなかったし、重要度も低かったので放置していたことだった。

常識に関するこういった質問は中々難しい。

例えば稀にでも地球に異世界人が転移してくる状況になった時、たまたま知り合った人が犬を指差しながら『犬って動物ですか？』とか聞いてきたら怪しさ一〇〇万点だと思う。

「もうちょっと口が上手ければなぁ」

とつぶやきながら本を開く。

巧みな話術で自分の知りたい情報を怪しまれないように上手く聞き出せる技術があればよかったのだけど、残念ながらそういう能力は持ち合わせていない。例の白い世界にもそういうアビリティはなかった。

ままならないものだ。

軽くため息を吐きながら読み進めていくと、この世界の動物についてなんとなく理解出来てきた。

まずモンスターと動物の違いは体内に魔石があるかどうからしい。しかし体内に魔石を持っているとどうなるのかについては書かれていない。

次に筆者が調べた動物についての考察を一つ一つ見ていく。

まずは馬。馬は普通に馬だった。地球にいる馬と同じような種類の生き物。走ると速く、こちらの世界でも移動手段として重宝されている。そして本にはどこどこの馬が良い馬だとか書いてあるけど、聞いたことのない地名でよく分からない。しかし、どうやら人の手で育てている地域があるらしい。

そしてネズミ、牛、犬、猫などと、聞いたことのない名前の動物の情報がいくつか書かれてあった。

いくつかの動物はモンスターに狩られたりして数を減らし、今では人間に飼われることでなんとか生き残った動物も少なくないようだ。

「なるほど」

動物の世界も大変そうだ、と思いながら本を読んでいると、奥の扉がガチャリと開く音がした。

ここからでは見えない扉の位置をマギロケーションで探ってみると、部屋から出てきた例の彼女が棚から一冊の本を取り出し、窓際(まどぎわ)の席に座ってその本を開くのを感じた。

彼女のことは気になるけど上手く話しかけるキッカケも掴めず、僕もまた本へと視線を戻したのだった。

暫く本を読み進めているとフードの中のシオンがピクリと反応し、こちらにひょっこりと顔を出してきた。

「キュキュ」

「どうしたの？　って、そろそろ良い時間なのか」

なんとなく理由を察し、本を棚に戻して資料室から出る。

歩いて食堂へと向かっていると僕にでも分かるぐらい香(こう)ばしい匂いが漂(ただよ)ってきた。

「やっぱり」

動物の嗅覚(きゅうかく)は人間の何倍も優(すぐ)れていると聞くけど、シオンのソレも僕の何倍も優れているらしい。

こういう時は頼りになるよね。

食堂に着き、良い匂いの元であったシチューを食べ、食堂のおばちゃんに裏庭への行き方を聞いて急いで向かう。

社会人たるもの、五分前集合は常識なのだ。

まぁ今の僕は時計なんて持ってないから時間なんて大体にしか分からないのだけど。

食堂の近く、中庭へと続く扉を開けて外へ出ると、そこは色とりどりの花や木々が並び、中央には東屋（あずまや）があって、美しい庭園となっていた。

一瞬、リゼに見せてあげたら喜ぶだろうか？　と思ったけど、妖精（ようせい）の庭の美しさと比べているとやっぱり見劣（みおと）りしてしまう。なんかこう、人工的というか。いや、人工的なのは人が造ったのだから当たり前なのだけど。あの場所の素晴らしさを一度見てしまうと、こういうモノではちょっと違うかな、と思ってしまう。

現代日本ならあの妖精の庭は良い観光資源になっていただろうけど、この世界では都市間の移動にリスクが大きいからか観光という概念があまりない気がするし、観光業としては上手く成立しないのだろう。

中庭を抜け、生垣（いけがき）の間にある扉を通って裏庭へと進むと、そこは打って変わって殺風景な広場になっていた。

青い空。外側に見えるクランハウスの壁。その壁とは別にいくつか点在する二メートルぐらいの長さしかないけど分厚い石壁。ただ土が盛られただけの山。地面に打ち込まれた丸太。これは……どこかの軍隊の訓練場ですかね？

いや実際そうなのかな。クランって冒険者を多数集めて大規模な戦闘をするのだから、そういう存在といえるのかも。

裏庭にいる人たちの動きを観察してみると、壁に魔法を放っていたり、地面に打ち込まれた丸太に向かって剣を打ち込んだり、土の山に矢を撃ち込んでいたりと、それぞれが思い思いの訓練をしているようだった。

「《ウインドスラッシャー》」

その声に思わず視線を戻して壁の方を見ると、軽装の革鎧を着た冒険者風の男性の手から半月形の魔法が飛び出し、凄い勢いで壁へとガツッと食い込み消えた。

「凄い……」

分厚い壁に大きな切れ目が入り、そこからひび割れがビシリと走る。

あれはウインドスラッシャー。風の属性固有の魔法、かな？　前に魔法の本で名前だけは見た気がする。確か攻撃魔法はまず属性ボール系の魔法があって、次に属性アロー系。そしてその次にそれぞれの属性固有の魔法があり、どんどん習得が難しくなる。確か他の属性固有の魔法はファイアバーストとかアーススパイクとかだったはず。

腰の魔法袋から、メモとして使っている紙を取り出して確認する。以前、南の村で魔法について書き写したモノが残っているはずだ。

僕はまだライトボール、つまり属性ボール系しか覚えられてないし、魔法を使う人が少なすぎて攻撃魔法も属性アロー系までしか見たことがなかった。つまりあの魔法は今の僕からするとかなり高レベルの魔法になるはずだ。

しかしあんなモノをマトモに食らったら腕の一本ぐらいは持っていかれるぞ。いや、腕どころか胴体すらスパンといっちゃいそう……。あれに対処する方法はあるのだろうか？

「ルークさん、早いですね」

　魔法の練習をしている冒険者をじっくりと観察していると後ろからミミさんの声がした。

　魔法の観察に集中していたからか、ミミさんが近づいてきていることに気づかなかったらしい。

「遅れたらダメかなと思いまして」

「それは良い心がけですね。冒険者は自由な人が多くて困るのですよ。特に高ランク冒険者は自由すぎる人たちばかり。少しは予定を調整する側の苦労も考えるべきだと思うのです」

「そ、そうですね」

　どうやら高ランク冒険者には個性的な人々が多いらしく、色々と苦労されているみたいだ。

　ミミさんは少し眉間にシワを作りながら話を続ける。

「今回の演習も、もう少し前にやる予定だったのですが、担当者のゴルドさんがいつまで経ってもダンジョンから帰ってこないのでここまで延びたのです。しかしそのおかげでルークさんのテストも一緒に出来ることになったのですが」

「そうなのですか?」

　それは僕にとって良いことなのだろうか？　テストからしてどういう意味があるのかよく分からないし、なんとも言えない。それにしても演習とはなんだろう？

「ミミさん。演習ってなんですか？　それは聞いてない気がするのですが」

「あぁ、そうですね。特にあの場で伝える必要性がなかったので言っていませんでしたが、我がクランでは定期的に集団戦を中心とした訓練を行っているのです。今回は丁度良いタイミングなのでルークさんのテストも一緒にやってしまうつもりです」

というような話をミミさんとしていると少しずつ裏庭に完全武装をした人が増えてきて、どんどん物騒な空間になっていった。その中には何人か見知った人もいる。

暫くすると中庭の方から身長二メートルは超えてそうな毛むくじゃらな男性が出てきてこちらに近づいてきた。それに気付いた周囲の人々が雑談を止めてそちらを向く。なんとなく、緊張感が伝わってくる。

「おぅ！　全員集まってるな？　それじゃあ訓練、始めるぞ！」

大柄な男は全員を見回しながら低い声でそう言ったのだった。

「よしっ！　まず初めに大型モンスターを想定した訓練だ！　前衛は列を作れ。後衛はその後ろに並べ」

男がそう指示をすると、集まっていた三〇人程の冒険者たちが「この訓練、疲れるんだよなぁ……」とか「ゴルドさんと戦える！　このチャンスを待ってたんだ！」などと言いながらゾロゾロと動き始めた。その顔は様々。

それをチラリと見ながら、僕もこれに参加すればいいのか分からなくてミミさんの方を見た。

「ルークさんはここで待機していてください。ルークさんには今から出る怪我人を治療していただきます。それが今回のテストですから」

「……怪我人？　そんなに危険なんですか？　って……」

反射的に返してしまいながら違和感を覚える。数瞬、考えを巡らせ、回復魔法が使えることをこのクランの人にはまだ話していないことを思い出した。

何故それを知っているんだ？　可能性があるのはウルケ婆さんが漏らしたか、例のボロックさんの手紙に書いてあったかだけど、タイミング的にボロックさんの手紙に書いてあった可能性が高いかな。このテストは最初に会った時、つまりあの手紙を読んだ時に決まったはずだし。

う～ん、ボロックさんに口止めしておいた方がよかったか。

いや、でも下手に口止めしようとすると、自分から『それは探られたくない』と宣言するようなものだし、難しい。

なにも思っていない人にわざわざ自分から余計な話をして怪しまれたら本末転倒だ。

それにまさかボロックさんの関係者とここまで関わることになるとは思っていなかったしね。

本当なら手紙を渡した後は冒険者ランクをEまで上げ、情報収集をしたらすぐに次の町を目指す予定だったし。

まぁこうなってしまったら仕方がないけど、問題はヒールだけで乗り切れるかだ。

ボロックさんの手紙になにが書かれてあったのか分からないけど、ボロックさんを治したことが書かれているなら、それはつまり『治療法がないとされていた死の粉による症状の治療』が出来た的な話になるだろう。

だとすると、色々と面倒になるか。

と、考えを巡らせながらミミさんの話を聞く。

「そうです。この訓練は高ランク大型モンスターの討伐を想定した訓練なのです。大型モンスター役にAランク冒険者のゴルドさんを使い、本気で戦う。単純ですが有効な訓練なのですよ」

と、ミミさんは言った。

あれが、Aランク冒険者……。確かに凄そうには見えるけど。

しかし本気で戦うって、それは大丈夫なのだろうか？

冒険者たちの方に視線を向けると、冒険者たちはそれぞれ自分が持ってきた剣や槍を手にして横並びに列を作っている。後衛にいる冒険者たちも、弓を持つ冒険者は背中の矢筒から鋭い矢尻が付いた実戦用の矢を引き抜いて弓につがえていた。

普通、模擬戦をする時は刃引きした武器とか木製の武器でやるはずだ。ボロックさんと模擬戦をした時もそうだったし。でも彼らは真剣でやるらしい。

しかし巨大モンスター役らしい大きな男――ゴルドさんは背中に巨大な大剣を背負っているけど、それを引き抜く気配がない。両腕を組んでその場にただ立っているだけだ。

そんな観察を続けていると、ゴルドさんが大きな声で吠えた。

「よしっ！　それじゃあやるぞ！」

それに冒険者側からの「おうっ！」と返ってきた瞬間、ドンッという爆発音のような音と共にゴルドさんが前衛冒険者の列に飛び込んだ。

「うぐっ」

運悪くその真正面に並んでいた冒険者にゴルドさんの拳が突き刺さり、数メートル吹き飛ばされ転がる。

「ボサッとすんじゃねぇ！　列を崩すな！　穴を空けるな！　俺が本物のモンスターなら後衛襲っちまってるぞ！　とっとと囲め！」

それに前衛冒険者たちが「おうっ！」と応え、列を半円状に変えながらゴルドさんを囲むように動き、それぞれの武器を前に出し牽制。包囲を狭めようとする。

「よしっ！　それでいい。だが攻撃しなきゃ倒せねぇぞ！」

ゴルドさんが挑発(ちょうはつ)した。

その言葉に乗せられたのか、ゴルドさんの横側にいた一人の冒険者が手に持った槍をおもいっきり突き入れる。

「おぅりゃ！」

「あめぇんだよ！」

ゴルドさんは突き入れられた槍をガツッと掴み、自分の方へと冒険者ごと引っ張りながらその顔へと裏拳(うらけん)を叩き込んだ。

「ぐげっ……」という声と共に吹き飛んでいく冒険者の反対側、ゴルドさんの後ろ側から間髪(かんはつ)を入れずに剣を持った冒険者が「おらっ！」という気合と共に斬りかかる。

「だからあめぇんだよ」

「は？」

「は？」

斬りかかった冒険者と僕の声が重なった。

ゴルドさんは剣を避けるでも弾くでもなく、ただ左手一本で掴んで止めた。

そして冒険者の腹に一撃を入れ、吹き飛ばす。

「マジか……」

あの冒険者が使っていた剣は木剣(ぼっけん)ではないし、刃引きされた練習用の剣でもないはずだ。しかし彼はそれを当たり前のように掴んだのだ。素手(すで)で。

刃に触れないよう、指で摘めばそういうことも出来るかもしれないけど、彼はただ手のひらで受け止めて掴んだ。

つまり、意味が分からない！

どういうトリックがあればそんなおかしなことになるのか意味不明。だけど、その後も目の前で繰り広げられている一対三〇の戦いとも言えない戦いを眺めていると、なんとなく思い出すことがあった。

それはボロックさんの話。

ボロックさんは以前、僕の戦い方が慎重すぎると言った。場合によっては攻撃を避けなくてもいいとも言った。

その意味が、これなのでは？

大きすぎる実力の差。女神の祝福の回数の差。能力値の差。それが見える形で分かりやすく出るのがこの世界なのだ。

「補助入れるぞ！」

「頼んだ！」

「《アーススキン》」

一人の冒険者が魔法を発動させる。すると前衛にいた冒険者の体に黄色いオーラがまとわりつき吸収された。

確かこれは攻撃を軽減する魔法なはず。

「ふっ！」

「《ストレンジス》」

冒険者がゴルドさんに斬りかかろうと飛び出したところ、すかさず別の後衛から魔法が飛ぶ。

発動された魔法は赤いオーラとなって冒険者に吸い込まれ、そして冒険者はゴルドさんにふっ飛ばされて戻ってきた。

この魔法は筋力を上げる魔法だったはずだけど……焼け石に水感があるよね。

あの冒険者が斬りかかった瞬間、別の位置にいた後衛から矢が放たれ、二方向からの同時攻撃になっていたのに、ゴルドさんはその矢を掴み取るし、冒険者の斬撃は裏拳で弾くし、無理ゲー感がある。

しかし僕が今まで見たことがないパーティでの連携が繰り広げられるようになってきた。

ランクフルトにいた頃には見られなかった連携。こういう補助系の魔法を使える人。つまり高ランク冒険者があの町には少なかった。それにグレートボアと戦った時は後衛が全員、壁の上にいて分断されていたのもあるけど。

この世界の人間の中でそれなりに上位にいる彼らの戦いを間近で観察出来るだけでも、このクランに入った意味があったかもしれない。

他者の戦闘を見る機会なんてほとんどないのだ。ダンジョンなどでたまたま近くを通った時にチラ見するぐらいで、じっくりと観察する機会なんてまずないし。ダンジョンでも町の外でも他の冒険者の近くでその戦闘を観察してたら間違いなく警戒される。普通はある程度の距離を取るのがマナーみたいになっているし。

「ルークさん」

ミミさんのその言葉に我に返り、振り返る。

「ルークさん、彼を治療してください」

ミミさんの目線の先を見ると、さっき顔面をぶん殴られていた男性冒険者が二人の弓使いに脇を抱えられて引きずられてきていた。そしてその男が僕の目の前にゴロンと転がされ、その顔がこちらを向く。

「おおっふ……」

男は頬を腫らし、鼻血を垂れ流し、白目を剥いて気絶していた。とにかく物凄く痛そうだ。

思わず合掌しそうになるけど、まだ生きている。

さて、彼を治療しないといけないのだけど、まあ当然ながらホーリーライトを使うつもりはない。もう本当にどうしようもない場面なら使うしかないと考えているけど、流石に今は使う場面ではないと思う。この白目剥いている人には悪いけど、ヒールだけで我慢してもらおう。それで治るかどうかは分からないけど仕方がない。

精神を集中させ、呪文を詠唱する。

「光よ、癒やせ」

その言葉と共に体内で魔力がグルグルと動き、右手に集まってきた。それを上手く操作して込める魔力を可能な限り増やしていく。そして魔力が十分以上に集まったところで魔法を発動させた。

「《ヒール》」

淡い光の玉が右手から生まれ、前に使った時よりもどんどん大きくなっていく。

魔力を多く込めた分だけ通常時より大きくなってるみたいだ。

数瞬後、バレーボールぐらいの大きさになった光の玉を白目の男の顔面に押し当てるように移動させると、顔面から光の玉が男に吸収され、男の頬の腫れが引いていった。

これで見た目の怪我は治ったと思う。鼻血が止まっているかは分からないし、彼はまだ白目を剥いているけど。

治ったのを見て、男を連れてきた弓使いが「おいっ！　起きろ！　戻るぞ！」と、男の頬をバシバシ叩いて起こそうとする。

あぁ、せっかく頬の腫れを治したのに、また腫れてきたよ！　とか思っていると白目を剥いていた男が「うぅ……うぉ……イテェ！」と飛び起きた。

どうやらちゃんと治ったみたいだ。ただのヒールでも魔力を限界まで注いだおかげか十分に機能したのだろうか。

「イテェ……ゴルドさん、もうちょっと手加減してくれりゃあな……」

「そ、そうだな。よし、すぐに戻るぞ！」

いや、その痛みはゴルドさんのせいではないと思いますよ！　という僕の心の声は届かず、弓使いに急かされた男は立ち上がり、演習へと戻っていった。

演習の方を見ると相変わらず歩兵対重戦車のような戦いが続いていて、重戦車に轢き殺されてノックダウンした冒険者が何人かこちらへと引きずられてきていた。

まだ僕の仕事は続きそうだ。

そんな感じで次の患者を診ながら演習を見ていると、状況が少し動いていた。

「魔法を使うぞ！」

そう叫んだのは、さっき石壁に向かって魔法の練習をしていた男性冒険者。

すると彼の前に並んでいた前衛がスッと横にずれ、彼とゴルドさんの間の射線を作る。

「おっ？　そいつはちっと痛そうだ」

それに気付いたゴルドさんが右手を背中に回し、パチリとなにかを外してから大剣の柄を掴む。

次の瞬間、冒険者から魔法が放たれる。

「風よ、我が敵を切り裂く刃となれ《ウインドスラッシャー》」

「よっ、と」

ゴルドさんは高速で飛来した半月状の緑の刃に向かい、抜き放った勢いそのままに大剣を叩きつけた。

バットをフルスイングしたかのような重い風切り音が響き、押しつぶされたウインドスラッシャーがバシュンという音と共に消滅。

剣先が地面の手前でピタリと止まり、剣圧に弾かれた砂塵が舞う。

呆気にとられたのか周囲の冒険者たちの動きが一瞬、止まる。

これは、凄い。石壁を切り裂いたあの魔法ですら一撃で無効化されてしまうのか……。圧倒的なレベルの違い。これはもし、今の僕がAランクの存在に狙われたら完全に詰んでしまうはずだ。どうにかする方法の、その糸口すら思いつかない。

恐らく国などの組織ならこういうレベルの人がゴロゴロ……とまでかは分からないけど、そこそこはいるはずだ。やはり、そういう特権階級にいる人と関わる場合は慎重に行動するべきなんだろう。ちょっとしたワンミスで目を付けられたら、それだけで全てが終了する可能性だってありえるのだから。

そんなことを考えている間にゴルドさんが魔法を使った冒険者に一瞬で接近し、左手で殴り飛ばす。

「穴を空けるなって、言っただろ！　っと」

「うごっ！」

冒険者は吹き飛ばされて地面を転がっていった。

「おらっ！　早く囲まねぇか！　お前らが遅ぇから後衛がやられちまったぞ！」

「おうっ！」

それから暫く対大型モンスター用訓練が続き、僕もヒールで何人も治療することになった。

それにしても、こうやって外側から見ていると状況がよく分かる。前にランクフルトでグレートボアと戦った時と似たような陣形で、似たような形になっている。モンスターに逃げられないように大量の前衛で囲んでダメージを与えつつ、外から弓や攻撃魔法で攻撃していく。

ゲームだと一人の盾役がスキルなどで敵のヘイトを集めて攻撃を全て引き受け、それをヒーラーが回復するパターンが多いけど、この世界にはヘイトを集めるようなスキルとか魔法なんて恐らく存在していないのだ。なのでモンスターの攻撃を誘導する方法はないはずだし、頭の良いモンスターならパーティの弱い部分を狙ってくるだろう。後衛を守りたいなら敵が抜けられないように前衛を並べてブロックを作るしかない。

そう考えているとミミさんが後ろから近づいてくるのを感じた。

「魔力の質、量、コントロール、全て素晴らしいですね。最下級の回復魔法ヒールでこれだけ出来る人は少ないでしょう。やはりボロック様のご推薦(すいせん)は間違いではなかった」

「そ、そうですか。ありがとうございます」

予想以上にべた褒(ぼ)めで少し驚いてしまう。しかし『様』という敬称(けいしょう)を付けられるボロックさんとは何者なのだろうか。少なくともただのヨーホイ爺(じい)さんでないことは確かなのだろう。

「おーい、そこの若いのも、ついでに実力見てやるぞぉ」

という声が聞こえ、嫌な予感を感じつつ振り返るとゴルドさんと目が合った。

「えっと……」

念の為、周囲を見回して確認したけど、やっぱり僕以外にはミミさんしかいない。

ミミさんは若く——いや、止めとこう。それは危険な香りがする。

とにかく、どう見てもゴルドさんの目はこちらを見ている。ターゲットは僕っぽい。

困ってミミさんの方を見ると、ミミさんが微笑みながら頷(うなず)いた。

いや、頷かれても困るんですけど……。

そう思っても、誰も味方はいない。

ゴルドさんの周囲には疲れた顔のクランメンバーたちが転がっていて。つまり演習は既に終わっている。

これでは『他の人の邪魔になるから』みたいな言い訳も出来ない。もうやるしかないだろう。

「えっと、それでどうすればいいのですか？」

「おっ？　やっとやる気になったか。なぁに、難しいことはなにもないぞ！　全力でかかってくればいい！」

いや、そんなやる気にはなってないんですけどね……。

でも、ここで自分の力を示しておく必要があることは分かる。クラマスの息子、サブス。彼のように直接言ってくる人はいないけど、Fランクの僕に対して良い印象を持っていないクランメンバーが一定数いることは先日の件で理解した。なんとか周囲に認められる程度には実力を示さないと今後の活動に悪い影響を及ぼしかねない。

つまり、クランメンバーが集まるこの場で実力を示すチャンスが与えられたのは絶好の機会だと思う。

覚悟を決め、準備運動がてら杖を右手でクルクルと回転させながらゴルドさんの方へとゆっくり歩いていく。

歩きながら、さてどうしようか、と考えるも、特に良い案は浮かんでこない。そもそも最初から無理な戦いすぎて良案など思い浮かびようがないのだけど。しかしそうも言ってられないので自分が出来そうな中から一矢報いられそうな手段を考え、それをつなげて線にしていく。

ゴルドさんは組んでいた腕を解き、手を下ろした。

その姿は構えを取っていない自然体なのにスキがない。

しかし槍がないのも問題だけど、それ以前の問題として、槍があってもどうにかなるイメージがまったく湧かない。さっき冒険者たちがゴルドさんを囲むだけで攻撃に入れなかったのも頷ける。ダメなのが分かってしまうから突っ込めないのだ。

しかし、このままだとどうにもならないし、突っ込めないなら最初は遠距離攻撃から始めるしかない。ということで、魔法を準備していった。

最下級の魔法では期待出来ないかもしれないけど、やれるだけやるしかない。

「光よ、我が敵を撃て」

腹の奥から流れ出した魔力が右手から杖に集まっていく。その魔力を限界まで押し込むイメージで捻り出していき、『もう入らない』というところまで溜める。

緊張で呼吸が浅くなっていく。

周囲で冒険者たちが話している声がザワザワと聞こえる。

無理して限界まで押し込んだせいか、腹の奥が熱い。

熱くなって熱くなって汗が滲み、杖を持つ右手がブルッと震えたその瞬間、堪らず一気に魔法を発動する。

「《ライトボール》！」

その発動句と共に杖の先から放たれた大きな光の玉はまっすぐにゴルドさんへ飛んでいった。

今まで使ったライトボールの中でも一番の大きさだ。

ゴルドさんは、「おっ、最初は魔法からか」と言いながら軽く右手を前に突き出し、手のひらでそのライトボールを受け止めた。

ボンッという爆発音と共にライトボールがその手の中で軽く弾け飛ぶ。しかし当然のように無傷。

だが、これは想定済みだ。

「はっ！」

爆発の間に一気に飛び出して距離を詰め、杖の石突を突き出し喉を狙う。

「悪くない突きだ」

ゴルドさんは半身を引くだけで当然のように突きをかわす。

勢いのまま右足で下段蹴(げ)りを放つが、それも足をスッと引いてかわされる。

そのまま流れるように回転しながら力を溜め、中段後ろ回し蹴りを放ってもかわされる。

こちらの世界に来てから初めての、本気の対人戦。槍がないのもあって格闘(かくとう)術を久し振りに本格的に使ってみて、なんだか実家の道場を思い出してしまった。しかし思い出に浸(ひた)っている時間はない。本命はここからなのだ。

勢いを殺さぬよう更(さら)に一歩踏み出しながら右手の杖をゴルドさんの目の前に軽く放(ほう)り投げる。

「ん？」

その意味不明な行動にゴルドさんが一瞬反応しかけてピクリと止まる。

ここだ！

左手で腰の鞘を掴み、右手で闇水晶の短剣を抜き放ちながら一気に魔力を流し込んで横一閃(いっせん)。全力で振り抜いた。

「おおっ!?」

ガッという確かな手応え。

ゴルドさんは後ろに下がりながら右手を差し出しそれを受け止めている。

その肘辺りにピッと走る細い筋。

よしっ！　一撃入れたぞ！　これが、今の僕の全てだ。

気が抜けそうになるのを慌てて抑(おさ)えつけ、振り抜いた闇水晶の短剣をクルリと返して追撃しようとするが——

「ぐっ‼」

急な左からの衝撃に口から空気が漏れる。

次の瞬間、目の前に地面があった。

体に染（し）み付いた癖（くせ）が、脳が状況を判断する前に体を丸め、無意識に受け身を取る。

転がるように背中から地面に着地して勢いを殺そうとするが、予想以上にぶっ飛ばされたのか勢いが落ちず、そのまま二回三回と受け身を取り続けながら地面を転がり続ける。

ようやく勢いが落ちてきたところで足を伸ばし、勢いを利用して立ち上がろうとする――

「うっ……」

が、左脇腹の鈍痛（どんつう）に膝をついてしまう。

ヤバい。これは肋骨（あばらぼね）の一本か二本は持っていかれたかも。一撃でこれか……。

痛みに耐（た）えながら顔を上げると、二〇メートル以上先にゴルドさんが見えた。

どうやらかなりふっ飛ばされてきたらしい。

あまりの実力差に「ふふっ」と笑い声が漏れた。

これは、ちょっと厳しいな。いや、絶望的な実力差があることは最初から分かっていたけど、自分の身で経験するとより一層実感してしまう。

「光よ、癒やせ《ヒール》」

痛みの中、なんとか魔力を練り上げて回復魔法を発動しようとするけど痛みで集中しきれず、魔力を多く送れない。つまり回復魔法を強化出来ず、脇腹を治せない。

これは今後の課題かもしれない。痛みがあっても集中出来るようにならないとマズい。

脇腹を治すために四苦八苦していると周囲からクランメンバーたちの声が色々と聞こえてきた。

しかしそれどころではなくて耳に入ってこない。

「ちぃとやりすぎちまったか？　まぁ自分で治せるだろ」

と、ゴルドさんが近づいてきた。

そして膝をついている僕の前に屈んで話を続ける。

「大体Cランクってぇところか。見た目の年齢を考えたら十分将来有望だろうな。それとも、お前はハーフエルフとかだったりするのか？」

「ハーフエルフ……では、ないですよ。年齢も見た目のまま、一五歳です」

「その落ち着きっぷりが怪しいんだがな」

そう言われてしまうと苦笑いしか出ない。

ハーフエルフ。つまり長命種かと疑われているらしい。

数はかなり少ないらしいけど、ハーフエルフなら耳が普人族と同じ長さの場合もあり、寿命も若い期間も普人族より長い。

その場合、見た目は子供、頭脳は大人、その名は名ヒーラー、ルーク！　みたいな感じになって見た目よりも多くの経験を積んでいる可能性があるのだ。

まぁ実際、実年齢よりちょっと若くしたし、ハーフエルフではないけどクォーターエンジェルだし、かなり惜しいところまでは当てられている。そういう意味も含めて苦笑いが出てしまう。

◆　◆　◆

部屋の扉をパタリと閉め、倒れるようにベッドに寝転がる。

「うぐっ……」

「キュ！」

脇腹からの痛みに声が漏れ、フードから投げ出されたシオンが抗議の声を上げる。

やっぱりただのヒールだとあの傷は治しきれないみたいだ。

魔法はＩＮＴが上がれば効果が上がるけど、下位の回復魔法では限界があるのかもしれない。

「神聖なる光よ、彼の者を癒やせ《ホーリーライト》」

脇腹に当てた右手から広がる輝くオーラが傷を癒やしていく。

そして数秒後、今までの痛みが嘘だったかのように消えていた。

「やっぱり神聖魔法は凄いや」

折れていた脇腹をさすりながらつぶやく。

手の感触的にも大丈夫そうだ。

ダンの傷を治した時に気付いたけど、このホーリーライトは大体の傷なら治せるっぽい。

内臓に損傷があるレベルの裂傷（れっしょう）に骨折。ここまでいけたら大体はいけるはず。

ただ欠損した部位を元に戻せるかは分からない。それはちょっと試してみようとも思えない。

「う～ん、しかし……ゴルドさん、強かったなぁ」

体を起こしてベッドに座り、シオンを膝の上に置いて撫でながら演習のことを考えていく。

この世界はレベルアップ――女神の祝福によって能力が上がる。それは理解していたし、実感もしていたけど、こうやって高レベルの圧倒的格上な人と戦ってみると改めてその効果の凄まじさを実感する。

女神の祝福は力や魔力だけでなく、防御力やスピードなど全ての能力を上げる。高レベルになると僕の頭の中にある人間の枠など大幅に飛び越えてしまっていて、僕とゴルドさんぐらいレベル差があると、もはや工夫や戦術といったモノはほぼ意味がなくなっていた。仮に今の僕が万全の状態でゴルドさんの寝込みを襲ってもまず勝てないだろう。それぐらいの差があった。

「なにか考えないとな」

ゴルドさんぐらい強い人は多くないはずだし、そうそう出会わないだろうけど、そういう人となにかの拍子に出会ってしまって敵対してしまった時のための『ナニカ』は考えていく必要はある。

しかし、そうはいっても今は女神の祝福を得るぐらいしか思いつかない。

その他の確実性がない方法だと、新しい神聖魔法に期待するとか、凄い能力を持つアーティファクトを探すとかだけど、前者はともかく後者は難しいだろう。凄いアーティファクトは皆が狙っているしね。

神聖魔法に関しても地道に探していくしかない。情報がない以上、狙って探すのは無理だ。

「キュ」

シオンが鼻をヒクヒクさせ、僕の膝の上から立ち上がってこちらを見た。

「もうそんな時間か。じゃあ行こうか」

「キュキュ」

シオンをフードの中に入れ、ベッドから立ち上がって部屋の外へ出る。

少し赤くなってきた太陽に照らされた階段を下りていると、やっと僕の鼻にも良い香りが届くようになってきた。

一階に下り、いつものように食堂に入って列に並ぶと——なんとなくいつもとは雰囲気が違う気がした。

なんだか皆がこちらを注目しているような——

「おい、新人！」

「えっ」

背中をバチンッと叩かれて振り返るとガタイの良い男が立っていた。

誰だっけこの人。見覚えがあるような、ないような……。

「やるじゃねぇか！　ゴルドさんに手傷を負わせるなんてな！」

「えっ、ありがとうございます？」

いきなり褒められてちょっと驚いていると、前に並んでいた人がこちらを振り返った。

「ん？　おぉ、さっきはキッチリ治してくれて助かったぜ！」

「あぁ、はい」

えっと、こっちの人はゴルドさんに顔面を殴られてた人だっけ？

しかし、いつもは皆こちらに関わろうとしてこなかったのに、いきなりフレンドリーに一八〇度変わって困惑してしまう。食堂のおばちゃんにも「あら！　頑張ったらしいじゃない！」などと言われたし、どうやらさっきの演習のことが噂になっているみたいだ。

「おーい、こっちだ！」

「おいおーい」

今日の夕食を持って席を探していると、近くのテーブルからサイラスさんとシームさんが手を振っていた。

それに応え、彼らが座るテーブルの空いている席に座る。

「大活躍だったな。まさかゴルドさんに一撃入れるとは思わなかったぞ」

「うんうん」

「いえ、たまたま……というかゴルドさんが手加減してくれたからああなっただけですよ」

あれはゴルドさんがこちらの力量を測るために攻撃の機会を与えてくれたから成功した奇策で、僕のどの攻撃もゴルドさんからしたら本来避ける必要すらない攻撃だったはず。ゴルドさんが本気なら、攻撃する前にこちらが瞬殺されていた。

「いや、マジで凄かったぜ！　あの流れるような連撃とか、ここの騎士団の奴らでも真似出来ない。ルークはどこかでちゃんとした技を習ったんだろ？」

「あぁ、まぁそうですね。実家で親から習ってました」

「親か……じゃあ騎士の家か、貴族か」

「とんでもない！　そんな立派なモノじゃないですよ！　まぁ……神官、みたいな感じです」

なんだか変な誤解が生まれそうだったので咄嗟に否定する。

貴族とか騎士とか、そういう家の生まれなどと思われると後々面倒になるかもしれないし。

「神官の一族か。……そういえば全ての神官が武術を修めている国があると聞いたことがあるが……」

「いや、そういう国ではないですけどね……。それより、騎士団ではちゃんとした剣術とかを習えるんですか？」

話が面倒な方向に進みそうになったので無理やり軌道修正する。

「そうらしいぜ。確かナントカ流の先生が教えてるとか聞いたはずだぞ。なあ？」

「そうだっけ？」

いや、ナントカ流では分からないけど。

ローブのフードの中からシオンを取り出し、膝の上に乗せる。

「確かこの国が王国だった時代から騎士団に剣術を教えている一族という噂で……まあいい。剣なんて振り回してれば誰でもそれなりに使えるようになるし俺たち冒険者は大体自己流なんだが、ルークの戦いを見ていると俺もちょっと技を習いたくなってきたぞ！　こう、攻撃の後に流れるように次の動作に移って……なんて言えばいいんだ？　全ての動きが次の動きにつながっているような……」

そう言いながらサイラスさんは身振り手振りを交え、なにかを表現しようとした。

ブラウン色のパンをちぎってシオンの口元へ持っていき、スプーンでシチューをすすりながら疑問を口にする。

「そのナントカ流の先生には教えてもらえないんですか？」

「それは無理だろうな。騎士団と貴族の子弟にしか教えてないと聞いた。そもそもその先生がどこにいるのかも俺は知らないから頼みようがないしな。まぁギルマスやゴルドさんなら知っているだろうが、まず紹介してもらえないだろう」

「シオン～ほらほら！」

シームさんがどこからともなく取り出した乾燥肉をフラフラと振ってシオンを釣ろうとする。

それにまんまと釣られたシオンは首を左右に振り、そして飛び付いた。

やっぱり武術とかは基本的にあまり外に広めないようにしているのだろうか？　確か日本でも昔は門外不出や一子相伝の流派は少なくなかったはずだし、可能性はあるな。

技術や知識は財産だ。現代日本だと武術を使う必要なんてないから技を秘匿し続ける意味が薄くなり、情報化社会で隠しても隠しきれなくなって様々な技術が公開されるようになったけど、こういう世界なら価値は高いはず。

そういえばダンもギルダンさんの店に来ていた冒険者に頼んで剣の扱いを教わったと言っていた気がするし、思い返してみると町中で武術の道場みたいな場所を見た記憶もない気がする。ギルドにもそういうスペースはなかった。やっぱり一般人に戦闘技術を教えてくれるような場所は少ないのかもしれない。

「まぁよく考えてみたら面倒そうだし、俺には合わないな」

「シオンはなんでも食べられておりこうさんだね！」

シームさんがどこからともなく取り出した干しフルーツをシオンに与え、次によく分からないトカゲっぽい爬虫類の干物を取り出したところでシオンを抱き上げ、膝の上に戻す。

その得体の知れない物体はシオンにはまだ早いので、また今度でお願いします。

う〜ん……。いや、そもそもこの世界の人々は、こと戦闘に関しては脳筋というか……技をあまり重要視しない傾向がある、ように僕には見える。

例えば今日戦ったゴルドさんにしても、硬く、速く、パワーがあって、反射神経が良い。それはそれで凄いのだけど、技術的に凄いという感じではなくて……つまり基礎的なパラメーターの差が凄いのだ。

その身体能力の差で押しきられた。

そうなってしまうのも当然。この世界には女神の祝福という地球には存在しない分かりやすい『システム』があるのだから。

魔物を倒してレベルアップすれば明確に能力が上がる。それは成長しているか分かり辛い練習を毎日積み重ね、少しずつ技術を上げていくより圧倒的に分かりやすく、シンプルに強くなる。地球でもこの女神の祝福というシステムがあったらあれほど武術は進化しなかったはず。

そういう状況だから、そもそも武術の需要が一般にはあまり高くないのかもしれない。でも騎士とか貴族とかの間ではその重要性が認識されていて需要が高い、とか？

まぁ今はなんとも言えないかな——

「おいっ！」

二人と話していると突然、横から大きな声がした。

どこかで聞いたことのあるその声に嫌な予感を覚えつつそちらを見ると、予想通りサブスがいた。

「いいか!?　俺は認めないからな！」

彼は大声でそう言い放つと、すぐに踵を返し食堂から出ていった。

それを見送り、目線を二人へ戻す。

サイラスさんは無言で肩をすくめながら首を振り、シームさんは両手で耳を塞いでいる。

実力は示したはずだけど、認められるどころか余計に敵視されている気がするんだけど……。さて、どうするか。

でも、前回より良くなったこともある。それは食堂の雰囲気。以前サブスと会った時とは違い、ネガティブな視線は少なくなった気がする。

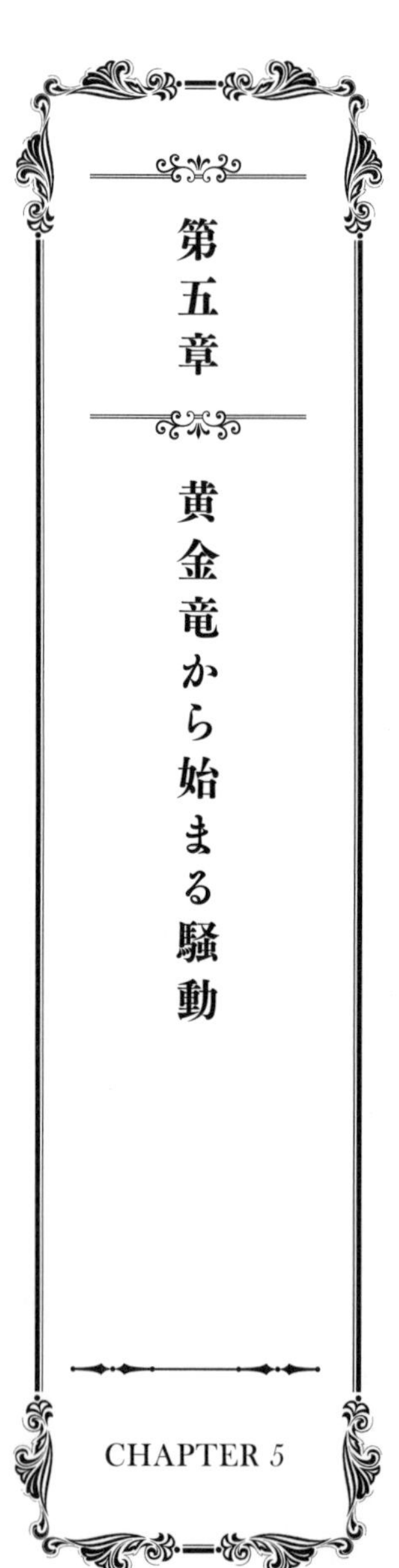

第五章　黄金竜から始まる騒動

CHAPTER 5

翌日、いつものようにシオンをローブのフードの中に入れ、町に繰り出した。

今日も空は青く輝き、太陽の光はポカポカと温かい。

時季的にそろそろ真夏になる気もするけど、そこまで暑いとは感じない。日本の真夏のようなムシムシがないおかげなのか、ヨーロッパのように気温がそこまで上がらない気候なのか、そもそも一年の日数が地球よりもっと長いのか、そこはよく分からないけど、とにかく助かっている。このエアコンどころか扇風機すらない状態で日本の真夏が顔を出したら生きていける気がしない。

ミミさんのメモを片手にクランハウスのある南側から中央を目指して歩いていく。

今日の目的地は町の中央付近にある本屋だ。これまでも町や村に立ち寄ったら可能な限り本屋を探して神聖魔法の魔法書がないか調べていたけど、今回はこの町に詳しいミミさんに情報を聞けたのは大きかったと思う。流石にこの大きな町を全て自力で調べるのは大変だしね。

馬車が行き交う大通りに出て北進していると、武具とか謎アイテムを扱っている露店を見付けた。鞘に収められた剣とナイフが数本。服のようなものと箱のようなものと、なにかのスクロール。その他、色々。少し気になって足を止める。

「これ、抜いてみてもいいですか？」

露店の前で屈みながら剣を指差し店主の男にそう聞くと、彼は「あぁ、いいぜ。自由に見ていってくれ」と言った。

店主の了解は得たので適当に選んだ一本の剣を鞘から抜き観察していく。

形はシンプルな両刃の直剣。銀色に光る剣身は歪みもなく、波うってもいない。……ように見える。色的に材質は鉄で、刃こぼれもなく、普通に良さそうに感じるけど、どうなのだろうか？

その後も他の剣やナイフをいくつか見ていったけど、どれも『普通に良さそうかな』としか感想は浮かばなかった。

「どうだ、どれも良い剣だろ？」

「あぁ……そうみたいですね」

「そっちの剣は伝説の鍛冶師エルデが鍛えたとされる剣だ。そしてこれはとある公爵家に秘蔵されていたとされる剣で、こっちは――」

露天商の説明ではどれも凄そうに感じるが、ぶっちゃけよく分からない。

伝説の鍛冶師とか、どこ産の鉄だとか、そういう知識は流石に持ち合わせていないしね。

次に箱を手に取って調べてみる。

材質は木材がベース。角を金属で補強してあり頑丈そうに見える。蓋も同じように補強がしてあって、そこに鍵穴らしき穴が一つ。いかにも『宝箱！』といった感じがする。しかしこの箱がなんなのかよく分からない。

「これは？」

「箱だな」

「箱？」

「鍵もかけられるぜ！」

「あっ、はい」

なにかありそうに見えてなにもない。ただの箱らしい。

いや、でもこちらの世界の鍵といえば閂みたいな単純なものばかりで、僕らにはおなじみ、棒状の鉄にギザギザが付いたアレを鍵穴に差し込んでクルッとカチッと回す系の鍵は高級ホテルぐらいでしか見ていない。もしかするとこれは地味に凄い物なのかも。

そう考えながらドヤ顔の店主を一瞥し箱を置き、スクロール――紙をクルクルと巻いて紐で留めたものを手に取った。

「そいつは火種のスペルスクロールだ」

「スペルスクロール……？」

「そうさ、それを使うと誰でも封じ込められた魔法が使えるんだぜ！　このあたりのダンジョンじゃ出ないからな。珍しいだろ？」

スペルスクロール？　使うと魔法が使える？　このあたりのダンジョンじゃ出ない？　そんなものが存在するという話、聞いたことあったか？　南の村で読んだ初心者向けの魔法解説本にも書いてなかった気がするけど……。いやでも、ダンジョンから出るアイテムはダンジョンごとに違(ちが)っているし特定のダンジョンでしか入手出来ないレアなアイテムもあるだろう。遠方にあるダンジョンでしか手に入らないレアなアイテムの情報が一般(いっぱん)に広まっていない可能性は普通にあるはずだ。

「で、いくらなんです？」

「金貨一〇枚だ」

「……ちなみに、何回使えるんですか？」

「そりゃ勿論(もちろん)、一回だぜ！」

「あっ、はい」

いや流石に高すぎでしょ！　生活魔法を一回使うために金貨一〇枚はちょっと出せない。それにその値段なら似た効果の魔道具とかが買えてしまうはずだし。

火種のスペルスクロールとやらを地面に敷(し)かれた布の上に戻(もど)す。

「おいおい、これは遠方から輸入してきた貴重な一品だぜ！　ここいらじゃお偉(えら)いさん向けのお高い店でも中々置いてないはずだぞ」

「今回はご縁(えん)がなかったということで」

適当な返事をしながら立ち上がり、踵(きびす)を返す。

う～ん、スペルスクロールというアイテムは凄く気になるけど流石に値段が値段だし……。

そう考え、歩きながら顎(あご)に手をやり首をひねる。

いや、そもそもスペルスクロールというアイテムは本当に実在するアイテムなのだろうか？　高い店でも中々置いていないらしいアイテムをこんな露店が普通に扱っているものなのだろうか？

よく考えると並んでいた剣にしても凄そうな肩書を持つモノばかりだったし嘘っぽい。つまり全てが嘘である可能性の方が高いのでは？

立ち止まり、肩越しに後ろを振り返って露店を見る。

「う～ん……」

「キューン……」

なんでもかんでも調べられる鑑定能力的なモノでもあれば話は早いけど、人生そう上手くはいかない。僕の持ってる鑑定能力っぽい能力は神聖魔法の魔法書などごく一部のアイテムしか調べられないし、なにが正しくてどれが嘘なのか、自力で見極められるように地道に知識を蓄えていくしかないね。

大通りを進み、屋台で腸詰め肉の串焼きを買ってシオンと食べたりしていると、ザワザワとした人混みの中からポロンポロンと弦を弾く音が聞こえてきた。

一人と一匹で腸詰め肉をかじりつつ、その音に誘われるまま足を進めた。

大通りから一本中に入った道。お店の裏側っぽい場所に積み上がった木箱。そしてその上に腰掛けた男の手の中から流れるゆったりとした旋律。

男をまばらに取り囲むギャラリーの中に紛れ込み、男を観察する。

男は金色の髪に整った顔で、上質な布で作られたゆったりとした服に身を包み、つばの広い円形の帽子をかぶっていた。手の中の楽器は見たことのない形。長方形の箱に弦を張ったような作りで、それをギターのように抱えて演奏している。全体的な風貌はエレムの北側にある高級店などで見かけたお金持ちに近い。吟遊詩人というか、その整った顔もあって貴族と名乗られたら信じてしまう気がする。

前奏が終わったのか、男はゆっくりと唇を開き、詩を紡ぎ出した。

「その日、男は、恋に落ちた。屋敷で、新しく雇った、メイドの少女。あぁ、それは素晴らしき出会いだった――」

そういう歌い出しで始まったそれは、まさしく『詩』だった。

現代の地球の『歌』とは少し――いや、まったく違う、メロディに乗せて歌う『詩』。

歌というより物語というか、朗読に近いのかもしれない。

その物語のストーリーはどうやら恋愛系。貴族の男とメイドの少女の恋物語らしい。

男を取り囲むギャラリーを改めて見回してみると若い女性が多く、彼女らは主人公とヒロインの恋模様を聴きながらクスリと笑ったり頬を染めたりしている。

その光景になんとなく新鮮味を感じつつ、「たまにはこういうのもいいかも」と、ギャラリーと一緒に物語を楽しんだ。

「おぉ父上よ、なぜ駄目なのですか？　私は彼女を、愛しているというのに――」

どうやら物語は山場を迎えたようで、二人の間に壁が立ち塞がる。

貴族の男とメイドの少女は互いに想い合っていたが、メイドの少女の身分が低いため親には認められず、メイドの少女は別の屋敷へ転属になってしまった。

ギャラリーの若い女性たちもハラハラとした表情を見せる。

話は既に終盤。弦を弾く男の指に力がこもり、その声は熱を帯びていく。

「ララ～、少女は崖から身を投げ――」

「って、バッドエンドかよ……」

「キュキュー……」

ララ〜じゃないっての！　とツッコミたくなるのを抑えて息を吐く。

どうやら貴族の男との関係を認められなかったメイドの少女は、思い悩んで崖から身を投げ命を絶った。というところで本当に終わりらしい。

周囲からは女性のすすり泣く声が聞こえてくる。

こういう物語って王道的にハッピーエンドの方がウケがいいはずだし、てっきり逆転ホームランでハッピーエンドだと思ってたのに……。

「それではこれにて終了。ありがとうございました！」

吟遊詩人の男は大きな帽子を取って優雅に頭を下げ、それをひっくり返して目の前に掲げた。

女性たちは涙を浮かべながらその帽子の中にコインを入れていく。

結局、最初から最後まで全部聴いてしまったので僕も銀貨を一枚入れておくことにした。

「なんだか暗い気分になっちゃったね、シオン」

「キュ……」

しかしシオンはなんとなくこちらの喋る内容を理解しているっぽいけど、さっきの物語まで理解してたのだろうか？　なんとなくシオンも暗い顔をしている気がするし、そんな気もする。

まぁでも娯楽の少ない世界だし、こういうのは普通に良いよね。なんだかんだで僕も普通に楽しんだし。この世界でこれからの人生を楽しく生きるなら、こういう娯楽も沢山見付けていくべきなんだろう――

「あれ、は？」

どこかで誰かが発したらしい言葉がやけに鮮明に耳に届いた。

周囲がざわつき始め、やがて人々がなにかに気付いたかのように空を見上げ始めた。

それに釣られるように、僕もまた空を見上げた。


「お、黄金竜だ！」


誰かの叫び声。

それに被さるように、「黄金竜だ！」「なぜ出てきたんだ！」という声が上がり、周囲が、町全体が喧騒に包まれていく。

「黄金竜……」

それは、クラン『黄金竜の爪』の名前の由来になった存在。

全身を黄金色の鱗で包み、大きな二枚の翼をはためかせ、町の上空を飛んでいく存在。

その姿は地上から見る限り拳一つ分程度の大きさでしかないけど、それが実際はとてつもなく巨大であることは想像出来た。今まで見たモンスターの中で一番大きかったのはグレートボアだけど、それよりも圧倒的に大きいことは間違いないだろう。

あれに襲われたら、この町でもひとたまりもない。

そう思えるほどにその姿は神々しくもあり、光り輝いて見えた。

幸いなことに黄金竜はこちらのことなど眼中にないのか、黄金色の翼をはためかせ、西の空へと

消えていったのだった。

黄金竜が見えなくなった後も周囲のざわつきが収まるわけもなく。どこかへ走り去る人や、店じまいをし始める露店がちらほらあったり。とにかく今はゆっくり買い物が出来る感じではない。

「これは、どうする？　……とりあえずクランハウスに戻るべきかな？」

クランならなにか情報を持っているかもしれない。

うん、本屋は次回にしよう。なんだかそういう空気でも気分でもなくなってきてるしね。

そう決めて道を引き返していると、大通りはさっきまでとは違って不思議な空気に包まれていた。

モンスターが町を襲ったなら、それは勿論やるべきことは決まっているが、モンスターが町を素通りして消えていったわけで……町の住人もどうするべきか対応に困っている感じだろうか。

町の住人や冒険者っぽい人々が道のいたる所で真面目な顔をしながら話し合っているが、イマイチ答えが出ていない感じだろうか。

「あっルークさん、帰ってきたんですね」

クランハウスへ戻り、誰かを探そうとして食堂の方へ歩いていると書類を抱えたミミさんを見付けた。

「はい、なんだか買い物が出来る雰囲気ではなくなっていたので。それより、黄金竜が出たのですが、なにか情報とかないですか？」

「それはこれからです。騎士団とも話し合って今後の対応を決める予定ですので、とりあえず待機でお願いしますね」

「分かりました。……あの、黄金竜ってこの辺りを頻繁にウロウロしたりするのですか？」

町の人々の反応からして恐らくそれはないだろうと思うけど、とりあえず聞いてみた。

「いえ、黄金竜は基本的に北東にある『竜の巣』と呼ばれている山脈から出てきません。しかし過去に何度か出てきたという資料は残っているので、今回が初めてではないのですが……」

ミミさんはそう言いながら手に持つ書類に目を落とす。

「正確には分かりませんが、黄金竜はSランクかそれ以上のモンスターだと考えられています。それだけ強大なモンスターが動くと周辺のモンスターにも影響を与えるようで、過去の例を見ましてもモンスターの勢力図が塗り替わったりして……とにかく予想もつかない事態が起こりえます。もしかするとスタンピードが起こるかもしれません」

「……なるほど」

「……キュ」

僕の肩越しに顔を出したシオンが僕と同じように相槌を打つ。

確かランクフルトでスタンピードが起きた時もグレートボアの移動が原因と言われていたはず。

今回もまたそういう事態が起こるのだろうか？

それにしても、この世界に来てから行く先々で大きな問題と遭遇している気がする。スタンピードはそんな頻繁に起こることではないと聞いていたし……実際そんなに頻発してたら庶民の生活は成り立たないはずだしね。行く先々で殺人が起こる某探偵が死神扱いされていたけど、もしかすると僕もそういう疫病神的な存在なのだろうか、と少し考えてしまう。

別に波瀾万丈な人生は望んでないんだけどなぁ……。

　ミミさんに黄金竜情報のお礼を言い、なんとなく部屋に戻りかけたけど、窓から空を見てみると黄金竜のいない空はまだまだ青く、日没までまだ時間があるように感じた。

「時間もあるし黄金竜について調べてみようか」

　上りかけていた階段を下り、資料室へと向かった。

　資料室に入って端から黄金竜関連の書籍を探してみたけど中々目的の資料が見付からない。

　周辺モンスターの情報が書かれた木の板をチェックしてみても黄金竜の情報はナシ。

　黄金竜に関する資料はないのだろうか？　あったとしても、なにかの本の中に少し書かれている情報を探すのはちょっと骨が折れる作業だぞ。

　インターネットなど存在しないこの世界で調べ物をするとなると人力の総当たり戦になる、という事実にため息が出そうになってしまう。

「あっ！　黄金竜関連の資料はミミさんがさっき持って行ったのかも」

　思い出してみるとミミさんは本とか紙の束を抱えていた気がする。

　これから話し合う的なことを言っていたし、そういう資料を資料室から持って行った可能性は高い。

「う～ん、まいったな……」

「……どうしたの」

「うおっ」

　いきなり後ろから話しかけられてちょっとビックリする。

マギロケーションの発動中ならそんなことはないけど、あの魔法は効果時間が一時間程度なので外に出ている時とか人の目がある時は発動しにくくて切らせてしまうことがあり、たまにこういうことになってしまうのだ。

マギロケーションは周囲の気配——というか、気配というあやふやなモノどころではなく完全に把握出来てしまう便利な魔法なおかげで、最近はそれに頼りすぎているのかもしれない。昔は常に無意識に周囲の気配を探っていたはずなのに最近は疎かになっている気がする。このあたりもちゃんと考えないといけないのかも。

「あぁっと……黄金竜の情報を調べたいんだけど、見付からなくて……」

「……そう」

その一言を残し、彼女——ルシールは部屋の奥へと消えていった。

んんん？　えっと……『……そう』ってどういう返事？　どうすればいいの？

と、不思議に思っていると、ルシールが戻ってきて一冊の本を差し出してきた。

「……はい、これ」

「えっ？　あっ、ありがとう！」

その本の表紙には『近代アルノルン史』という文字。

う～ん、このタイトルだと自分では探せなかったかも。……というかこれに黄金竜の情報が書いてあるから渡してくれたんだよね？　彼女のキャラクターがいまいち掴めなくて、全然関係のない本のような気もしてしまう。

などと考えながら窓側の席に座って本を開く。

窓からは気持ちの良い風が吹き込んできて心地よさを感じると同時に、僕の意思を無視してページをめくろうとする煩わしさも感じ、それを手と心で軽く押さえながら本を読み進めた。

軽く読んだ感じ、このアルノルンの町で起こった一〇〇年分ぐらいの出来事が纏められているようで、全体的にだけどこの町を治めるシューメル家への称賛的な論調が目立つ気がした。

まぁこの世界で本を作ろうとする人なんて金持ちとか研究者とかだろうし、こういう本だと十中八九シューメル家そのものか、シューメル家となんらかの関係がある人が作っているのだろう。大体、こういう歴史書なんてものはその時の執政者に都合良く書かれるのが歴史の常だし、そのあたりは仕方がないのかもしれない。

目的の部分を探してパラパラと流し読んでいると、真ん中ぐらいのところでそれらしき記述を見付けた。

「えぇっと、カナディーラ共和国暦一一八年、突如として黄金竜が竜の巣を離れ、北へと飛び立ったという報告が入る。国境を越えたため追跡を断念。同年、竜の巣を調査していたボロック・ワークスが黄金竜の爪を持ち帰る……って」

ボロックさん、こんなところに出てきたよ！　ヨーホイヨーホイ言ってるだけの爺さんじゃなかったんだね……いや、あの動きからして只者ではないとは思ってたけどさ。

う～ん、そうか、このクランはボロックさんが黄金竜の爪を持ち帰ってきたから『黄金竜の爪』という名前になったのだろうね。

「ふむふむ、黄金竜が消えた後、周辺地域でモンスター同士の争いが激化。街道に出てくるモンスター数の激減。産業に大きな悪影響。その後、黄金竜が竜の巣に戻ってきたことにより安定化する」

へー、なるほど。黄金竜が消えたことでスタンピードのようなヤバい状態になったのかと思ったら、逆にモンスター数が減ってそれはそれで悪影響が出たと。まぁこの世界の町はどこもモンスターから取れる素材を利用する生活スタイルが定着してるし、モンスターがいなくなったらいなくなったで困るのか。

「あった？」

いつの間にか向かい側の席に座っていたルシールがそう言った。

「あっ、うん。黄金竜についてはなんとなく分かったかな？」

「そう」

黄金竜の細かい情報に関しては分からなかったけど、黄金竜が人の社会に与える影響については分かってきた。

それにしてもルシールの第一印象はとっつきにくい感じがしたけど、こうやって喋ってみると彼女はただ口下手なだけで悪い人ではないっぽいよね。

黄金竜について調べ終わり、夕食まで少し時間があることもあり、彼女と色々なことについて話した。

「へー、ところでルシールの部屋ってなんで資料室の中にあるの？」

「……お母さんはこの屋敷で働くメイドだったんだけど、本が好きだった私のためにこの部屋に移ったと言っていたわ」

「おぉ、そうなんだ」

「お母さんが元気だった頃はよくこの机で一緒に本を読んでいた。私はここで、お母さんはこっち……」

　ルシールはそう言いながら、なにかを思い出すように目を細めた。

　なんとなく、というか思いっきり、触れない方がよかったであろう話題に触れてしまって言葉に詰まる。

　ちょっと気になったことを聞いてみたらこれだよ……。

　場の空気を変えようとして咄嗟に別の話題を振っていく。

「じゃ、じゃあ、お母さんがここのメイドならお父さんはクランに所属している冒険者だったりするのかな？」

「さぁ……お母さんはなにも言わなかったから」

「そ、そうなんだ……」

　資料室に沈黙が訪れた。

　窓から入ってきた風が優しく頬を撫で、フードの中のシオンがピクリと体を震わせる。

　な、何故この話題をチョイスしてしまったのかな？

　これは二球続けて同じコースにスローカーブを投げてホームラン打たれるぐらいの配球ミス！

　余計に気まずくなったぞ！

　そんな僕を助けようとしたのか、それともお腹が空いたのか……十中八九後者なのは間違いないけど、シオンがフードの中から這い出してきて「キュ！」とひと鳴きした。そろそろ夕食の時間らしい。

「夕食出来たみたい！　食堂行かない？」

「……そうね」

◆　◆　◆

「あれっ？　ルシールがこの時間に食堂に来るなんてめずらしーじゃん！」

「……彼に誘われたから」

「ルシールは本を読み始めると時間忘れちゃうもんね」

食堂に行くと、いつものテーブルにサイラスさんとシームさんがいて、僕たちもそこにお邪魔することにした。

今日もいつものシチューにいつものパンと串焼き腸詰め肉。そこらの宿屋のメシよりは断然美味しいので、そこは嬉しいところだ。

腸詰め肉を一本、串から外してシオンに渡す。

渋谷のハチ公像で知られる忠犬ハチ公は死後その胃袋の中から数本の竹串が発見されていて、与えられた焼き鳥を竹串ごと食べてしまっていたという話もあるので、これは気を付けているところ。

まぁシオンなら大丈夫な気もするけど、念の為にね。

「ルークは黄金竜、見たか？」

「はい。昼間、外に出てたらいきなり上空に……凄かったですね」

「俺たちは森に入ってたから見られなかったんだよなぁ！　一度、見てみたかったんだが……」

「サイラスが、たまには森に行きたい、とか言うから！」

「しょうがないだろ！」

どうやらサイラスさんは黄金竜を見ていないらしい。

軽く周囲のテーブルを窺ってみると、やはりどこも話題の中心は黄金竜みたいで、クラン中がこの話題一色になっているようだ。

しかし冒険者たちの顔には悲愴感というものはなく、むしろ黄金竜の体のようになにかがギラギラと光り、上手く説明出来ないけど、なにかを待ちわびているような……そんな雰囲気を感じた。

「サイラスさん、どうして皆はあんなにやる気になってるんです？」

「あぁ、それか」

クラン中が黄金竜の話で沸き、なにかを期待しているような雰囲気を感じるけど、ぶっちゃけアレに手を出してどうにかなるようには思えないし、クランの皆がどうして期待しているのかが分からないのだ。

「ドラゴンってのはな、畏怖の対象だ」

それはまぁ、なんとなく想像出来る。ドラゴンはどれも強いらしいし。僕も怖い。

「しかしな、俺たち冒険者にとっちゃ幸運の象徴でもある。何故だか分かるか？」

「……」

少し考えてみるけどイマイチ想像出来ない。

ドラゴンに遭遇したらあの世行き濃厚で、どう考えても不幸一直線だろう。

強い冒険者ならドラゴンを倒して大儲け出来るだろうけど、『俺たち冒険者』というなら冒険者全体の話だろうし、違う気がする。

めったに遭遇しないから、レアすぎて運が良いとか？

地球でも伝説上のモンスターが信仰の対象になったりしたし、そういう感じの話だろうか？

「ドラゴンはな、全身が全てお宝なんだ。牙は剣に、革は防具に。肉だって最高級食材だ。奴らが移動する時、稀にそのお宝を落としていくのさ」

いやいや……ドラゴンって歩きながらその辺に手足とか内臓を落としていったりするのか？　ゾンビじゃあるまいし……。

って、そういう話じゃない？

「おいおい、なにを考えてんだよ。鱗だよ、鱗。毛とか牙もあるがな。黄金竜の鱗なら一枚で一生分の稼ぎだぜ。今は周辺の町中の冒険者という冒険者が全員、目の色を変えているはずさ」

「あぁ、なるほど……」

そうか、だから黄金竜が街の上空を横切った時、走り去る人がいたのか。あれはてっきり危険を察して町から逃げたのかと思ったけど、即アイテム探しに出たんだな。

「まぁ、ドラゴンが移動したからって絶対に鱗を落とすわけじゃないからな。探したって普通は見付からんぞ！」

「そんなこと言って！　さっきまで、鱗探しの旅に出るぞ！　って言ってたじゃん！」

「ここでそれを言うなよ！」

そんな感じに夕食の時間は過ぎていった。

良い感じに酔っ払ってきたので皆と別れて部屋に帰る途中、少し熱くなった体を冷やそうと中庭に出て夜風に当たる。

食堂からは今も冒険者たちの声が響いてきている。

まだまだ彼らの夜は終わりそうにない。

「ちょっと飲みすぎたかな……ん？」

中庭の中央付近にある小さな東屋。そこへと続く石畳の道の側の芝生の上でキラリと光るなにか。

その光に不思議な怪しさを感じつつ、ゆっくりとそこに近づいてみると、月明かりに照らされ淡く輝く金色の物体。

「……なんだこれ？」

指先で軽くチョンチョンとつついてみて、大丈夫そうなので指先でつまんで拾い上げた。

「指輪？　ちょっとよく見えないな……光よ、我が道を照らせ《光源》」

光源の魔法を使い、その光の下で観察していく。

直径は二センチぐらい。形はリング状。色は薄い金色で、表面には見たことがない文字のような模様が描かれていた。

「う～ん……指輪、だよね？」

周囲を見回してみても落とし主っぽい人はいない。

ここに落ちているということは、持ち主はまず間違いなくクランの関係者。僕と同じように食堂からの帰り道に夜風に当たりにきて指輪を落とした、という感じだろうか。

う～ん……食堂に戻って誰かに持ち主について聞いてみるべきかもしれないけど、もし名乗り出た人が持ち主ではなくて後で問題になったら面倒なことになるな。

「おーい、夜の中庭で光源の魔法は使うなよ！」

「あっ、はーい！　すみません！」

上の階からの苦情の声が中庭に響く。

慌てて光源の魔法を消して中庭から出た。

各部屋の窓側は中庭に面してるんだった。気を付けないと……。

結局、指輪を持ってきちゃったし、今日はもう遅い。明日の朝ミミさんに事情を話して指輪を渡そう。たぶんそれが一番確実で問題になる可能性は低いはずだ。

◆　◆　◆

「……」

まどろみの中から意識が覚醒していく。

ゆっくりと目を開けると部屋は真っ暗闇の中。天井も見えない。まだ朝は遠そうだ。

お腹の上の重みを感じ、シーツから出した右手をそれに伸ばす。

フサフサの毛並みをサラッと撫でながら、なんとなく部屋の入り口を見ると——

「……うっ！」

漆黒の闇の中。そこに浮かぶ半透明で青白いナニカ。

白い肌。長い髪。ドレスのようなメイド服のような服装——女性。

ソレは存在そのものがブレるように、ゆらりゆらりと揺らめきながらそこに佇んでいた。

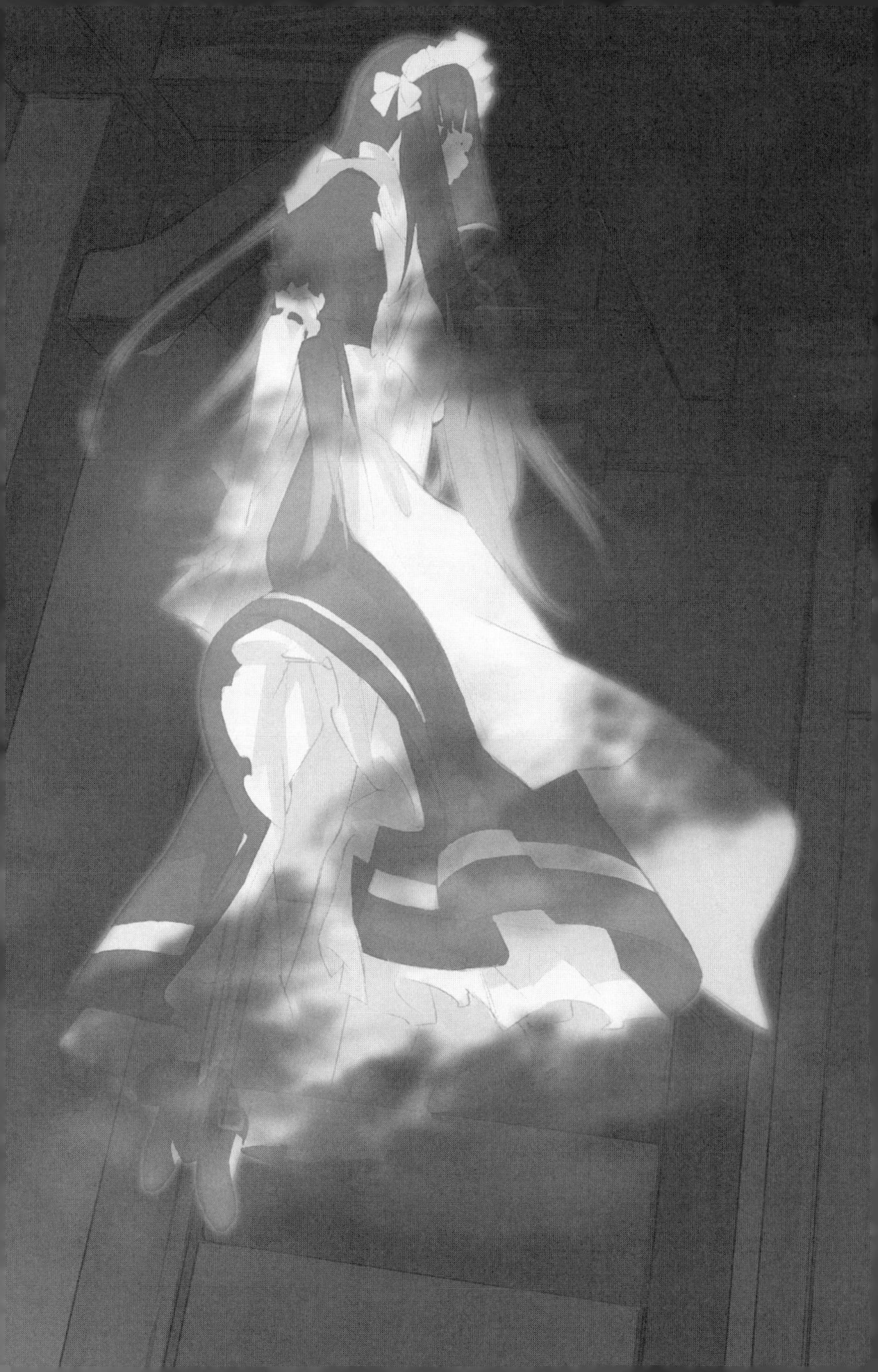

ソレを見た瞬間、分かってしまったのだ。この世のモノではないと。

エレムのダンジョンで見たゴーストとはなにかが違っていた。あれも人の形はしていたものの、もっと無機質で……まさにモンスターという感じだった。しかしこれはそのまま人の姿……。

いつもは隣の住人の寝息ぐらいは聞こえるのに何故か無音の闇の中、ソレから目を逸らせずにいた。

一瞬、チラリと思い出してしまったのだ。子供の頃に見てトラウマになったホラー映画の場面を。

主人公が幽霊と出会ってしまって立ちすくんでいると、違う方向から物音がして、そちらに気を取られている間に幽霊が消える。そして次の瞬間、後ろから——

もう、目を逸らすことも、身動きすら出来なくなってしまった。

額から汗が流れ落ちる。

何秒、何分、何時間経っただろうか。もう分からない。今は右手に触れるシオンの毛の感触だけが心を落ち着かせてくれる。

……いや、そもそも右手のコレは本当にシオンなのだろうか？　さっきは暗くて目では確かめられなかった。ただお腹の上に重さを感じ、それをシオンだと思っただけだ。僕はコレをシオンだと確認してはいない。確認していないのだ。もしかするとナニカの髪の——

——確かめたい。

そう考えた瞬間、視線がお腹の上へと泳ぎそうになり、慌てて意識を引き戻す。

ダメだ、恐怖から思考がダメな方向へ走っている。冷静になれ。……そうだ！　こういう時の魔法があるじゃないか！

エレムのダンジョンでアンデッドに使った浄化の魔法の存在をやっと思い出し、寝転がったまま右手をソレの方へと向ける。

「不浄なるものに、魂の安寧を……」

一つ一つ確かめるように慎重に呪文を詠唱していく。

魔力を練り込み、右手へと送り込む。その時になって僕はやっとソレの『目』を見ることが出来た。

ソレ――彼女の目は予想に反して澄んでいて、そして悲しそうで……なにかを訴えるようにこちらを見ていた。それを感じてしまい、魔法の発動を躊躇してしまう。

浄化はエレムのダンジョンでもゴーストに効いた。浄化をかければ彼女を消せるだろう。しかし本当にそれでいいのだろうか？　正しいのだろうか？　そう、頭の中に疑問が浮かび、グルグルと回る。

そうしている内に、彼女は悲しそうな目をしたままドアの方へとフワフワ進み、外へと消えていったのだった。

ふと机の上に意識を割くと、そこに置かれた指輪が妖しく輝いたような気がした。

暫くして起き上がり、お腹の上のモノがシオンだと手で確認。

今は何故か、さっきまで感じていた恐怖がほとんど消えていた。彼女のあの目を見たからだろうか。

しかし完全に目が覚めてしまったからか、眠るに眠れず。シオンを抱きしめてシーツに包まっているうち、気が付けば窓から陽の光が射し込んでいた。

「さて……と」

シーツから出てシオンを横に置く。そして机の上にあるモノを見る。

「これ、だよなぁ……」

黄金色に輝く指輪。昨日の夜、中庭で拾ったモノ。

これまでこの部屋で超常現象的なナニカを経験したことはない。これまでと違うことといったらコレの存在ぐらい。

「まさか呪いの指輪？　とかないよね？」

そうであってほしくなくて、わざと口に出す。

もしかして装備したら呪われて外せなくなるパターン？　そして満腹度の減りが二倍になるとか？　いや、そもそも装備してないよね？　装備しなくてもこれだけの特大効果があるってこと？

いやいや、ほんとやめてくださいよ……。そういうの、本当にいらないからさ。

う～ん、この指輪はミミさんに預けるつもりだったけど、本当にそれでいいのだろうか？　ミミさんに悪いことが起こるのでは？　……もうこっそり元の場所に戻しておいて知らぬ存ぜぬで通そうかな……幸いこの指輪を僕が拾ったことは誰も知らないはずだし。

とりあえず浄化しておくか……。

「不浄なるものに、魂の安寧を《浄化》」

とりあえず浄化しておいたけど、見た感じ指輪に変化は見られない。まぁ浄化の魔法に呪いをどうにかする効果があるかは分からないのだけど。

迷った末、指輪をミミさんに預けることに決め、一階の事務室へ向かった。

「ミミさんですか？　朝早く出かけられましたよ。黄金竜についての会議があるとかで、戻ってくるのは遅くなると聞いています。ご用がお有りでしたら伺いますが」

「あぁ、いえ。後ほど伺います」

なんとなく、この指輪をあまり多くの人に触れさせない方がいい気がして断った。

「ところで、なんですけど……このクランハウスで幽霊が出たという話とか、あったりしません？」

「はあ？　幽霊ですか？　……私が知る限りではないですが……」

「そうですか……。じゃあ、ここで亡くなった従業員の方とか、いませんか？」

「それは、まぁ歴史のある建物ですから……」

若い事務員さんが少し困惑気味にそう答える。

……そもそもの話、この世界の幽霊ってどんな扱いなんだ？　ゴーストとかレイスとか、アンデッドモンスターとしての幽霊が存在することは確定しているけど、人が死んだ後に化けて出る的な話もあるのだろうか？

気になったので、事務室を出て資料室へと向かう。

資料室でモンスター図鑑を手に取って窓際の席に座った。アンデッドモンスターの項目までパラパラと読み飛ばし、見付けたアンデッドモンスターの情報を端から精査していく。

「なるほど」

今になって考えてみると、エレムの冒険者ギルドにあった資料はエレムのダンジョンに出るモンスターの資料であって、モンスターそのものについての資料ではなかった気がする。

図鑑によると、ゴースト系の実体がないモンスターは、生物が生前なにかしらの強い想いを残した場合に発生しやすくなるのではないか、的なことが書かれていた。このあたりは調べようにも調べること自体が難しいので断定は難しいのだろう。そして高名な魔法使いがアンデッド化した場合、生前の記憶の一部が残る場合があるとも書かれていた。リッチなどの強力なモンスターはほぼ生前の記憶を有しているという。

「……」

まどろみの中から意識が覚醒していく。

ゆっくりと目を開けると部屋は真っ暗闇の中。天井も見えない。

頭の中がはっきりとしないまま、どこかで感じたことがあるデジャヴ感に包まれて次第に嫌な予感が大きくなっていく。

心を落ち着けるようにシーツから右手を出し、お腹の上の重みをワシャワシャと撫で。そして勇気を出してドアの方を見た。

「……」

白い肌。長い髪。メイドさんのような服を着た女性。間違いなく昨日も出た幽霊だ。

うん、まぁそうだよね、昨日と状況はなにも変わってないし！　また出るよね！

どうしようかなと考えながら、とりあえず体を起こしてベッドに座る。

暫く考えた後、勇気を出して彼女に聞いてみることにした。

「えっと、僕になにか用事でもあるの……かな？」

幽霊と話そうとしてはいけない、と昔どこかで聞いた気もするけど、そうも言ってられない。

すると彼女はクルリと後ろを向いて滑るようにドアへ進み、スルリとドアをすり抜けて消えていった。

「えっ⁉」

せっかく勇気を出して話しかけたのに、なにも言わずに消えちゃうの？　いや、もしかして、ついてこいってことなのか？　う～ん……どうしようか……。

と、考えてみたけど答えは決まっている。こうなるともう行くしかない。

「その力は全てを掌握する魔導。開け神聖なる世界《マギロケーション》」

右手から溢れ出した波動が周囲に広がって世界に浸透する。

夜中に明かりを使うのは目立ちすぎるので光源の魔法はナシだ。

ドアの奥へと意識を向けると薄くあやふやながらマギロケーションに反応するモノがあった。やはり彼女はドアの向こう側にいるみたいだ。しかし反応が薄すぎて捉えきれない。マギロケーションの範囲を縮小していき、近距離の解像度を上げるとなんとか彼女を感じ取れるようになってきた。

シオンをベッドの上にそっと置き、机の上に置いてあった指輪を手に取りドアを開けると、彼女は滑るように廊下を進み階段を下りていくところだった。

「やっぱり、ついてこいってことか……」

出来るだけ物音を立てないように慎重に歩きながら彼女を追う。

階段を下り、廊下を進み、扉を開け、中庭に出る。

彼女はフワフワと中庭の中央付近へと進んでいく。

月明かりに照らされた中庭は幻想的で、若い男女で来たならきっと良い感じになるだろうな、と思わせる雰囲気があった。……よく考えると今は若い？男女で来ているのか。僕に関しても彼女に関しても『若い』かどうかは議論の余地がありそうな気がするけど。

そんなことを考えている間に彼女は中庭の中央にある東屋の中に入り、その角で止まったかと思うと——そこで消えた。

「……マジでか」

彼女はその場から完全に消えたのだ。マギロケーションにも反応はない。以前、戦ったゴーストの場合、壁の中に潜むことはあっても存在が消えることはなかった。しかし今、彼女はこの場から消えた。

「どういうことだ？」

彼女の存在がどういうモノなのかも不明だし、マギロケーションの仕組みも完全には分からないから判断が難しい。

仕方がないのでそのことは後回しにして、彼女が消えた場所まで進み、床を調べる。床には一辺が七〇センチぐらいの四角い石のブロックが隙間もなく綺麗に敷き詰められていて、ここを作った職人の技術力の高さが窺えるけど……彼女が消えた場所のブロック、その部分だけマギロケーションに反応があった。

「下に空間がある？」

ブロックが分厚いのか、ピッタリはまっているからなのか、ブロックを叩いてみても他と音が違うようなこともない。しかしマギロケーションにはしっかりと空間の反応がある。

暫くそのブロックを押したり持ち上げようとしたり試行錯誤していると、壁側に押し込んだ瞬間ゴリッと二センチぐらいスライドした。そこからはいくら押してもスライドしなかったけど、諦めて隙間に手を突っ込んで持ち上げると意外と簡単に持ち上がり、蓋が開いた。

ブロックの下にあったのは階段。それは数メートル下まで続いていた。かなり深い。マギロケーションで見る限り階段の先は通路になっていて、どうやら町の西側へと続いているようだ。でも先が長すぎてどこに繋がっているかまでは確認出来ない。

「さて……まぁ行くっきゃないよね」

もうここまで来たら最後まで進むしかないよね……。

覚悟を決めて一歩一歩、階段を下りていく。

「うわぁ……」

どうも長いこと誰も使っていなかったようで、いくつか蜘蛛の巣らしき物体がマギロケーションに映る。仕方がないので戻って中庭の木から小さな枝を一本拝借し、それで邪魔な蜘蛛の巣を巻き取りながら進んだ。

通路は横幅一メートルぐらいの一本道。全面、石で覆われていて崩れる心配はなさそう。

しかしこの通路はなんなのだろうか？　入り口の感じから考えると隠し通路だし、設置されている場所から考えると日常的に使うことは想定されていない気がする。中庭の真ん中に設置された隠し通路なんて普段から使っていればすぐにバレてしまうからだ。

「だとすれば……」

どういった目的の隠し通路なのだろうか？　非常時のための脱出路（だっしゅつろ）。あるいは……。

そんなことを考えながら歩いているとマギロケーションが通路の先に階段を捉えた。

既にクランハウスからはかなり歩いている。マギロケーションは分厚い壁は抜けないので地上のことはまったく分からないし、ぶっちゃけちょっと不安になってきていたので一安心。

階段をゆっくりと上り、蓋になっているタイルをいじっているとゴリッと横にスライドした。

どうやらこちらも入り口と作りが一緒らしい。

音を立てないようにゆっくりと蓋になっているブロックを持ち上げ、外に出る。

「ここは？」

目に飛び込んできたのは巨大な家。お屋敷と言った方がいいだろうか。そのお屋敷の壁沿いの地面に敷かれたブロックの一枚が出入り口になっていたらしい。

マギロケーションの範囲を拡大しながら周囲を探っていく。

お屋敷の逆側には月明かりに照らされた木々……というか大きな庭なのかな。お屋敷の中には多くの人々を感じるし、そこら中に見張りの兵士っぽい人が巡回（じゅんかい）している。どう考えてもお金持ちか権力者の屋敷だ。

「さて……」

どうしようか？　彼女に導かれるままここに来たのはいいけど、ここからどうすればいいのか分からない。兵士らしき人が巡回している中であてもなくこの屋敷の敷地内を探索する気にはちょっとなれないし……。

仕方がないので、とりあえずこのお屋敷の特徴を覚えてから、今日のところは引き返すことにした。

◆　◆　◆

「ふわぁ……」

ゴトゴトカリカリとなにかが慌ただしく部屋の中を駆け回る音で目が覚めた。

……まだ眠いんだけど。

「もうちょっと寝かせてくれないですかね……」

「キュ」

走り回っていたシオンがこちらを振り返り、『却下』という感じに鳴いた。

最近、例の『アレ』で起こされて夜はあまり寝られていないんだけどなぁ。

ベッドから起き上がり、木窓を開いて外を確認する。

太陽の位置からして昼に近い時間……やっぱり睡眠時間がおかしくなってきてる……か。

これはなんとか時間調整しないとダメかもしれない、と考えながら部屋を出て食堂へ向かうと既に人がまばらになっていて、食事時はもう終わった感が漂っていた。あまり期待せずにカウンターの奥で仕込みをしていたおばちゃんに「なにかないですか？」と声をかける。

「もう遅いさね。昼まで待ちな！」

　ここの食堂は多めに作って残りを裏の孤児院に寄付している。なので食事は一定の時間を過ぎたらすぐに食堂から運び出されてしまう。今頃は既に孤児たちの腹の中なんだろう。……それでもほら、なにか残ってるかもしれないじゃない！　残ってないけど。

「だってさ。ご飯はナシ！」

「キュ⁉　キュ！」

「痛っ！」

　シオンがフードの中から出てきて僕の首筋に爪を立てた。

　野性が復活した！　……というかこの子、かなり正確にこっちの言葉を理解してるよね？　うちの子は天才か？

「冗談だよ、冗談！　外に食べに行こう」

　シオンの頭をワシャワシャと撫でながらクランハウスの外へと歩いていく。

　まぁ元から今日は町に出る予定だったしね。

　クランハウスから西側へ向かう。目的は地下道を抜けた先にあった屋敷探しだ。

　あの屋敷にはなにかがある。……いや、なにかあってもらわないと困る。もう一連の問題に関する手掛かりはあの屋敷しかないのだから、ここで手掛かりが途切れてしまうと次になにをすればいいのか分からなくなる。

　昨日まではこの指輪をミミさんに預けてしまおうと思っていたけど、今はこの指輪に――あの幽霊にとことん付き合ってやろうという気になっていた。

あの幽霊が——彼女がなにを思って僕の前に現れたのか、その理由を確かめてみたい。

「まぁ……僕に可能なら、だけど」

あんな大きな屋敷である以上、町の有力者が関係していることは間違いない。そうなってくると、流石にちょっと難しくなる可能性がある。もし権力者と対立するような状況になるならこの一件から手を引くしかないしね。

大通りを西へ西へと進んでいくと次第に大きな建物とか造りの良い建物が多くなってきて、いかにも高級エリアという感じがしてきた。恐らく兵士と思われる同じ鎧を着た男たちのグループが道を巡回していたりして、そういう意味でも他のエリアとは雰囲気が違う気がする。

露店を冷やかしつつ道沿いの店を軽く確認し、そろそろシオンのお腹が我慢の限界に近づいた頃、それらしき建物を見付けた。

遠くまで続く、高さが二メートルぐらいある壁。その奥に見える三階建てか四階建ての屋敷。外からパッと見た感じクランハウスより大きい気がする。クランハウスも敷地内には演習場とかあるぐらいだしそこそこ大きいけど、それよりもだ。

深夜にマギロケーションで感じた特徴的な三角屋根のあたりが目の前の屋敷と一致している気がする。方角的にも屋敷のサイズ感的にも間違いないはず。

「さて……」

周囲を見渡して良さそうな店を探す。

雑貨屋っぽい店。鎧のマークの店。よく分からない店。そして香ばしい匂いを撒き散らしている屋台。

「キュ！」

「まぁ、シオンも限界みたいだし、ここしかないか」

時間的にはもうお昼に近いしね。

「へい、らっしゃい！」

「とりあえず、串焼き二本で！」

「はいよっ！　銀貨一枚ね！」

……ちょっと高くない？　一本で銅貨五枚……串焼きとしては今までにない高さだ。やっぱりエリアによって値段も違うのだろうか？

謎の肉の塊がぶっ刺さった串を屋台の親父から受け取ってシオンと食べていく。

肉は硬めだが旨味は強い。初めて食べた味かもしれない。

「ところで、あそこの大きなお屋敷ってどなたのお屋敷か分かります？」

「あれかい？　そりゃ領主様だよ」

「領主……」

想定していた中で最悪の存在が来てしまった。

この町の領主は確かシューメル公爵だったはず。シューメル家は前に見た歴史書の情報ではこのカナディーラ共和国を支配している三公爵家の中の一つで、つまりこの国の最高権力の中の一つだ。

これは……物凄くヤバそうな状況になってきたぞ。今後は慎重に行動しなきゃいけないかもしれない。……いや、そもそもこの件に首を突っ込み続けることが本当に正しいのだろうか？　領主の屋敷に忍び込んだなんてバレたら下手すると一発アウトで処刑も有り得るぞ。

嫌な汗が背中に流れ落ちていく。旨かったはずの串焼きの味もぼやけてきた。

◆　◆　◆

気が付くとクランハウスの自室に戻っていた。窓から覗く景色は茜色に染まりかけている。どうやらあれから色々と考えながら戻ってきて、そのままベッドの上で考え込んでいたらしい。体感的にはさっき串焼きを食べたばかりなのにもうお腹が空いている。不思議な感じだ。

「食堂に行こうか」

「キュ」

部屋から出て食堂へ向かい、食堂でいつものようにサイラスさんとシームさんを見付けて席に着いた。

「よっ！　……なんだ？　シケたツラしてんな」

「顔色悪いぞ！　レイスにでも取り憑かれた？」

「はっはは……まぁ、色々とありまして」

どうやら顔に出ていたようで、二人に指摘されてしまった。

というか偶然だろうけど、それ大体当たってるぞ！

それから黄金竜の話など世間話をしながら晩飯を食べ、タイミングを見て二人に話を振ってみた。

「ところで、このクランってシューメル公爵家とどんな繋がりがあるんです？」

「どうって……お前、いきなり難しい話をし始めるなぁ」

「いや、ちょっと気になったというか……」

少し唐突すぎた？　でも、これはすぐにでも誰かに聞いておきたい話だし……。

クランハウスの中に領主邸への隠し通路があるなんて普通じゃない。なにかがあるはず。

「まぁ俺も詳しくは知らないが、先代が前の公爵と仲が良かったらしくてな。このクランハウスにしてもクランを立ち上げた時に譲ってもらったらしいぜ」

「なるほど……」

先代とはボロックさんのこと。つまりボロックさんは公爵と仲が良かったということになる。

あの人、只者ではないと思ってたけど公爵と仲が良くて大手クランを立ち上げたとか超大物じゃないですか！

……しかし、元は領主家の別邸だったのか。なら領主邸への隠し通路があってもおかしくはない。

おかしくはないが、それであの幽霊にどう繋がるのだろうか？　まだそれは見えてこない。

「公爵家……か。一体どんな……」

「ん？　シューメル公爵家に興味があるのか？　ルークも一人、会ってるはずだがな」

「へっ？」

公爵家の人と僕が会ったことがある？　いたっけ？　そんな人。

礼儀作法が出来ていて気品がある人物……そうか！

「ミミさんか！」

「いや、なんでだよ。あの人は……まぁあの人も凄い人なんだが、普通にここのメイドだぞ」

そう言われるとそうか……。しかし、そんな貴族っぽい人なんてここにいないぞ。

食堂を見渡してみても忙(いそが)しそうに働くおばちゃんたちと酒飲んでガハハと笑ってる冒険者しかいない。

もしかして、裏をかいてあの食堂のおばちゃんが……。

「ダリタだよ、ダリタ。会ったことあるだろ？」

「ダリタ……？」

あぁ、あの。僕がこの町に来た日、絡(から)んできた男を路上でフルボッコにしてた女性か。そういやクランハウスの中で会って挨拶(あいさつ)したよね。

……いや、まったく貴族のイメージとはかけ離れてるんですが！

よく思い出してみると彼女の横に控(ひか)えていたトリスンさんにはどこか気品があって他の冒険者とは違う雰囲気だったような気がするけど。

「シューメル家は昔から武人の一族だからな、他の貴族とは少し違うんだよ。亡くなった前公爵も、今の公爵も次の跡取(あとと)りも全員凄いという噂(うわさ)だ」

「なるほど」

そんなこんなで二人から情報収集していった。

◆　◆　◆

「……」

まどろみの中から意識が覚醒していく。

ゆっくりと目を開けると部屋は真っ暗闇の中。天井も見えない。

最近、夜はずっとこのパターンな気がする。僕がぐっすりと眠れる夜は戻ってくるのだろうか？

いつものようにお腹の上で寝ているシオンを抱き上げ扉の方を見ると、やはり彼女はそこにいた。

そして彼女はいつものように扉の向こう側へと消えていく。

「やっぱり行かなきゃダメか……」

昨日はシオンを置いていったけど、今日はシオンを連れて行くことにする。シオンと生活のリズムがズレると今朝みたいに辛いことになってしまうしね。

シオンをフードに入れ、マギロケーションを使ってから部屋を出る。

彼女は階段を下り、中庭に入って東屋の中の隅っこのタイルで立ち止まり、昨日とは違って階段を下りるようにゆっくりと沈んでいった。

「あれっ？」

昨日、彼女はここで完全に消えたけど、今日はタイルの下にある隠し通路にいるのがマギロケーションで分かる。

これはどういうことだろう？　なんだかよく分からないけど、とにかく行くしかない。彼女を見失わないように隠し通路への扉を開き、彼女を追う。隠し通路の中の蜘蛛の巣は昨日、除去しておいたので今日はスムーズに進める。

足音を立てないように小走りで彼女に追いつき隠し通路の中を暫く進んでいると、中間地点ぐらいの場所でなんの予備動作もなく彼女が消え、「えっ？」と声が漏れてしまった。

ホラー映画なら、次の瞬間、後ろから現れて『ウギャー！』の場面だけど、ここ数日、彼女と付き合ってきた信頼感？からそれは大丈夫そうかなと思いつつ、彼女が消えた場所に近づいていく、が……。

「なにも、ない？」

この周囲にマギロケーションに反応する変なモノはなにもない。というか、なにかあるなら昨日の段階で気付いているし。

「ふむ……。光よ、我が道を照らせ《光源》」

夜中に光源の魔法を使うと目立つので使わなかったけど、この中なら大丈夫だろう。

真っ暗闇だった隠し通路の中に蛍光灯のような白い光の玉が現れ周囲を照らす。これまではマギロケーションにより周囲の形だけが分かる状態だったところに色や質感が付いていくような感覚。

色がグレーっぽい石のブロックに覆われた隠し通路を肉眼で確認していく。

「ん？」

通路の端の地面。埃や砂に半分埋もれたなにかが見えた。

その場に屈み、それを指の先端でつまんで持ち上げる。

それは埃にまみれた一辺が三〇センチぐらいの四角い布。ハンカチ？だろうか。

何故こんな場所にハンカチが？　これっていつのモノだろう？　埃の量とか蜘蛛の巣とか考えたら一年とか二年どころではないぐらい前からここに落ちてたような気がするけど……。

「不浄なるものに、魂の安寧を《浄化》」

ちょっと汚いので浄化をかけ全体を調べていく。

ハンカチは上質そうな生地で出来ていて、まるでシルクのような手触り。

……この世界にもシルクってあるんだろうか？　確かシルクって蚕――要するに芋虫の出した糸から作ったものだったはずだし、この世界にも似たようなものがあってもおかしくはないはず。……まぁ、あったとしても蚕の大きさは一万倍ぐらいになってそうで物凄く嫌なんだけど。

思考が横道に逸れながらハンカチを裏返して端の方まで確認してみると、小さな刺繍が見えた。

それを確認していくと――

「えっと、ル……ルシール？　……えっ、ルシール？」

そこに縫い付けられていた文字は『ルシール』。僕はルシールという人物を一人しか知らない。

いやルシールなんて名前、他にも沢山いるはず。あのルシールだけがルシールではないはずだ。もしかすると食堂のおばちゃんもルシールかもしれないし……。

そんなどうでもいいことを考えていても、どんどん嫌な想像が膨らんでいく。

この隠し通路はクランハウスとシューメル家の屋敷を繋いでいる。ここは蜘蛛の巣が張っていて長年、使われた形跡がない。この隠し通路の存在を知る人物は少数であるはずで、もしかするとシューメル家の人間ぐらいしか知らない可能性がある。そしてそこに落ちていた『ルシール』の名が刺繍されたハンカチ……。

数日前の記憶を頭の中から引っ張り出してくる。

確かルシールは『母は父のことを語らなかった』と言ったはず。つまりルシールの父親が誰かは分かっていない。ルシールの母が父について喋らなかった理由がもし、『父親がシューメル家の人間だから』であるなら。

「これはもしかしなくても、想像以上に危ないネタなのでは？」

下手をするとお家騒動に巻き込まれるかも……。

ポケットの中から指輪を取り出し、光源の光にかざして眺める。

この指輪、もしかしてルシールが落とした物なんじゃないか？　確か指輪を拾った日はルシールを誘って一緒に食堂で飲んだし、彼女は僕より先に部屋に戻った。その時、酔った彼女が中庭を通って指輪を落とし、その後に僕が中庭を通り指輪を拾った。そう考えると辻褄が合う気がする。

「だとすると、『彼女』はルシールの……」

ホラー映画ならここで後ろからいきなり『彼女』が現れる場面かもしれないけど、彼女は現れない。

ホッとしたようで、彼女に真相を確かめられず少し残念な気もした。

翌朝、少し憂鬱な気持ちで朝を迎えた。

さて、今日はどうしよう。やっぱりルシールのことを調べてみるべきか。しかし調べてどうなるのだろうか？　なにか分かったところで誰にどう話せばいいんだ？

色々と考えがまとまらず、シオンをギュッと抱きしめた。

「……気分転換にギルドに顔出すか」

その日は久しぶりのギルドで依頼を受けて気分転換した。

◆　◆　◆

「……」

まどろみの中から意識が覚醒していく。

ゆっくりと目を開けると部屋は真っ暗闇の中。天井も見えない。

やっぱり今日もか……。

ドアの方を向くといつものように彼女がいた。そしていつもと同じように部屋から出ていく彼女を追いかける。

しかしこれはいつまで続くのだろうか？　これ以上、まだなにか僕に見せたいモノがあるのだろうか？　そう考えるが答えは出ない。

真っ暗な階段を下り、中庭の東屋から少し肌寒い隠し通路に入り、ルシールの名が入ったハンカチを拾った場所を通り過ぎても彼女は消えなかった。やはり今日はこの先へと案内してくれるらしい。

彼女はそのまま隠し通路を最後まで進むと、出口の天板をすり抜けて外へと出ていく。僕もマギロケーションで外を確認してから天板を開けて外に出ると、彼女は屋敷から離れ、庭の奥の方へと進んでいるようだった。

「やっぱり外に出ないとダメか……」

公爵家の敷地内に無断で侵入（しんにゅう）して歩き回るとか、ぶっちゃけ物凄く嫌なんだけどなぁ……もうここまで来たら仕方がないか。彼女が屋敷内へ向かわなかっただけマシと考えよう……。

マギロケーションで庭の外側を巡回しているであろう兵士らしき姿をチェックしつつ彼女を追いかけ、音を立てないように気配を殺すように細心の注意を払いながら庭を進むと、どこかで見たことがある東屋が見えてきた。

「これ、クランハウスのと同じ?」

建築家がクランハウスと同じなのか、形がまったく同じ。クランハウスも元は公爵家の屋敷だったらしいし、同じ人が設計したのかもしれない。

彼女に続き東屋に入る。

東屋の中も造りはクランハウスとほぼ一緒。四隅に柱があって中央に机とイスがあり、床のタイルも同じじっぽい。そして出入り口は二箇所。僕らが入ってきた場所とその向かい側だ。

僕が入り口から中をぐるりと確認していると彼女は東屋の中央付近でピタリと止まり、こちらを振り向いた。どうやらこの場所がゴールらしい。

改めて見た彼女の目は澄んでいて、引き込まれそうになってしまう。

「あなたは、ルシールのお母さん……ですか?」

「……」

そう聞いても彼女はなにも答えない。

これまでの数日、僕は彼女に導かれるまま探索し、様々なことについて調べた。それで色々と分かったけど、肝心な部分がなにも分かっていない。

「あなたは僕になにを――」

そう、僕が言い終わる前に、彼女はその場からスッと消えていなくなった。

彼女はなにも言う気がないのか。それとも言えないのか……。どちらにせよ彼女が答えないなら自分でそれを探すしかない。

流石にもう慣れてきたもので、彼女が消えた場所付近をマギロケーションで入念に調べていく。

これまでの経験上、彼女が消えた場所にはなにかがある。それが偶然なのか彼女の意思なのかは分からないけど、今回もあると思う。

まず彼女が消えた場所。なにもなし。机とイスの付近。なにもなし。そこから範囲を広げながら東屋全体を調べていくとクランハウスにある東屋では隠し通路の入り口になっていたタイルと同じ場所が隠し扉になっていて、その下が小さな空間になっていた。

その場に屈んでタイルを撥ね上げると中にあったのは豪華そうな箱。四〇センチぐらいの宝石箱といった感じだろうか。それを隠し場所から引き上げ、マギロケーションで問題がなさそうか確認してから蓋を開けた。

「……本、か」

箱の中にあったのは一冊の本。大きさは単行本サイズぐらい。

「さて……」

まずこれを触っても大丈夫なのだろうか？　……まぁ触らなきゃ中を確かめられないし、触るんだけど。

念の為、背負袋から取り出した布を被せるようにして手に持ち、布でくるんで背負袋に入れる。

「とりあえず部屋に戻るかな……」

すぐに中を確かめたいけどこんな場所では落ち着いて確かめられないし。そもそもマギロケーションでは本に書かれた文字が読めないし、だからといってここで光源の魔法を使うわけにもいかないしね。

箱だけを元の場所に戻し、隠し通路からクランハウスへ戻ることにした。

「光よ、我が道を照らせ《光源》」

クランハウスの自室に戻ってすぐに光源の魔法を使う。

一瞬で明るくなった部屋の中で背負袋から例の本を取り出してベッドに座り、改めて本を観察していく。

実用的で頑丈そうな革表紙にはタイトルなどの文字がない。とりあえず魔法書ではなさそうだ。

「さて、なにが書かれているのやら……」

革表紙を開いて中を見ていく。

「えっと……『共和国暦一三四年、二の月一〇日。アレクが剣の腕を上げた。そろそろ引退の時期であろうか』……？」

アレクとは？　どこかで聞いた名前のような気もするけど……ダメだ、思い出せないな。

パラパラと本を読み進めていく。

ちょっと見た感じ、この本は日付は飛び飛びだけど誰かの日記だろうか。内容から推測するに、どうやら身分が高くてそこそこ年配の男性の日記な気がする。本があった場所が場所だけにシューメル家の誰かの日記な気がするけど……。

「んん？　……『政務をアレクに押し付け、ボロックに会いに行った』」

ボロックさん、こんなところにも名前が……って——

「——『が、そこで美しい女性と出会ったのだ。名はメリナ。ボロックのクランハウスでメイドをしている。こんな気持ちになったのは生まれて初めてだ』」

日記を読む限り、この日記の男性はそこそこいい年齢で大きな子供もいるっぽいのに、どうやら恋をしたらしい。そこからの日記はメリナという女性と親しくなるための日々が綴られていた。

どうでもいいけど、なんだか人の恋模様をじっくりコトコト覗き見しているようでちょっとはずかしくなってきたぞ。

やがてこの日記の主の男性はメリナと親しくなることに成功し、深夜密かに隠し通路を通ってクランハウスに向かい、密会を繰り返すようになった。

「……『万が一この日記が妻に見付かるとマズい。念の為、東屋の中に隠すことにする』か……」

この国の結婚がどういう形になっているのかは知らないけど奥さんにメリナとの関係がバレると色々と厄介なことになるんだろうなぁ……。仮に貴族が愛人を作ることが法的に許されても、人の心は法では縛れないのだから。

関係なさそうな部分をパラパラと流し読みしながら日記を見ていく。

「『メリナが妊娠した。女の子ならよいが、男の子であれば後々いらぬ争いを生むやもしれぬ』……ね」

まぁやっぱりそうなんだろうなぁ……。面倒……になるんだろうなぁ。

跡目争いとか、跡目争いとか、跡目争いとか……。定番な気がする。

それ分かってるんだから最初から余計なことはしなきゃいいわけだけど、そうもいかないんだろう。それが人間なのだから。

そしてメリナとあれやこれやの密会の話を軽く流し読んでいくと、ようやくそのページを見付けた。

「あっ……『共和国暦一三五年、四の月二日。メリナが出産した。女の子だ。これならいらぬ問題は起きぬであろう。この子の名は――ルシールとする。この子の存在については適切な時を見て発表することにする』」

まぁ、これまでの様々な状況的にそういう話なんだろうとは予想していたけどね。

やはりルシールの父親は貴族で、『彼女』が、メリナがルシールの母親なんだろう。そして大人になった彼女にそれを伝えてほしい、というのが彼女が僕に求めていること……なんだろうか？

しかし父親である日記の持ち主はルシールのことを発表すると書いているが……。

次の日記を確認しようとページをめくる。

「あれっ？」

しかし次のページは白紙。その次のページも白紙。その次のページもその次のページも。

「どういうことだ？」

ペラペラとページをめくっていくも全てのページが白紙。

そして最後のページの後、裏表紙の裏側部分にこの文字があった。

『エルク・シューメル』

これが彼の、この日記の持ち主の名前なんだろうか。

だとすれば……。

ふと窓の方を見ると隙間から陽の光が射し込んできていた。

どうやら日記を熟読していて朝になってしまったらしい。

「……これはもう寝られないな」

今から寝たら昼夜逆転でとんでもないことになる。

部屋を出て階段を下り、資料室に入ってとある本を探していく。

歴史系の本がある棚を端から調べていき、その本を見付けた。

「よしっ」

その本は『近代アルノルン史』。以前、黄金竜について調べている時にルシールが渡してくれた本。

それを持っていつもの席に座り、共和国暦一三五年前後を開いて読み進めていると、すぐにその記述を見付けた。

「……『共和国暦一三五年、四の月五日。シューメル家当主エルク・シューメル公爵、ご逝去』か」

やはり日記の主は貴族――シューメル公爵で間違いない。亡くなったという記載があるので前公爵か。

日記によるとルシールが生まれたのは一三五年の四月二日。つまりその三日後に前公爵は亡くなったため日記がそこで途絶えた。そしてルシールは現在のシューメル公爵の妹である可能性が高いけど、前公爵が跡目争いの可能性を考えてその存在を誰にも告げず。それを発表する前に亡くなったことでこの事実を公表出来る人物がいなくなったと。

そりゃあメリナも誰にも言えないだろう。まず間違いなくこの世界にはＤＮＡ鑑定なんて存在しないのだから。前公爵が亡くなった時点でルシールが前公爵の娘であると証明出来なくなってしまったわけで、名乗り出ようにも出られないはずだ。そしてメリナも当時子供だったルシールにその事実を告げられないまま亡くなってしまう。そんな感じのストーリーだろうか。

「で、だ……」

問題はこれからどうするか、だ。

あの幽霊――メリナがこれを僕に発見させたということは、恐らくこれをルシールに伝えてほしいということなんだろうなぁ……。やっぱり伝えないとダメか……。

ルシールは貴族の隠し子ではあったけど幸いなことに前公爵の隠し子らしいし、その前公爵の日記の記述から考えてこの国では女性に家督の継承権はない。つまりルシールが表に出ても、少なくとも継承権争いにはならない可能性が高い。

まぁそれ以外の面倒事になる可能性はあるんだけど。

だけどこれをどう伝えるんだ？　『君のお母さんの幽霊が出たので公爵邸に侵入して前公爵の日記を盗み出しました。あなたは前公爵の娘です！』とでも話すの？　う～ん……。

じゃあ日記をこの資料室のどこかに置いておき、ルシールが自分で見付けるのを待つとか？　いや、それでもし他の誰かに見付かったらヤバそうだし、もしルシールが日記の真偽や出処について調べ始めたら話が余計にややこしくなるかもしれない。ここ最近、シューメル公爵家について様々な人から話を聞いたりして調べている僕に変に目が向く可能性もあるし。

「やっぱりルシールにはちゃんと説明しておくべきか……」

「私がどうかしたの？」

後ろから声を掛けられて思わず「うぉっ！」と叫んでしまう。

振り向くと不思議そうな顔をしたルシールがそこにいた。

ここは資料室なんだしルシールがいてもおかしくないか……。集中しすぎて近づいてきていたルシールに気付かなかった。

「あぁ！　いや……。ルシールにこれを見てもらいたいんだけど」

どうやってルシールに伝えるべきか考えたけど上手い答えは出ず。そのタイミングでルシールに声を掛けられるのも運命のような気もして……ルシールには出来るだけ正直に話すことにした。

あの幽霊にここまで関わって、そして託されてしまった以上、最後までちゃんとやらないとダメな気がしたのもある。

……ここで適当にやったらまた明日も幽霊が出てきて眠れなそうだしね……。

前公爵の日記を背負袋から取り出し、前公爵がメリナと出会った日のページを開けて彼女に差し出す。

「これって……」

ルシールは本を受け取り一瞥し、そしてこちらを見た。

なにか聞きたそうな彼女に「最後まで読んでみて」と返し、目で促すと少し不満そうにしながらも僕の前の席に座って前公爵の日記に目を落とし、一言一句を頭の中に刻むようにゆっくりと丁寧に読み込んでいった。

太陽が昇って部屋が少しずつ明るくなり、それにつれて室温も少しずつ上がっていく。

他の冒険者たちが起き出してきたのか、外の通路を歩く音や人の話し声が遠くで聞こえる。

机に両肘をついて指を組む。これにサングラスをかければ、『少年少女をロボットに乗せて謎の生命体と戦わせるどこぞの司令』みたいなポーズで彼女が読み終わるのを待った。

それから数分か数十分か経った後。

「……そう、なんだ」

ルシールは空白のページをパラパラとめくり、最後に書かれている『エルク・シューメル』のサインを見つめながら、そう口にした。

ルシールの潤んだ目はいつまでもそのサインを捉え続けていた。

その姿をじっくり見つめるのもあまり褒められたことではないなと思い視線を逸らすと、なんとなくルシールの後ろで『彼女』が微笑みながら朝日の光の中に消えていった気がした。

気の所為かもしれないけど、なんだか肩の荷が下りた気がして、軽く息を吐く。

これで彼女——メリナは納得してくれただろうか？　全て上手くいったのだろうか？　まだこれからどうなるのか分からないけど、これでよかったのだと思いたい。

「これで……ルシールのお母さんが安心してあの世に行けたら……」

自然とそうつぶやいていた。

この数日、散々安眠妨害されてちょっと迷惑な部分はあったけど、これは本心からの言葉。

やっぱり父親について教えてあげられないまま死んでしまったのは心残りだったと思うしね。仕方がないと思う。

それになんだかんだで僕も隠し通路とか見付けて楽しかった気がするし——

「……？　勝手にお母さんを殺さないで」

「あっ、ごめん……ぅんんん？」

……どういうことだ？　勝手に殺さないで、って……ことは……生きてる？　えっ？　あれっ？

「ルシールのお母さんって、メリナ……さんだよね？」

「そう、メリナ。少し前に腰を悪くして田舎（いなか）に帰ったけど、ちゃんと生きてる」

「え？　じ、じゃあこの日記に書かれているメリナって？」

「これは……お母さんのことで間違いない、と思う。私の誕生日とか、お母さんについてのことか……。それよりこの日記はどうしたの？　前公爵様の日記なんて――」

「ち、ちょっと待って！　それじゃあ、これは？　ルシールが落とした物だよね？」

なんだか話がよく分からない方向に進んでいる気がする。

慌ててポケットから例の金色の指輪を取り出して見せると、ルシールはそれを手に持ちひとしきり観察した後、僕を見てこう言った。

「私、指輪はしないから」

「いや、メリナさんの形見……あれっ？」

「だからお母さんは生きてる」

ルシールはちょっと怒（おこ）ったような顔をした。

……これは。僕は、いったいどこから、なにを勘違（かんちが）いしていたんだ？

中庭で指輪を拾い。その夜に女性の幽霊が出て。幽霊の後をついていくと公爵邸があり。隠し通路でルシールの名前が縫い付けられたハンカチを拾い。公爵邸の東屋で前公爵の日記を見付けた。

……その前にはルシールから母親が死んだ話を——って、よく思い返してみると、『死んだ』とはっきり聞いてない気がする。確か『お母さんが元気だった頃』とかそんな表現だったかも……。

僕はこれらの点と点を繋いで一本の線にしていた。しかし、もしそれが別々の線なのだとしたら。

「ごめん。実はこの指輪を拾ってから部屋に女性の幽霊が出るようになって。彼女についていったらこの日記とハンカチを見付けたから……。てっきりその幽霊はルシールのお母さんだと……」

なんだか全てがよく分からなくなり、経緯を正直に説明しながら例のハンカチを机に置くと、ルシールはそれを手に取り調べていった。

そして指輪とハンカチを交互に見比べてから口を開く。

「その幽霊って、女性だとはっきり分かったの？」

「うん。服装もはっきり見えていたし、表情も……」

半透明ではあったけどメイド服っぽい服ははっきりと見えたし、表情も見えていた。

ルシールは首をひねり少し考えてから僕を見る。

「ありえない、と思う」

「えっ？」

「人の形をはっきりと保てている幽霊って高ランクモンスターなのよ？」

「それがどう……って、んん？」

「最低でもBかAのランクじゃないと完全な人の形は保てない。そんなモンスターがいたら、ここの誰かは気付くと思う」

ここはクランハウス。高ランク冒険者が集う場所。そんな場所にモンスターが湧いたら誰かが気付く……か。そう言われてみると当たり前な気がする……けど、なんとなく違和感がある。

その違和感について少し考えてみて、なんとなくの答えを出した。

僕は幽霊を超常現象的な存在だと無意識に考えていたけど、この世界では単純にモンスターの中の一種でしかなく、このあたりにギャップがある気がする。

しかしそうすると、どういうことになるんだ？　あの幽霊はなんなんだ？　そもそも本当にあれは幽霊だったのか？

頭の中がグチャグチャになり、グルグルと回っていく。

僕が混乱している中、ルシールがどこかに歩いていったかと思うと一冊の本を持って戻ってきた。そしてその本を開いてパラパラとページをめくり、こう言った。

「魔法能力が高い人は他の人には見えないモノを見ることがある。ここにも書いてあるけど、錬金術師とかの中には魔力が見える人もいるとか。もしかすると、あなたが見たモノもそういう存在なのかも」

「なるほど……」

確かに、以前ウルケ婆さんの店で気付いたけど僕は魔力が見えているらしい。つまりそれ系の能力で見てしまったのが彼女であり。あれは幽霊的な存在ではなく、まったく別の存在であると……。あの例の白い空間でもそれっぽいアビリティをいくつか取った記憶があるし、そういうことならしっくり来る……気がするかも。

でも、それなら何故あのタイミングであの女性が現れるようになったんだ？　僕の能力で彼女が見えたのなら、もっと前から見えてもおかしくないはずだ。

ふと、机の上に置かれた指輪に目が移る。

ここで指輪、か……。

もし、この指輪が呪われているのではなく、なんらかの特殊な効果があったとすればどうだろうか？　例えば魔法能力を上げる効果とか、普通見られないモノを見られるようにする効果とか……。

そういう普通ではない特殊な効果があるアイテムは存在しているし、可能性としてはあるはず。

「まぁ、ルークが嘘をついている可能性もあるけど――」

「いや、それは！」

違う！　と反論したかったけど、客観的に考えると僕が嘘をついていると考えるのが一番自然な気がしないでもなく、言葉が喉元で止まる。

「――それはなさそうね。そんな嘘をつく意味がなさそうだし。それに、恐らくこの日記は本物。表の革表紙も中の紙質も一級品。書かれている内容からしても本物と考えるのが妥当」

ルシールは前公爵の日記を観察しながらそう自己完結し、こちらを向いて言葉を続けた。

「でも、これは表には出せない。お母さんがお父さんについてなにも教えてくれなかった理由もよく分かった」

「……うん」

この日記を表に出さないのは正解だと思う。出してもたぶん良いことにはならない。公爵家側としても今更名乗り出られても困るだろうし。

もしルシールが日記を公表したいと願ったなら、まず説得するつもりだったけど、それがダメなら僕はすぐにクランを辞めて国を出たかもしれない。日記の入手場所的に面倒なことになる可能性があるしね。

それにしても今回、僕がしたことはなんだったのだろう？　幽霊に願いを託され、その娘に真実を伝えたはずだったのに……。これは完全に働き損じゃなかろうか？

やれやれ……と、ため息が出そうになるが――

「ルーク、ありがとう。お父さんが誰か分かって、嬉しかった」

まぁ、たまにはこういうのも悪くないかな。と、ルシールの笑顔を見てそう思った。

◆　◆　◆

「さて……」

ルシールと別れ、資料室を出て事務室へ向かう。

結局この指輪がなんなのかも、あの幽霊（仮）の正体もよく分からなかったけど。だとしても、それも今日でお終い(しま)だ。この指輪についてはちょっと気になるけど、このクランの敷地内で拾った以上、このクランの誰かが落としたのだろうし、ルシールの持ち物ではないなら早く事務室に届けておいた方がいいだろう。

事務室に入って中を見渡すと今日はミミさんの姿を見付けられた。黄金竜に関する話し合いは一段落したのだろうか？

最近ずっとミミさんとは会えなかったので運が良いかも。

「ミミさん、ちょっといいですか？」

「はい、大丈夫ですよ」

「実はですね――――」

ということで指輪を拾った経緯を説明していった。勿論、指輪についてだけだ。余計な話をする意味はない。

軽く経緯を説明して指輪をミミさんに渡すと、彼女はそれを手に持ってあらゆる角度から観察したり円の内側を覗いたり、どこからともなく取り出した金属の棒で軽く叩いたりして隅々まで調べ、そして僕を見てこう言った。

「これは、黄金竜の爪に所属する誰の持ち物でもありませんね」

「……えっと、でもクランハウスの中庭で拾ったんですよ？」

ちょっと予想外の言葉が出てきて困惑する。

クランメンバーの持ち物ではないとなると、クランに当日来ていた客の持ち物だろうか？

……いや、それ以前にちょっと言葉に違和感があるというか、なんというかそれは……。

「何故……これがクランの誰の持ち物でもないと断言出来るのですか？」

気になったことを聞いてみる。

普通に考えて誰がどんなアイテムを持っているか全て把握するなんて不可能なはずだ。なのに何故それを断言出来るのだろうか？

「私はこのクランの全てを取り仕切っておりますので」

「なるほど」

なるほどね……いやいやいやいや、んなわけない！　やけに堂々と答えるので一瞬納得しかけたけど、それはおかしいよね？　よね？　全てを取り仕切っていたとしても普通クランメンバーの持ってるアイテムまでは全て把握出来ないよね？

「ちなみに、お客様が指輪を落としたという報告は受けておりませんので、部外者の物でもありませんね」

「……では、これは誰の物なんでしょう？」

僕がそう聞くと彼女は「さて……」と言ったあと、逆に質問を返してきた。

「ルークさん、この指輪ですが、いつ拾いました？」

「いつ……確か数日前、黄金竜が出た日の夜……だったはずです」

「なるほどなるほど。つまり拾ってから数日、届け出なかったと」

「うっ……」

それを言われると痛いんだよなぁ……。

さて、どう言い訳しようか？　と考えていると、ミミさんが「まぁ、意地悪をするのはこれぐらいでいいでしょう」と言ってクスリと笑った。

「この指輪は、恐らくオリハルコン製だと思います」

「えっ？　オリハルコン？」

いきなり伝説的金属の名が出てきて驚いた。

オリハルコンって勇者が持ってる伝説の剣の素材とかそんな感じの金属だよね？　確か地球ではアトランタだかアトランティスだかで使われていた的な伝説がある謎の金属だったような記憶がある。こちらの世界では実在しているという話はどこかで聞いた気がするけど、これだったとは……。

しかし、それが一体なんだというのだろうか？

「オリハルコンはかなり貴重な金属です。なのでクランではこの周辺地域に存在しているオリハルコン製アイテムの存在は大方把握出来ているのです。それに、もしオリハルコン製アイテムが紛失（ふんしつ）したのなら今頃大騒動になっていますよ。そうなっていないということは、この指輪は誰の物でもないか、持ち主が名乗り出ることが出来ない可能性が高いのです」

「なるほど……」

誰の物でもない、ってあり得るのだろうか？　それに持ち主が名乗り出られないというのもちょっと危険な香（かお）りがするけど……。

「ルークさん。冒険者の間でドラゴンが幸運の象徴とされているのはご存じですか？」

「ええ、確か移動中に鱗とか毛を落とすから、でしたっけ？」

その話は少し前にサイラスさんから聞いた。ドラゴンは畏怖の対象であると同時に幸運の象徴であると。

ドラゴンは倒さなくても、その移動中にたまたま落ちた生え変わりの鱗、その一枚で一攫千金（いっかくせんきん）が狙（ねら）えるのだと。

しかしそれがこの話とどう繋がるのだろう。

「確かに、どのドラゴンでもよく落としていくのは鱗と毛ですね。しかしドラゴンが落とすのはそれだけではないのですよ」

ミミさんはそこで一旦（いったん）言葉を切り、指を一本立てて左右に軽く振りながら言葉を続けた。

「ドラゴンは、何故か財宝を収集する習性があるのです」

その言葉、その一つで彼女が言いたかったことが大体察せられた。

つまり黄金竜がこの町の上空を飛んだあの日、黄金竜がこの指輪を落とし、それをたまたま僕が拾ってこんなことになったと。

しかしそんな偶然があり得るのだろうか？　……まぁ幸運のアビリティを持つ僕にはあり得るかもしれないのかも……。

「現状、オリハルコンの指輪が盗まれたというような話は聞きませんし、その指輪をルークさんから取り上げる権限は私にはありません。なので指輪はルークさんがそのまま持っておられたらよろしいかと思います」

そう言われ、「はぁ……」と、なんともいえない言葉が漏れてしまう。

「あまり嬉しそうではありませんね。普通、思いがけずオリハルコンなど手に入れたならもっと喜ぶものですが」

「まぁ、色々ありまして」

ぶっちゃけこの指輪には色々とありすぎて素直に嬉しいとは思えなかった。むしろ少し手放したいような気もする。

とにかくこの指輪の効果を早い内に確かめないと、どこでどんな効果が表れるのか分かったもんじゃない。『武器や防具は持っているだけでは意味がない！』とはなんだったのだろうか。装備しなくてもちゃんと効果が出ちゃってますが？　……いや、よく考えたら指輪は武器でも防具でもないのか……ってトンチじゃあるまいし……。

そんなことを考えながらミミさんにお礼を言い、事務室から出ようとした時、ミミさんに「あぁ、それとですが」と引き止められ、こう言われたのだ。

「夜遊びは程々(ほどほど)に、お願いしますね」

ミミさんはクスッと笑い、また作業へと戻っていった。

その言葉を聞き、一瞬なにを言われたのか分からなかったけど、その意味を理解して背中に冷たいモノが流れ落ちた。

彼女は、もしかすると本当に『このクランの全てを取り仕切っている』のかもね……。

あとがき

さて、『極スタ』三巻、ついに出すことが出来ました！

二巻ではコミカライズの報告をしたと思いますが、今回は順調にいけばその漫画版のコミック一巻が同月発売になっているはずです。

二巻のあとがきを書いた日は丁度、コミカライズの作画担当・蒼井一秀先生との打ち合わせがあったのですが、担当者の方から驚かれるぐらい長時間の打ち合わせになり、色々と細かい設定について話し合いました。

ここで『文字ベースの小説』と『絵が入った漫画』の違いについて自分がきっちりとは理解出来ていなかったことに気付けたのは新しい発見で面白かったですし、自分にとって大きかったです。

例えば『ガラス製品の一般普及率』『村の人種構成』『家の建材』『冒険者ギルドの間取り』など、小説では作者が意識しなければあまり多く語られませんが、漫画では何気ない一場面の片隅に風景の一部として描くことになります。

それは描かなくてもいいように誤魔化すことも出来るかもしれませんが、描ければ世界観に深みを与えてより良い作品にすることが出来る情報です。

それまで自分の中で極スタについては細かく世界設定を作っているつもりでいたし、自分の中にそれなりに明確なイメージがあるつもりでいましたが、自分のイメージが曖昧だった部分がはっきり見えてきて凄く良い経験になりました。

そんな細かい部分までガッツリ話し合って創られた漫画版は（色々細かいと言われてる）小説版より綿密に描き込まれた世界観が楽しめる良い作品になっています。

描き込まれた町並み。雑貨屋に並ぶ様々な商品。広がるファンタジー世界。僕自身も連載を毎月楽しみにして読んでます。

面白いですよ！

今後は小説版と漫画版の両方共によろしくお願いいたします。

二〇二〇年一月一〇日　刻一

本書は、カクヨムに掲載された「極振り拒否して手探りスタート！　特化しないヒーラー、仲間と別れて旅に出る」を加筆・修正したものです。

極振り拒否して手探りスタート！
特化しないヒーラー、仲間と別れて旅に出る 3

2020年3月5日　初版発行
2024年2月5日　再版発行

著　者　刻一（こくいち）

発行者　山下直久

発　行　株式会社 KADOKAWA
〒102-8177　東京都千代田区富士見2-13-3
電話 0570-002-301（ナビダイヤル）

編　集　ゲーム・企画書籍編集部

装　丁　AFTERGLOW

D T P　株式会社スタジオ205

印刷所　大日本印刷株式会社

製本所　大日本印刷株式会社

DRAGON NOVELS ロゴデザイン　久留一郎デザイン室＋YAZIRI

●お問い合わせ
https://www.kadokawa.co.jp/（「お問い合わせ」へお進みください）
※内容によっては、お答えできない場合があります。
※サポートは日本国内のみとさせていただきます。
※ Japanese text only

定価（または価格）はカバーに表示してあります。

ISBN978-4-04-073561-0　C0093

神猫ミーちゃんと猫用品召喚師の異世界奮闘記1~2

著:にゃんたろう　イラスト:岩崎美奈子

神様の眷属ミーちゃんを助け、
転生することになった青年ネロ。
だけど懐いたミーちゃんが付いてきちゃった!
可愛いミーちゃんを養うため、
鑑定スキルと料理の腕でギルド職員をしたり、
商人になったり、ダンジョン探索したり。
次第に、他のモフモフたちが集まりはじめて——。
動物たちを助けて養う、モフモフファンタジー開幕!

好評発売中!

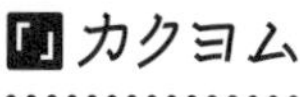

書籍化作品

一人と一匹、
のんびり異世界
モフモフ生活。

コミカライズ連載中!!